Book available in 11 Languages
More than 47,000 Copies Sold

कुदरत के नियम समझनेवाले कभी छोटा लक्ष्य नहीं बनाते

संपूर्ण लक्ष्य

बेस्टसेलर पुस्तक
'विचार नियम' के रचयिता

सरश्री

संपूर्ण विकास कैसे करें

The Complete Path...
Self
Development
to
Self
Realisation

संपूर्ण लक्ष्य

संपूर्ण विकास कैसे करें

by **Sirshree** Tejparkhi

बारहवीं आवृत्ति : फरवरी 2013

रीप्रिंट : अगस्त 2016, **दिसंबर** 2019

प्रकाशक : वॉव पब्लिशिंग्ज् प्रा. लि., पुणे

ISBN: 978-81-8415-332-3

© Tejgyan Global Foundation
All Rights Reserved 2010.
Tejgyan Global Foundation is a charitable organization
with its headquarters in Pune, India.

© सर्वाधिकार सुरक्षित

वॉव पब्लिशिंग्ज् प्रा. लि. द्वारा प्रकाशित यह पुस्तक इस शर्त पर विक्रय की जा रही है कि प्रकाशक की लिखित पूर्वानुमति के बिना इसे व्यावसायिक अथवा अन्य किसी भी रूप में उपयोग नहीं किया जा सकता। इसे पुनः प्रकाशित कर बेचा या किराए पर नहीं दिया जा सकता तथा जिल्दबंद या खुले किसी भी अन्य रूप में पाठकों के मध्य इसका परिचालन नहीं किया जा सकता। ये सभी शर्तें पुस्तक के खरीददार पर भी लागू होंगी। इस संदर्भ में सभी प्रकाशनाधिकार सुरक्षित हैं। इस पुस्तक का आंशिक रूप में पुनः प्रकाशन या पुनः प्रकाशनार्थ अपने रिकॉर्ड में सुरक्षित रखने, इसे पुनः प्रस्तुत करने की प्रति अपनाने, इसका अनूदित रूप तैयार करने अथवा इलेक्ट्रॉनिक, मैकेनिकल, फोटोकॉपी और रिकॉर्डिंग आदि किसी भी पद्धति से इसका उपयोग करने हेतु समस्त प्रकाशनाधिकार रखनेवाले अधिकारी तथा पुस्तक के प्रकाशक की पूर्वानुमति लेना अनिवार्य है।

Sampurna Lakshya
Sampurna Vikas Kaise Karen

समर्पित

यह पुस्तक समर्पित है
उन लोगों को जो दूसरों की नहीं,
अपनी गीता पढ़ना चाहते हैं,
जो शिकायत नहीं,
आत्मविकास करना चाहते हैं...
जो शायद आप हैं।

विषय सूची

	भूमिका	९
पहला खंड –	**संपूर्ण विकास कैसे करें**	**१३**
पहली सीढ़ी	दुनिया में बिना दिशा के कोई विकास नहीं होता	१५
दूसरी सीढ़ी	लक्ष्य के लिए अपने आपको योग्य बनाइए	१८
तीसरी सीढ़ी	जिम्मेदारी का एहसास जगाएँ, लक्ष्य पाएँ	२२
चौथी सीढ़ी	बिना 'सकारात्मक सोच' के कोई विकास नहीं होता	२५
पाँचवीं सीढ़ी	रचनात्मक बनें और रचनात्मक सिद्धांत का उपयोग करें	३०
छठवीं सीढ़ी	विकास करनेवालों की डिक्शनरी में असंभव शब्द नहीं होता	३५
सातवीं सीढ़ी	छोटे–छोटे गुणों से महान लक्ष्य पूरे होते हैं	३८
आठवीं सीढ़ी	अपना नज़रिया बदलें–सकारात्मक क्रियाएँ करें	४२
नौवीं सीढ़ी	हर दिशा में निरंतर अभ्यास–विकास का फॉर्मूला	४५
दूसरा खंड –	**शारीरिक विकास कैसे करें**	**५९**
	योग्य आरोग्य	६१
तीसरा खंड –	**मानसिक विकास कैसे करें**	**७३**
	मानसिक विकास की राह में दस पत्थर	७५
चौथा खंड –	**आर्थिक विकास कैसे करें**	**११७**
	समृद्धि का रहस्य	११९

संपूर्ण लक्ष्य – ५

| पाँचवा खंड – | सामाजिक विकास कैसे करें | १३५ |
| | लोगों के साथ व्यवहार कैसे करें? | १३७ |

| छठवाँ खंड – | आध्यात्मिक (तेज) विकास कैसे करें? | १४९ |

| १ | तेज आनंद को अपना लक्ष्य बनाएँ | |
| | सात कदम | १५१ |

| २ | अपने सवालों को विकसित करें | |
| | सवालों का विकास–आपका विकास है | १५९ |

| ३ | उन्नति का रहस्य जानें | |
| | कुल मूल उद्देश्य–पहला निर्णय सबसे पहला निर्णय–निर्णय लेने का है | १६४ |

| ४ | अपनी दुनिया का ढाँचा तोड़ें | |
| | दुःख का अनुभव आनंद में बदलें, अभी और यहीं | १७१ |

| ५ | तेज विकास का पूर्ण रास्ता | |
| | बारह कदम, बारह अवस्थाएँ | १८५ |

| ६ | तेज विकास की कार्य योजना | |
| | ध्यान करने का तरीका और तकनीक | १९५ |

| | शेष संग्रह | २०३–२१६ |

पुस्तक को कैसे पढे

१. यह पुस्तक सरश्री तेजपारखीजी द्वारा दिए गए प्रवचनों व विद्यार्थियों के लिए लिखे गए लेखों का संकलन है। इस पुस्तक द्वारा स्वयं विकास से, स्वयं बोध प्राप्त करें (Self Development to Self Realization)। दोनों को मिलाकर प्राप्त होता है 'संपूर्ण लक्ष्य।'

२. यह पुस्तक छह खंडों में विभाजित की गई है। पहले खंड में संपूर्ण विकास के सूत्र दिए गए हैं, जो विद्यार्थियों तथा सफलता पाने की इच्छा रखनेवालों के लिए अति आवश्यक व प्रेरणा देनेवाले हैं।

३. इस पुस्तक का पहला खंड दो बार पढ़ें और उस पर तुरंत अमल करना शुरू करें। कुछ अनुभव प्राप्त करने के बाद ही बाकी खंड पढ़ें।

४. शब्दों के परे जो अर्थ है, उसे समझने का प्रयास करें। यह पुस्तक आज की भाषा में लिखी गई है। इससे इस पुस्तक का महत्व कम नहीं होता बल्कि इसकी उपयोगिता और भी बढ़ जाती है।

५. कुछ मित्र आपस में मिलकर इस पुस्तक के सूत्रों पर काम करें। उनसे मिली हुई कामयाबी एक-दूसरे को बताएँ ताकि ग्रुप में हर एक को इसका लाभ मिले। टीम वर्क में किया गया अभ्यास सहज और सरल हो जाता है प्रैक्टिस आसान हो जाती है।

६. पुस्तक के अंत में 'पूर्ण सारणी' दी गई है, जिसे निकालकर ऐसी जगह पर चिपका दें, जहाँ आप उसे रोज देख सकें। यह सारणी 'संपूर्ण लक्ष्य' का सार है।

भूमिका

अपने जीवन में लक्ष्य निर्धारित करना अति आवश्यक है। जीवन में लक्ष्य आते ही न सिर्फ आपका भविष्य बदलता है बल्कि आपका वर्तमान भी बदल जाता है। आप जो कार्य वर्तमान में कर रहे हैं, वे कार्य लक्ष्य के अनुसार बदल जाएँगे। बिना लक्ष्य के आप जिन कार्यों को प्राथमिकता दे रहे हैं, वे प्राथमिकताएँ लक्ष्य मिलते ही बदल जाएँगी। यदि आज आप स्वास्थ्य के लिए कम समय दे रहे हों या बचत करना आपके लिए कठिन है; लोगों की क्या जरूरतें हैं, इस पर आप कभी नहीं सोचते; टीम वर्क करना व समय नियोजित करना आपके लिए कठिन है तो हो सकता है लक्ष्य निर्धारित होते ही आप अपना समय इन सभी बातों पर देना शुरू कर दें। हो सकता है, लक्ष्य मिलते ही आपकी दिनचर्या ही सौ प्रतिशत बदल जाए। क्या आप इसके लिए तैयार हैं? यदि हाँ, तो ही आप यह पुस्तक पढ़ें।

यदि आपके पास पहले से ही लक्ष्य उपलब्ध है तो यह पुस्तक उस लक्ष्य को कैसे प्राप्त करें, यह सिखाएगी। यह पुस्तक अखंड और संपूर्ण है लेकिन समझने के लिए इसे छह खंडों में विभाजित किया गया है। हर खंड अपने आपमें जीवन का एक पहलू पूर्ण करता है। यदि आप शारीरिक विकास करना चाहते हैं तो सीधे दूसरा खंड पढ़ सकते हैं और यदि आप आर्थिक विकास पहले करना चाहते हैं तो चौथा खंड आपको नई दिशा देगा। यदि आप लोगों के बीच आरामदेह महसूस नहीं करते या लोग आपका कहना नहीं मानते तो पाँचवाँ खंड आपको सहायता देगा। इसी तरह मानसिक दक्षता बढ़ाना या कामयाबी प्राप्त करना अथवा आध्यात्मिक विकास करना आपकी प्राथमिकता है तो इन पहलुओं पर अलग-अलग खंड इस पुस्तक में दिए गए हैं। सारे खंड आपको अखंड जीवन देते हैं – जहाँ पर आप जैसे अंदर हैं, वैसे ही बाहर से दिखाई देंगे। सारी दुनिया ऐसे लोगों को ही पसंद करती है जो अखंड (ईमानदार, कपटमुक्त) हैं। ऐसे लोग सभी

पर बिना कोशिश किए प्रभाव डालते हैं। लोग उन्हें पसंद करते हैं, वे लोगों को पसंद करते हैं। वे ही भविष्य के सच्चे नायक हैं।

संपूर्ण विकास इंसान का लक्ष्य है। लक्ष्य प्राप्त करने के बाद ही इंसान संतुष्टि व आनंद प्राप्त करता है। हर लक्ष्य के पीछे संपूर्ण विकास ही मूल लक्ष्य है (Aim Beyond Aim)। संपूर्ण विकास वह विकास है, जिसमें इंसान का पूर्ण विकास होकर अभिव्यक्ति होती है। संपूर्ण विकास में दुश्मनों (बाधाओं) से मुक्ति मिलती है और दोस्तों (गुणों) में बढ़ोतरी होती है, निखार आता है। इसके अलावा जीवन के शारीरिक, मानसिक, आर्थिक, सामाजिक तथा आध्यात्मिक इन पाँचों भागों में उन्नति होती है।

संपूर्ण विकास = बाधाओं से मुक्ति + गुणों में निखार + पाँच भागों में विकास

इंसान के जीवन की शुरुआत जन्म लेते ही शुरू होती है और हर पल उसका विकास होने लगता है। माँ के गर्भ में उसका शारीरिक विकास शुरू होता है, जो जवानी के अंत तक जारी रहता है। बुढ़ापे के साथ रुक जाता है। जो लोग शारीरिक स्वास्थ्य के लिए सजग हैं, वे इस विकास को घटने नहीं देते।

शारीरिक विकास संपूर्ण विकास का एक पहलू है। इस विकास के साथ यदि मानसिक विकास न हुआ तो इंसान पूर्णता प्राप्त नहीं करता। मानसिक विकास के अलावा हर इंसान को सामाजिक, आर्थिक और आध्यात्मिक विकास भी करना चाहिए। इस तरह वह पूर्ण रूप में लोगों के लिए आनंद का कारण बनता है।

ऊपर दिए गए पाँच पहलुओं पर विकास कर हर एक को तेजज्ञान प्राप्त करना चाहिए। यह ज्ञान जीवन के 'कुल मूल उद्देश्य' जागृत करता है। यह ज्ञान प्राप्त करके ही इंसान का संपूर्ण तेज विकास होगा।

विकास क्या है?

विकास (उन्नति) का अर्थ है खिलना, खुलना। दुनिया का सबसे बेहतरीन फोटो किसी भी काम का नहीं अगर वह कैमेरे में ही कैद है। जब फोटो विकसित (डेव्हलप) होता है तब ही दुनिया के सामने अभिव्यक्त होता है। अनडेव्हलप्ड फोटो किसी काम का नहीं, कोई नहीं देख पाता। इसी तरह शरीर, मन, बुद्धि की पूर्ण संभावना खुलने को विकास (उन्नति) कहा गया है और इन तीनों से परे छिपे चैतन्य को उजागर करने को 'तेजविकास' कहा गया है।

शरीर के विकास के लिए

सही आहार (सात्विक आहार), व्यायाम, सम्यक आराम और प्राणायाम किया जाए। इसके अलावा कुदरती हवा, पानी, सूर्य प्रकाश, जड़ी-बूटियाँ आदि सभी नियामतों का भी समुचित उपभोग जरूरी है।

मन के विकास के लिए

हमें आशावादी विचारों (हॅपी थॉट्स), दमदार लक्ष्यों और अच्छे गुणों को आत्मसात करके दूषित विचारों तथा अवगुणों से बचना चाहिए। यही नहीं, हमें भय, चिंता, क्रोध आदि विकारों से मुक्त होना चाहिए।

बुद्धि के विकास के लिए

हमें व्यवहारिक बुद्धि, दूरदर्शिता, मौलिकता तथा सृजन शक्ति का अभ्यास करना चाहिए।

संपूर्ण विकास के लिए

इस पुस्तक का पठन, उस पर मनन तथा इसमें दिए गए तीस सूत्रों व पाँच खंडों पर अमल करना चाहिए। जो लोग पठन नहीं करते, वे लोग निरक्षरों से बेहतर नहीं। इस पुस्तक का लक्ष्य है कि आप इसके ज्ञान द्वारा जल्द संपूर्ण विकास कर पाएँ। राह में आनेवाली बाधाएँ हमारे लिए विकास न करने का बहाना न बनें।

हर बाधा के ताले को खोलने की कुंजी (चाभी) इस पुस्तक में दी गई है। हर चाभी का इस्तेमाल कर अपनी किस्मत के ताले खोल इसी जीवन में मोक्ष पाएँ, यही शुभकामना आपके लिए हम रखते हैं।

...सरश्री

पहला खंड
संपूर्ण विकास

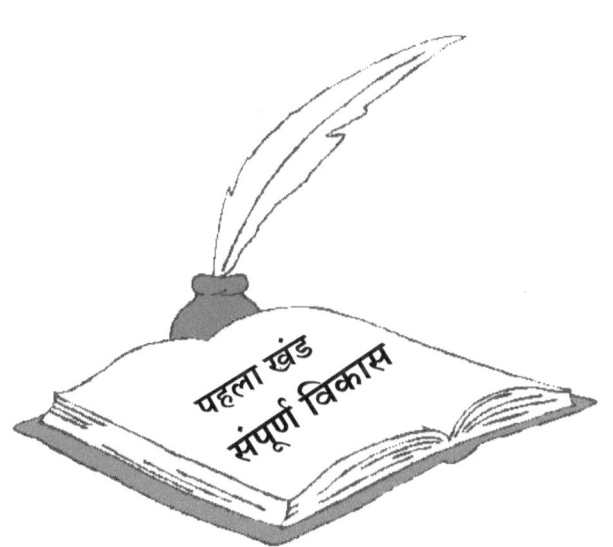

पहली सीढ़ी

दुनिया में बिना दिशा के कोई विकास नहीं होता

पूर्ण विकास को अपना लक्ष्य बनाइए, लक्ष्यार्थी बनें

लक्ष्यार्थी और लक्ष्य

जो लक्ष्य पूरा करते हैं उन्हें लक्ष्यार्थी कहते हैं। आपको भी सबसे पहले लक्ष्य बनाना है और लक्ष्यार्थी बनना है। जैसे अर्जुन का लक्ष्य था उस मछली की आँख, जो द्रौपदी के स्वयंवर में सभी महायोद्धाओं के सामने टँगी हुई थी या उस पक्षी की आँख जो द्रोणाचार्य ने पेड़ पर रखा था। आपको भी सदा अर्जुन की तरह केवल अपना लक्ष्य सामने रखना है। उसे प्राप्त करना है। अर्जुन की ही तरह आपको केवल अपना लक्ष्य दिखाई दे। ऐसी तैयारी होने के बाद ही आप बनते हैं 'लक्ष्यार्थी।'

एक स्त्री के पति की मृत्यु हुई और एक बेटे के अलावा उसका कोई नहीं है। वह बहुत दुःखी है, परेशान है। सोचती है कि आत्महत्या (शरीर हत्या) करूँ। तब उसे बेटे की याद आती है, जो दुनिया का हर स्थान घूमना चाहता है। वह कहती है कि 'यह मेरे जीवन का लक्ष्य है। बेटे के लिए मैं जीऊँगी।' अब उसे एक लक्ष्य, एक सार्थकता मिल गई। जिसके बाद वह जीवन की घटनाओं को, तकलीफों को बहुत आसानी से झेल पाती है। लक्ष्य मिलते ही, दिशा मिलते ही हर समस्या से जूझना मुश्किल नहीं, आसान हो जाता है।

जीवन का लक्ष्य

एक राजा, एक दिन किसी ऐसे इंसान को देखता है, जो पत्थर तोड़ रहा था। राजा को उस पर दया आती है। वे उसे अपने साथ लेकर आते हैं। राजा के दरबार में वह धीरे-धीरे तरक्की पाते हुए मंत्री बनता है। सफलता की सीढ़ी उसे प्रधानमंत्री बनाती है। इस तरह राजदरबार में उसका जीवन आनंद से गुज़रता है। राजा उससे बहुत प्रसन्न हैं।

एक बार उसके जन्म दिन के अवसर पर राजदरबार में कुछ चित्रकारों को आमंत्रित किया जाता है। राजा चित्रकारों से कहते हैं कि 'प्रधानमंत्री का एक बढ़िया चित्र जन्मदिन

के तोहफे के रूप में बनाओ। जिसका चित्र सबसे अच्छा होगा, उसे पुरस्कार दिया जाएगा।' सभी चित्रकार प्रधानमंत्री का चित्र बनाते हैं। चित्र राजदरबार में लाए जाते हैं, उसे दिखाए जाते हैं। प्रधानमंत्री से पूछा जाता है कि 'सबसे बढ़िया चित्र कौन सा है?' तो वह एक ऐसा चित्र चुनता है, जिसमें दिखाया गया था कि वह हथोड़े और छेनी से पत्थर तोड़ रहा है। सभी को बड़ा आश्चर्य होता है। लेकिन वह उस तस्वीर को देखकर बहुत खुश होता है। कहता है, 'मैं तो भूल ही गया था कि मैं कौन था, क्या कर रहा था। अच्छा हुआ इस चित्र द्वारा फिर से मुझे याद आ गया।'

वैसा चित्र बनाकर उसे याद दिलानेवाला कोई और नहीं बल्कि उसका एक पुराना मित्र (तेज मित्र) था, जो जानता था कि वह छेनी व हथोड़े से हीरों की एक खदान खोद रहा था। लेकिन राजा उसे अपने साथ राजदरबार ले आया तो वह अपना लक्ष्य पूरी तरह भूल गया। अब उस चित्र से उसे याद आया कि 'यह तो मेरा मूल लक्ष्य था, मैं तो खोज कर रहा था हीरों की, जिन्हें छोड़कर मैं यहाँ था। इतने वर्षों तक यहाँ रहा, आज मुझे फिर से किसी ने अपने लक्ष्य की याद दिलाई।' वह चित्र और वह दिन, उसके लिए सुनहरा दिन साबित हुआ। अपना लक्ष्य पूर्ण करने के लिए वह फिर से लौट गया।

जीवन भी ठीक ऐसा ही है। जब तक हमें लक्ष्य याद नहीं दिलाया जाता तब तक हम वैसे ही जीते रहते हैं, जैसे हमेशा से जीते आए हैं। अगर आपसे पूछा जाए कि क्या आपके जीवन का कोई अर्थ है? तो आप क्या कहेंगे? यदि जवाब ना है तो आप अपने आपको एक लक्ष्य दें और उसे पूरा करें। यदि जवाब हाँ है तो उस लक्ष्य में जान डालें, उसे दमदार बनाएँ। जीवन में लक्ष्य है तो एक बड़ी तकलीफ भी बहुत कम, बहुत छोटी लगती है।

हमें स्वयं को एक लक्ष्य देना है, न कि इस बात का इंतज़ार करना है कि जीवन हमें लक्ष्य बताए या कोई और आकर बताए कि आपका लक्ष्य क्या है। यदि आप यह कर पाएँ तो जिंदगी का सुनहरा दिन होगा। दिशा के बिना दुनिया में कोई विकास नहीं होता।

जीवन को दिशा देने के लिए उच्चतम लक्ष्य बनाएँ

हम जितना बड़ा लक्ष्य बनाते हैं, कुदरत हमें उतनी ज्यादा शक्ति प्रदान करती है। कुदरत के नियम समझनेवाले छोटा लक्ष्य नहीं बनाते। यदि कुदरत की शक्ति को अपने अंदर महसूस करना चाहते हैं तो उच्चतम लक्ष्य बनाएँ। जीवन में ध्येय का होना – शरीर, मन व बुद्धि को दिशा देता है। कितने लोग अपने जीवन में लक्ष्य बना पाते हैं? और उनमें से कितने लोग वह लक्ष्य लिखकर रखते हैं? कितने लोग उच्चतम लक्ष्य बनाते हैं और कितने लोग उस उच्चतम लक्ष्य को पाने में विश्वास रखते हैं? आज ही

जीवन का एक उच्चतम (दमदार) लक्ष्य बनाइए, जिसे सुनते ही आपको रोमांच, आनंद महसूस हो। जिसे सुनते ही आपके अंदर काम करने की प्रेरणा जागे और डर कोसों दूर भाग जाए। इस लक्ष्य को न केवल अपनी डायरी में लिखकर रखें बल्कि उन सब जगहों पर लिखकर चिपका दें, जहाँ-जहाँ आपकी नज़र अक्सर पड़ती रहती है। उदा. आईना, कंप्यूटर, ब्रश, फ्रिज, की-चेन इत्यादि। यदि आप चाहते हैं कि दूसरों को इसका पता न चले तो इस लक्ष्य को कोडवर्ड (प्रतीक) में रूपांतरित कर लिखें।

अपना लक्ष्य नियोजित करते समय, अपने आपसे ये सवाल पूछें :

(क) क्या आपका लक्ष्य दमदार, असरदार और बहुतों को फायदा देनेवाला है?

(ख) अपनी लक्ष्य प्राप्ति में आपकी रुचि कितनी है?

(ग) आपके लक्ष्य के पीछे कौन सा अभिप्राय (इंटेन्शन) प्रबल है?

(घ) आपका लक्ष्य वास्तविक है या काल्पनिक है?

ऊपर दिए गए सवाल आपके जीवन को दिशा देने में मदद करते हैं, जीवन में आनेवाली समस्याओं से मुकाबला करने के लिए तैयार करते हैं। जीवन है तो समस्याएँ हैं… समस्याएँ हैं तो तकलीफें हैं… तकलीफें हैं तो परेशानी है… परेशानी है तो दुःख है… और दुःख है तो सुख नहीं है। इस तरह कभी न खत्म होनेवाला यह जीवन-चक्र अंत तक चलता रहता है। यही दुष्चक्र आज हर जगह दिखाई देता है। इंसान को केवल जीवन का लक्ष्य ही नहीं पाना है, बल्कि उस लक्ष्य पूर्ति का सहज व आसान मार्ग भी प्राप्त करके सबके विकास के लिए निमित्त बनना है। जीवन है तो लक्ष्य है… लक्ष्य है तो लक्ष्यार्थी है… लक्ष्यार्थी है तो समस्या है… समस्या है तो गलती भी होगी… और गलती हुई तो उसे सुधारने के लिए प्रशिक्षण की आवश्यकता होगी। अगले अध्याय में इसी प्रशिक्षण (ट्रेनिंग) का महत्व बताया गया है।

विकास करने वालों की डिक्शनरी (शब्दकोश) में असंभव शब्द नहीं होता, असंभव शब्द की जगह पर चुनौती या निरंतर कोशिश लिखा होता है। आपकी डिक्शनरी में असंभव शब्द की जगह पर क्या लिखा है?

दूसरी सीढ़ी

लक्ष्य के लिए अपने आपको योग्य बनाइए

सफलता की तैयारी - लक्ष्य त्रिकोण (एल.टी.)

हर इंसान अपने जीवन में विकास करना चाहता है लेकिन वह पूर्ण विकास के लिए तैयार नहीं है। इंसान प्रार्थना तो कर रहा है करोड़पति, अरबपति बनने की लेकिन पैसे से काम लेने और उसे सँभालने के लिए वह सक्षम (तैयार) नहीं है। इंसान खोज कर रहा है अंतिम जवाब पाने की लेकिन वह जवाब समझने के लिए काबिल नहीं।

जब जिस चीज़ के लिए इंसान तैयार हो जाता है तब वह चीज़ खुद चलकर उसके जीवन में आती है। क्या आप अपनी प्रार्थना का उपहार पाने के लिए, अपने पूर्ण विकास के लिए तैयार हैं? क्या आप अपनी तैयारी से उच्चतम जीवन के अधिकारी (पात्र) बने हैं? यदि जवाब 'हाँ' है तो आपको पुस्तक में दिए गए आगे के कदमों पर काम करना है। यदि जवाब 'नहीं' है तो आपको आज से ही, अभी से ही, यहीं से ही इसकी तैयारी शुरू करनी है।

पूर्ण विकास की तैयारी करने के लिए एक लक्ष्य-त्रिकोण (एल.टी.) बनाइए। 'लक्ष्य खाओ', 'लक्ष्य पीओ', 'लक्ष्य जीयो', लक्ष्यार्थी बनें। लक्ष्य-त्रिकोण के तीन पहलु हैं:

१. लक्ष्य निर्धारित करना
२. लक्ष्य अनुसार शरीर को तैयार करना
३. सटीक (निश्चित) कार्य योजना बनाकर, उसे अंजाम देना

लक्ष्य त्रिकोण का प्रथम पहलु है लक्ष्य निर्धारित करना। सबसे पहले अपने जीवन को एक दिशा दें। पुस्तक के पहले अध्याय में हमने लक्ष्य त्रिकोण के इस पहलु को विस्तार से समझा है। अब लक्ष्य त्रिकोण के बाकी बचे दो पहलुओं पर काम करेंगे। तीनों कोण मिलकर पूर्ण विकास की बुनियाद बनेंगे।

लक्ष्य-त्रिकोण (एल.टी.) का दूसरा पहलु

लक्ष्य के अनुसार शरीर को तैयार करना

जितना बड़ा पैर होता है, उतने बड़े जूते की जरूरत होती है। जितना बड़ा लक्ष्य होता है; उतनी ज्यादा शरीर, मन, बुद्धि की तैयारी जरूरी है। शरीर हमारा रथ है और हमारे सारे इंद्रिय इसके घोड़े हैं। बिना लगाम के घोड़े, रथ की बरबादी तथा रथ चलानेवाले की असफलता का कारण बनते हैं। बेलगाम घोड़े (विचार) एक-दूसरे की ताकत को नष्ट करते हैं। अनुशासित घोड़े सफलता दिलाते हैं।

जीवन में अनुशासन का बड़ा महत्व है। प्रकृति में इंसान को छोड़कर कोई भी प्राणी हार्ट अटॅक, डायबिटीज़, नफरत आदि का शिकार नहीं होता है। कोई भी जानवर बीमार होने पर बीमारी बढ़ानेवाले पदार्थ नहीं खाता। इंसान ही डायबिटीज़ होने पर मिठाई खाना चाहता है। यह जानते हुए भी कि सिगरेट व शराब, ज़हर की तरह फेफड़े और गुर्दे खराब करते हैं, इंसान इन चीज़ों का सेवन करता है क्योंकि उसका, उसके शरीर पर अनुशासन (डिसिप्लिन) नहीं है।

अनुशासन इंसान के जीवन में अति आवश्यक है क्योंकि बिना अनुशासन के वह कमाई हुई कामयाबी गँवा देता है। अपने विकास को विकृत कर देता है। यदि सौ लोगों की लॉटरी लगे तो आप देखेंगे कि एक साल के बाद उनमें से नब्बे प्रतिशत लोग फिर से गरीब बन चुके हैं। ऐसा क्यों हुआ? आपके पास यदि अनुशासन नहीं तो पैसा पाकर भी आप उसे सँभाल नहीं सकते, लक्ष्य पाकर भी आप उसे टिका नहीं सकते। ऊँचाइयों पर पहुँचने के बाद वहाँ पर टिके रहने के लिए अनुशासन, आत्मनियंत्रण अति आवश्यक है। कई लोग सफलता की ऊँचाइयों पर तो जल्दी पहुँच जाते हैं लेकिन वहाँ टिक न पाने की वजह से मुँह के बल नीचे गिरते हैं। इसलिए अपने शरीर को अनुशासन देना पूर्ण विकास की आवश्यक तैयारी है।

लक्ष्य-त्रिकोण (एल.टी.) के दूसरे पहलू में अपने अंदर के अवगुणों को नष्ट करें तथा अच्छे गुणों (धीरज, साहस, आत्मविश्वास, ईमानदारी, निडरता इत्यादि) को आत्मसात करें। इंसान शौक-शौक में बहुत कुछ बुरी आदतों (शराब, सिगरेट, जुआ इत्यादि) को अपनाता है। फिर वे ही शौक आदत बन जाते हैं, जिनको तोड़ना उसके लिए कठिन हो जाता है। कुछ लोग यह तो जानते हैं कि सिगरेट, शराब, जुआ इत्यादि बुरी आदतें हैं लेकिन वे यह नहीं जानते कि जुबान, आँख और हाथ को छूट देना, खुला छोड़ना भी बुरी आदत है।

जिनका अपनी जुबान पर अनुशासन नहीं है, वे नीचे लिखी छह आदतों का शिकार बनते हैं और विकास में बाधा डालते हैं। अतः इन छः आदतों से बचें। यदि आ गई हैं तो उन्हें तुरंत सजगता से रोकें।

१. जुबान से कठोर, गाली, वाहियात, अपशब्द कहना।

२. दूसरों की आलोचना, निंदा व व्यंग करके, जुबान का दुरुपयोग करना।

३. बिना पूछे दूसरों को राय देना, बहस और वादविवाद करना।

४. दूसरों की पीठ पीछे चुगली कर, झगड़े लगवाना।

५. अफवाह फैलाकर चारों ओर निराशा, नफरत व आतंक पैदा करना।

६. ज्यादा व बिना सोचे बोलना, बोलने के बाद न सोचना, कपट करना।

जिनका अपनी आँख पर अनुशासन नहीं है, वे नीचे लिखी छह आदतों का शिकार बनते हैं और विकास में बाधा डालते हैं। इन छह आदतों से बचें। यदि आ गई हैं तो उन्हें तुरंत सजगता से रोकें।

१. निरुद्देश्य होकर दूरदर्शन के सारे कार्यक्रम देखना।

२. चंचल आँखों से फिल्मों के निरर्थक चित्र (पोस्टर्स) देखना।

३. दूसरों में बुराई देखना, हर घटना में गलती देखना।

४. बेलगाम कल्पना से शेखचिल्ली के ख्वाब देखना, इंद्रिय सुख की लालसा में फँसना।

५. अखबार के निरर्थक कॉलम पढ़ना।

६. अपनी नजर लोगों के ज्ञान के बजाय, उनके शरीर व दौलत पर रखना।

जिनका अपने हाथों पर अनुशासन नहीं है, वे नीचे लिखी छह आदतों का शिकार बनते हैं और विकास में बाधा डालते हैं। इन छह आदतों से बचें। यदि आ गई हैं तो उन्हें तुरंत सजगता से रोकें।

१. काम न करने का बहाना ढूँढ़ना।

२. लापरवाही से काम करना।

३. काम को आधे में छोड़ना।

४. शरीर की सफाई न करना।

५. दूसरों के काम में दखल अंदाजी करना।

६. काम को कल पर टालना और समय पर न पहुँचना।

लक्ष्य-त्रिकोण (एल.टी.) का तीसरा पहलू

सटीक कार्य योजना बनाकर, उसे अंजाम दें

अपने उच्चतम लक्ष्य को छोटे-छोटे भागों में विभाजित करें। हर भाग को कब तक समाप्त करेंगे, यह नियोजित करें। इस तरह बड़ा व कठिन लक्ष्य छोटा और आसान लगने लगता है। एक सटीक, निश्चित, पक्की कार्य योजना, लक्ष्य प्राप्ति में सहायता करती है। इसलिए अब इस लक्ष्य-त्रिकोण (एल.टी.) के आखिरी पहलू में एक सोची समझी कार्य योजना निर्धारित करें और बिना पीछे देखे, उसे शुरू कर दें। बीच-बीच में मन में शंका आने की संभावना है लेकिन एक बार लक्ष्य-त्रिकोण (एल.टी.) पूरा करने के बाद, उन शंकाओं को महत्व न दें। मन की चालों में न उलझें। कार्य योजना में पूरे आत्मविश्वास के साथ काम को अंजाम दें। दृढ़ इच्छा शक्ति से दुनिया के कठिन से कठिन कार्य भी आसान हो जाते हैं। 'मैं नहीं कर सकता', इस विचार को अपने ऊपर हावी न होने दें। सदा निडर होकर, सकारात्मक सोच से, अनजाने में हो गई हर गलती को, सफलता की सीढ़ी बनाएँ। हमेशा याद रखें, असफलता के गर्भ से, सफलता का जन्म होता है। हर समस्या में एक उपहार होता है। समस्या हमें परेशान करने नहीं बल्कि उपहार देने आती है। ऐसा उपहार जो लक्ष्य को अमल करने से मिलता है।'

जीवन को दिशा देना पूर्ण विकास चाहनेवाले हर इंसान की जरूरत है। लक्ष्य-त्रिकोण (एल.टी.), जीवन को दिशा देता है। इस त्रिकोण से जीवन में नए रंग भर जाते हैं। लक्ष्य रखनेवाले लक्ष्यार्थी का चलना, उठना, बैठना बदल जाता है। ऐसा इंसान लक्ष्य खाता है, लक्ष्य पीता है, लक्ष्य जीता है। ऐसा इंसान ही लक्ष्य का महत्व जानकर जीवन के कुल मूल उद्देश्य की खोज करता है और पूर्ण विकास कर संतुष्टि पाता है।

तीसरी सीढ़ी

जिम्मेदारी का एहसास जगाएँ, लक्ष्य पाएँ

इल्जाम नहीं, काम को अंजाम दें-शिकायत करना बंद करें

हम किस तरह की जिम्मेदारी लेने के लिए तैयार हुए हैं? क्या हम रिसपॉन्सिबिलिटी ले सकते हैं? जिम्मेदारी इस बात की कि हम जीवन में क्या लक्ष्य चाहते हैं? जिम्मेदारी किस तरह के लोग लेना चाहते हैं? जब भी आपने जिम्मेदारी ली है तो आपने कैसा महसूस किया है?

याद करके देखिए जब आपने यह जिम्मेदारी ली कि आनेवाली कठिन परीक्षा में हम खूब पढ़ाई करके अच्छे मार्कस् पानेवाले हैं और वह जिम्मेदारी आपने पूरी की तो आपको कैसा लगा? आपको बहुत अच्छा लगा होगा। जब तक अज्ञान है तब तक जिम्मेदारी लेना दु:खद लगता है, लोग उस जिम्मेदारी से भागते हैं। मगर गहराई से देखें कि जब भी आपने जिम्मेदारी ली है, उसे पूरा किया है तब आपने पूर्णता का एहसास महसूस किया है और हर इंसान चाहता है कि वह पूर्णता महसूस करे।

अगर आपका वजन ज्यादा है तो जिम्मेदारी लें कि कुछ महीनों बाद इतने-इतने पौंड वजन कम होना चाहिए। जैसे ही आपने जिम्मेदारी ली वैसे ही आपके अंदर शक्ति का संचार होता है और आप देखेंगे कि जिम्मेदारी का विचार, आपसे काम करवाएगा। बहुत बड़ी प्रेरणा बनेगा।

आप उन्हीं लोगों से व्यवहार करते हैं जो जिम्मेदारी लेते हैं। कल्पना कीजिए (१) क्या आप ऐसे दुकानदार से माल खरीदना चाहेंगे जो वादा तो करता है कि फलाँ समय पर मैं आपके घर पर सामान पहुँचाऊँगा लेकिन नहीं पहुँचाता। (२) क्या आप ऐसे दोस्तों से दोस्ती रखना चाहेंगे, जो आपसे कहते तो हैं कि वे आपका काम करेंगे फिर भूल जाते हैं और कहते हैं, 'मैं भूल गया, मैं नहीं कर पाया।'

अपने आपसे पूछें, आज आपकी आवश्यकता क्या है? कुछ अवगुण हैं, जिनको

खत्म करने की जिम्मेदारी हमें लेनी है और जिसके बाद आप बहुत अच्छा महसूस करेंगे। जब सिगरेट पीनेवाला इस आदत को खत्म करने की जिम्मेदारी लेता है तो उस आदत को तोड़कर वह इतना आनंद प्राप्त करता है, जितना शायद सिगरेट पीकर भी वह नहीं पाता। इसलिए अपने आपसे पूछें कि कौन से अवगुण हैं, जो मुझे हटाने हैं। कौन से गुण आत्मसात करने हैं? वह गुण विश्वास हो, धीरज हो या कम्युनिकेशन हो। लोगों से कैसा व्यवहार करना है। ये सारे गुण आत्मसात करने के लिए जिम्मेदार बनें। जिम्मेदारी से भागें नहीं।

जब दूसरों पर गैर जिम्मेदारी का दोष लगा रहे हैं तो अपने आपसे पूछें, 'क्या मैं जिम्मेदार हूँ?' एक माता-पिता स्कूल के मुख्याध्यापक से स्कूल की शिकायत कर रहे हैं, जिनका लड़का पुस्तकालय (लाइब्रेरी) में चोरी कर, खिड़की से कूदते हुए, काँच टूटने की वजह से जख्मी हो गया था। माता-पिता की यह शिकायत है कि 'खिड़कियों के शीशे टूटे हुए क्यों थे?' मगर यह शिकायत करने से पहले वे अपने आपसे पूछें, 'बच्चा चोरी कर रहा है इसके लिए कौन जिम्मेदार है?'

शिकायत करने से पहले अपनी जिम्मेदारी क्या है और वह हम पूरी कर रहे हैं या नहीं, इस पर जरूर मनन करें। फिर दोष देने की आदत टूट जाएगी, आप नीचे दी गई बातों के लिए जिम्मेदार बन जाएँगे। जैसे :

१. गलत आदत न हो
२. अपनी आजीविका के लिए कुछ पैसा जमा करना हो
३. अपने लिए घर बनाना हो
४. किसी मित्र की मदद करनी हो तो
५. पूर्ण तेज विकास का लक्ष्य पाने के लिए मेहनत करेंगे

अगर मित्र मुसीबत में है, उसे मदद करनी है और जब वह आपकी मदद से मुसीबत से बाहर आएगा तो आपको अच्छा लगेगा। इसलिए आज से ही अपने आसपास जो भी चीजें चल रही हैं, उनके बारे में अपने आपसे पूछें कि इनमें से कौन सी जिम्मेदारी मैं ले सकता हूँ। यदि अड़ोस-पड़ोस में कचरा पड़ा है, हम जिस दिन मोहल्ला साफ रखने की जिम्मेदारी लेंगे उस दिन के बाद देखेंगे वह कचरा हट जाएगा। यदि शिकायत करते रहेंगे कि लोग ऐसे हैं... सरकार ऐसी है... कॉर्पोरेशन ऐसी है... तो यह काम कभी नहीं होगा। सभी अगर अपनी-अपनी जिम्मेदारी लेने लगें तो विश्व में वे सब काम हो जाएँ, जो आज समस्या बनकर खड़े हैं।

इंसान जब अज्ञान, बेहोशी और सुस्ती से आज़ाद हो जाता है तब वह उस आज़ादी के एहसास से जिम्मेदारी उठाना चाहता है। इस अवस्था में जिम्मेदारी बोझ नहीं लगती। एक मुक्त इंसान दूसरों के विकास के लिए जिम्मेदारी लेना, अपना कर्तव्य व अभिव्यक्ति समझता है। आप जितने आज़ाद हैं, उतनी जिम्मेदारी आप लेना चाहेंगे। जिम्मेदारी लेना मुसीबत की नहीं बल्कि आज़ादी की घोषणा है।

आज से जिम्मेदारी लें, जिम्मेदारी का एहसास जगा दें। जिम्मेदारी लेकर आप अपने अंदर सारे गुण भरकर, सभी दुर्गुणों को खत्म कर देंगे और फिर सबसे बड़ी जिम्मेदारी आप उठा सकते हैं, जो है, 'अपने आपको जानना।' यह जिम्मेदारी भी आज नहीं तो कल, हर एक को उठानी है। उसके बाद ही होता है पूर्ण तेज विकास।

चौथी सीढ़ी

बिना 'सकारात्मक सोच' के कोई विकास नहीं होता

शब्दों की शक्ति से लक्ष्य प्राप्त करें

विचार-उच्चार-आचार-संचार

हर नया काम शुरू करने से पहले सकारात्मक दृष्टिकोण रखें। आप ईश्वर की संतान हैं इसलिए आपकी सफलता निश्चित है, यह समझ रखें। जब आप सकारात्मक विचार रखते हैं तब आपका दिमाग खुलकर काम करता है और जब आप नकारात्मक सोचते हैं तब आपकी बुद्धि बंद हो जाती है। जब आप कहते हैं, 'यह काम मैं नहीं कर सकता' तब आप अपनी सोच में पूर्णविराम (फुलस्टॉप) लगाते हैं। जब आप सकारात्मक सोचते हैं यानी यह कहते हैं कि 'यह काम मैं कैसे कर सकता हूँ' तब आप अपनी बुद्धि को सोचने का मौका देते हैं। इस तरह आपकी बुद्धि आपके लिए नए रास्ते खोलेगी और उसका विकास भी होगा। जब मन में विचार आए कि 'यह चीज मैं नहीं खरीद सकता' तब तुरंत उसे बदलें और पूछें, 'यह चीज मैं कैसे खरीद सकता हूँ?' फिर उस पर सोचना शुरू करें। इस तरह आशावादी दृष्टिकोण का जादू आपके जीवन में काम करने लगेगा।

अपने शब्दों को सोच समझ कर इस्तेमाल करें। हर सकारात्मक शब्द की एक तरंग होती है, वह तरंग आपको स्वास्थ्य प्रदान करती है। नकारात्मक शब्दों की तरंग से आत्मविश्वास का अभाव, डर व तनाव से भरा जीवन, नफरत, ईर्ष्या व द्वेष की आग, एकाग्रता व संकल्प शक्ति की कमी हो जाती है। इसलिए सकारात्मक शब्दों का इस्तेमाल करें। आशावादी व प्रेरणा देनेवाले शब्द इस्तेमाल करें– उदा. I can, I must, I will, मैं कर सकता हूँ, मुझे करना चाहिए और मैं करूँगा।

'चीखो मत', कहने के बजाय कहें, 'धीरे बोलो।' 'मैं फेल हो गया हूँ' कहने के बजाय कहें, 'मैं अभी कामयाब नहीं हुआ।' 'तनाव में मत रहो' कहने की जगह, कहें, 'शांत हो जाओ (Relax now)।' सत्य बोलें, सत्य सुनें (श्रवण), सत्य सोचें।

झूठ हमारे शब्दों से शक्ति छीन लेता है, सत्य शब्दों की शक्ति बढ़ाता है। अपने जीवन से चुगली, निंदा, गाली, गलौज, अपशब्द निकाल दें। आशीर्वाद, मंगलमयी, उन्नति व प्रार्थना के शब्दों का उच्चारण करें। हर रोज कुछ अच्छे विचार (Happy Thoughts) लेकर निकलें। उन्हें दिनभर, जब भी मौका मिले, दोहराते रहें। ऐसा करने से हर मुराद (शुभ इच्छा) पूरी होगी।

एक पंडित ने बाजार से गाय का एक प्यारा सा बछड़ा खरीद लिया और उसे कंधे पर लेकर अपने गाँव वापस जा रहा था। तीन चोरों ने पंडित को देखा और आपस में तय किया कि इसे ठग लेंगे। योजना अनुसार पहले चोर ने पंडित के सामने जाकर कहा, 'पंडित, कुत्ते को कंधे पर क्यों बिठाया है?' पंडित ने आश्चर्य से कहा, 'यह कुत्ता नहीं गाय का बछड़ा है' तो उसने कहा, 'आप कुत्ते को गाय का बछड़ा कब से कहने लगे' और वह चला गया। पंडित कुछ आगे गया तो सामने से दूसरा चोर आया। उसने पूछा, 'पंडित तबियत कैसी है?' पंडित ने कहा, 'अच्छी है, क्यों पूछ रहे हो?' दूसरे ठग ने कहा, 'फिर कुत्ते को कंधे पर क्यों लिया है? क्या धर्म भ्रष्ट नहीं हो रहा है?'

अब पंडित ने बछड़े को नीचे उतारा और कहा, 'देखो, यह कुत्ता नहीं गाय का बछड़ा है।' सामनेवाले ने प्यार से कहा, 'पंडितजी, आप वैद्य को दिखाइए, आपकी तबीयत खराब है वरना आप कुत्ते को गाय का बछड़ा कैसे कहते?' और वह चला गया। पंडित ने बछड़े के गले में बंधी हुई रस्सी हाथ में ली और आगे चल पड़ा। कुछ देर बाद सामने से तीसरा ठग आया। उसने पूछा, 'क्यों पंडित, घर की रखवाली के लिए कुत्ते को लेकर जा रहे हो?' पंडित ने एक बार बछड़े को देखा फिर सामनेवाले को देखा और कहा, 'जी हाँ!' तीसरा ठग यह सुनकर मन ही मन मुस्कुराते हुए चला गया। अब पंडित सोचने लगा, क्या वाकई मेरे साथ धोखा हुआ है? अगर यह बात गाँववालों को पता चलेगी तो सभी कितना मजाक उड़ाएँगे। यह सोचकर पंडित ने उस बछड़े की रस्सी खोल दी और चुपचाप आगे चला गया। इस तरह तीन चोरों ने पंडित की मूर्खता पर हँसते हुए बछड़े को पकड़ लिया।

अगर हम इस कहानी को गहराई से समझते हैं तो एक नई बात समझ में आएगी। पंडित को विचार दिया गया कि यह बछड़ा नहीं, कुत्ता है। वह भी तीन अलग-अलग लोगों द्वारा। जब पहले ने कहा तो उसे शंका नहीं आई, दूसरे ने टोका तो उसे शंका आई और बछड़े को कंधे से नीचे उतारा। जब तीसरे ने टोका तो उस विचार का परिवर्तन उच्चार में हुआ और उसने कहा, 'जी हाँ, घर के लिए कुत्ता लेकर जा रहा हूँ।' उसी उच्चार ने विचारों को और पक्का किया। उसे दिखाई देने लगा कि कैसे गाँववाले उस पर हँस रहे हैं और आचरण में आया– वही विचार व उच्चार। उसने उस बछड़े को कुत्ता समझकर छोड़ दिया।

हमारी जिंदगी में भी यही हो रहा है। अलग-अलग जगह हमें अलग-अलग विचार दिए जा रहे हैं। यह विचार हमारे ऊपर थोंपे जा रहे हैं। वह भी इस तरह कि उसकी सच्चाई के बारे में हमें शंका भी न आए। हम उन्हीं विचारों को सत्य मान लेते हैं। फिर हमारा उच्चार भी वही होता है और आचार भी वैसे ही होता है। यानी जैसा विचार अंदर जाए वैसा उच्चार और वैसा ही आचार।

स्कूल में विद्यार्थी को जब उसके शिक्षक ने कहा, 'आप कुछ नहीं कर पाओगे' तो यह विचार उस विद्यार्थी के मन में इतना पक्का होने लगा कि हर काम शुरू करने से पहले उसके मन में एक ही विचार आता है, 'यह तो मैं नहीं कर पाऊँगा।' नतीजा, कोई भी काम वह ठीक से नहीं कर सकता। सिर्फ कुछ विचारों ने उसकी जिंदगी बदतर बना दी। लोगों को लगता है वह जिंदगी में कभी कामयाब नहीं हो सकते। हालाँकि ऐसा नहीं है। सिर्फ कोई किसी के विचार बदल दे कि 'आप जो चाहें वह कर सकते हैं।' बस यही विचार उसकी जिंदगी में क्रांति लाएगा।

हमारी समझ में सिर्फ यह आए, जैसे हमारे विचार वैसे ही हमारे उच्चार और जैसे हमारे उच्चार वैसा ही हमारा आचार। अगर विचार नकारात्मक (−) है तो उच्चार नकारात्मक और आचार भी नकारात्मक होगा। जैसा हमारा आचार, वैसा ही उसका फल होगा। कोई चोरी करे और कहे, 'मुझे उसका फल नहीं चाहिए', यह तो होगा नहीं। अगर आचार चोरी का है तो जेल का फल तो आएगा ही। हाँ अगर वाकई में जेल जाने का फल नहीं चाहिए तो आचार को बदलना पड़ेगा और आचार को बदलना है तो उच्चार को बदलना होगा और उच्चार को बदलना है तो विचार को बदलना होगा।

सभी को बदलने के लिए हमें बदलने हैं हमारे विचार! इस दुनिया में हर इंसान के मन में विचार आते हैं और हर एक की मान्यता के अनुसार सकारात्मक और नकारात्मक, दोनों तरह के विचार आते हैं। लेकिन जो विचारों की शक्ति जानते हैं, वे नकारात्मक विचारों को बढ़ावा नहीं देते बल्कि सकारात्मक विचारों को बढ़ावा देते हैं। वे जानते हैं कि विचारों का उपवास, वरी-फास्ट (worry fast) कैसे रखा जाए। हम अलग-अलग दिन उपवास रखते हैं। उस दिन हम खाना नहीं खाते। जिससे शरीर का स्वास्थ्य अच्छा होने में मदद होती है। खाने के बारे में हम कितना कुछ सोचते हैं? अगर यह खाऊँ तो वजन बढ़ेगा, कम होगा, तकलीफ होगी, प्याज, लहसुन नहीं खाना चाहिए, ऐसा-वैसा खाना वर्जित है इत्यादि। मुँह में डालनेवाले पदार्थ के बारे में हम बहुत सजग हैं लेकिन मस्तिष्क में सुबह से लेकर शाम तक क्या विचार डाल रहे हैं, इस बारे में हम बिलकुल सजग नहीं हैं।

जो विचार हम ले रहे हैं क्या उन विचारों को छानना जरूरी है? हम जो विचार

टी. वी, अखबार, दोस्तों, सिनेमा, आस-पास के लोगों से ले रहे हैं, उसे सच मानकर चल रहे हैं, क्या यह सही है? इसलिए हर आनेवाले विचार को अंदर जाने से पहले छाना जाए। मन का जो खाना (विचार) है, उसे खाने से पहले उस पर गौर किया जाए कि इससे मेरे मन की तंदुरुस्ती तो खराब नहीं होगी? यदि इन विचारों से मन दुर्बल होगा तो ऐसे विचारों को अपनी तरफ से कोई प्रोत्साहन नहीं देना है। दिन में कम से कम एक घंटा तो ऐसा निकाला जाए जो उपवास (वरी फास्ट) का काम करे। विचारों का उपवास यानी इस एक घंटे में हम तय कर लें कि आनेवाले एक घंटे में कुछ भी हो जाए, हम एक भी नकारात्मक विचार नहीं सोचेंगे। यदि कोई नकारात्मक विचार आये तो भी उसकी उपेक्षा करेंगे। सिर्फ सकारात्मक विचारों को ही अंदर जाने देंगे। इस एक घंटे में कोई चिंता नहीं, द्वेष नहीं, मत्सर के विचार नहीं।

शुरुआत एक घंटे से होगी। धीरे-धीरे एक घंटे के दो घंटे हो जाएँगे, दो के तीन होंगे और फिर जीवन में वही होगा जो विचार हम देंगे। अगर आपके विचार सकारात्मक हैं तो आपके उच्चार सकारात्मक होंगे और इससे आप अपने आपको नहीं बल्कि दूसरों को भी बदल सकेंगे। हम दूसरों से विचार लेते हैं तो दूसरो को विचार देते भी हैं क्योंकि कोई भी विचार, कोई भी बात फैलने में समय नहीं लगता। किसी एक घर में सुबह गणेश की मूर्ति ने दूध पीने का भ्रम हुआ और कुछ ही समय में दुनियाभर में यह बात फैल गई।

हर कोई सुबह अपने काम पर जाता है तो कुछ विचार लेकर निकलता है। वही विचार उसके उच्चार में होते हैं और खुदबखुद आचार (आचरण) में आते हैं। कुछ लोगों के विचार सकारात्मक होते हैं तो किसी के नकारात्मक और हर एक के विचार-उच्चार-आचार का मिलाजुला परिणाम हम सभी पर, समाज पर, विश्व पर होता है।

आज के बाद आपके सामने कोई कहे कि काम नहीं है, मंदी है तो आप उसे वहीं पर रोकें। उससे कहें कि मंदी का कारण आपका यह विचार हो सकता है और आपका नया विचार इसे दूर कर सकता है। उसे बताइए कि उसे सिर्फ एक नया विचार देना है, वह यह कि पहले काम नहीं था लेकिन अब बढ़ना शुरू हुआ है... पहले मंदी थी लेकिन अब व्यापार खुल रहा है... पहले स्वास्थ्य ठीक नहीं था लेकिन अब तबियत ठीक हो रही है।

बस! यही विचार क्रांति लाएगा। अगर आपने चाहा तो यह एक विचार पूरे जगत में एक दिन में पहुँच सकता है। यह विचार हर एक तक पहुँचाने की शुरुआत आप करें। आप जिसे यह विचार देंगे उसे भी कहें कि वह भी यही विचार बाकी लोगों तक पहुँचाए। आप दुनिया को बदल सकते हैं सिर्फ यह सकारात्मक विचारों की श्रृंखला आगे बढ़नी चाहिए।

सकारात्मक विचारक बनना

इंसान का शरीर बाहर से मोटा हो सकता है, पतला हो सकता है, काला हो सकता है, गोरा हो सकता है, नाटा हो सकता है, लंबा हो सकता है। लेकिन इससे उसकी कार्यक्षमता में फर्क नहीं पड़ता। फर्क पड़ता है सिर्फ इस बात से कि उसके अंदर क्या भरा हुआ है, नकारात्मक विचारों का जहर या सकारात्मक विचारों का अमृत। यही जहर या अमृत इंसान की सफलता या असफलता को निर्धारित करता है। इसे एक उदा. से समझें:

एक गुब्बारेवाला अलग-अलग रंगों के गुब्बारे बेच रहा था। कोई खरीदार न देखकर उसने एक काला गुब्बारा गॅस से भरकर, हवा में छोड़ दिया। बच्चे आकर्षित होकर उसकी तरफ दौड़े चले आए। आए हुए बच्चों में एक लड़के के पास लाल गुब्बारा था, जिसमें उसने फूँक मारकर हवा भरी थी। उस लड़के ने गुब्बारेवाले से यह सवाल पूछा, 'आपका काला गुब्बारा आसमान की ऊँचाइयाँ छू रहा है, जबकि मेरा लाल गुब्बारा ऊपर बिलकुल नहीं जा रहा। ऐसा क्यों है?' गुब्बारेवाले का जवाब था, 'बेटे, आसमान की ऊँचाइयाँ छूने के लिए रंग काम में नहीं आते। गुब्बारे बाहर से कैसे भी हों लेकिन महत्व इस बात का है कि उनके अंदर क्या भरा हुआ है। आपके लाल गुब्बारे में कार्बन डायऑक्साइड गॅस भरी हुई है, जो हवा से ज्यादा हल्की नहीं। मेरे काले गुब्बारे में, हेलियम गॅस है, जो हवा से ज्यादा हल्की है। यही कारण है कि काला गुब्बारा आसमान की ऊँचाइयाँ छू रहा है।'

इस उदाहरण से यह समझ में आया होगा कि हमारे अंदर जो विचार भरे हुए हैं, वे ज्यादा महत्त्वपूर्ण हैं। यदि ये विचार नकारात्मक हैं तो कार्बन डायऑक्साइड का काम करेंगे। जीवन में दुःख लाएँगे। यदि ये विचार सकारात्मक हैं, हॅपी थॉटस् हैं तो ये हेलियम गॅस का काम करेंगे। जो जीवन में सफलता लाएँगे। इसलिए हर मनुष्य का यह कर्तव्य है कि वह अपने अंदर 'हॅपी थॉट्स' भरे। अपने मस्तिष्क को दूसरों के नकारात्मक प्रभावों के लिए खुला न छोड़ें। अपने आपको सदा सकारात्मक विचारों के लिए ग्रहणशील रखें। सकारात्मक शब्दों की शक्ति मंत्र की तरह काम करेगी। यह शक्ति आपके चारों तरफ सुरक्षा कवच तैयार करेगी। यह सुरक्षा कवच आपकी, दूसरों के नकारात्मक विचार, ईर्ष्या, जलन और बददुआ से तेज रक्षा करेगा। जो लोग अपने मस्तिष्क को दूसरों के नकारात्मक विचारों के लिए खुला छोड़ते हैं, वे लक्ष्य प्राप्त करने के बाद वहाँ पर टिक नहीं पाते। वे असफलता की खाई में गिर जाते हैं।

पाँचवीं सीढ़ी

रचनात्मक बनें और रचनात्मक सिद्धांत का उपयोग करें

हर विचार हकीकत में बदलता है

इंसान ईश्वर का अंश है। सृजन करना उसका स्वभाव है। जब इंसान अपने जीवन में रचनात्मक बनता है तब वह अपने मूल स्वभाव के करीब होता है। इसलिए रचनात्मक कार्य करने के बाद उसे आत्मसंतुष्टि महसूस होती है वरना वह अपने अंदर कुछ खालीपनसा महसूस करता है। पूर्ण विकास करने के लिए आप रचनात्मक बनें और जीवन को चलानेवाले रचनात्मक सिद्धांत का उपयोग करें। जो लोग यह कर पाते हैं वे अपने जिंदगी के मालिक बनते हैं। दो तरह के लोग होते हैं : एक वे जो जिंदगी के मालिक होते हैं। दूसरे वे, जिंदगी जिनकी मालिक होती है।

फर्क क्या है? सफलता और असफलता हमारे चारों ओर है। रोज का अखबार पढ़ें, अपने पड़ोसी की बातें सुनें, अपनी आँखें मुहल्ले में खुली रखें, आप क्या देखते एवं सुनते हैं? सब तरह के लोग दिखाई देंगे परंतु उनमें एक बड़ा फर्क होता है और वह है कि कुछ खुश एवं सफल हैं और कुछ नहीं। कुछ विकसित (डेवलप) हैं, कुछ नहीं।

विकसित लोगों के बारे में लगता है कि उन्हें किसी खास ताकत की जानकारी है, जब कि दूसरे इस तरह से जीते हैं जैसे कि हर पल, दिन के चौबीसों घंटे, सज़ा हो। आप किस तरह के हैं?

तीसरी श्रेणी भी है, जिसमें लोग पूरी तरह से दुःखी तो नहीं हैं परंतु पूरी तरह से सुखी भी नहीं हैं। पूर्ण बीमार भी नहीं हैं पर कोई न कोई मामूली सी बीमारी या तकलीफ होती रहती है। एक ऐसा सिद्धांत है, जो लोगों में यह फर्क लाता है। आप कब तक इस रचनात्मक सिद्धांत की छिपी शक्ति की अवहेलना (उपेक्षा) करते रहेंगे, जो यह फर्क लोगों में डाले हुए है?

रचनात्मक सिद्धांत (Creative Law)

- यह रचनात्मक सिद्धांत आदमी से पुराना है, जो अविश्राम काम करता आ रहा है।
- यह बिना बदले निरंतर काम करता आया है।
- यह हमेशा कुछ न कुछ बनाता रहा है, चाहे वह इंसान की समझ में आये या न आए।
- यह सिद्धांत समाज के हर क्षेत्र में काम कर रहा है।

इस सिद्धांत को समझने के लिए और उसे काम करने की दिशा देने के लिए हमें तीन कदम उठाने हैं।

हमें इस सिद्धांत को समझना है। हमें इस बात की जानकारी होनी चाहिए कि यह कैसे काम करता है और इसे अपने उपयोग में किस तरह लाया जा सकता है। जैसे कार चलाने के लिए तकनीक की जानकारी होनी चाहिए।

'कोई भी सिद्धांत आपका मालिक है
जब तक आप उसे जान नहीं लेते।'

जैसे ही यह सिद्धांत आपकी समझ में आ जाता है, वह आपका सेवक बन जाता है। इस सिद्धांत (Principle) में कोई चतुराई नहीं की गई है। यह सीधा और बदला न जानेवाला सिद्धांत है। इसे इस तरह समझें :

पहला कदम : सिद्धांत को समझना

हर विचार, हकीकत में बदलता है

यह सिद्धांत कहता है कि हर विचार, हकीकत (reality) में बदलता है। जब हम अनंत ताकत, बलशाली शक्ति यानी ईश्वरीय विचारों को अपने मन से गुजरने देते हैं तो यह सिद्धांत हमारे लिए काम करना शुरू कर देता है। वह सब जो हमारे लिए ईश्वर ने बनाया है। हमारी जिंदगी में आना शुरू हो जाता है। जैसे कि पूर्ण स्वास्थ्य, सही व्यवसाय, सही मकसद, प्रेम, दौलत, संतान, ज्ञान, विकास सब कुछ पूर्ण होना शुरू होता है। इस से इंसान आनंद की स्थिति प्राप्त करता है और उसी स्थिति में वह दूसरों का भला सोच सकता है। उसी इंसान से दूसरों का भला हो सकता है, जो आनंदित है।

लोग भी अजीब प्रकार के होते हैं। वे अगर मान भी लें कि ऐसा सिद्धांत है, जो उनकी तकलीफों को दूर कर सकता है। परंतु फिर भी मन में ऐसा ही सोचते रहेंगे कि यह

सब होना इतना आसान नहीं है। अगर इस तरह की शंकाएँ आपके मन में आ रही हैं तो पहले कदम पर पूरी तरह से काम करें।

'वही बात महत्व रखती है, जो आप करते हैं,
न कि वह जो आप महसूस करते हैं।'

इस सिद्धांत की सबसे बड़ी बात यह है कि यह सिद्धांत काम करता है, भले ही आप यकीन करें या ना करें। यह सिद्धांत आपके विश्वास पर काम नहीं करता। यह अपने आप में पूर्ण है। आपका यकीन, आपका विश्वास सिर्फ इसलिए चाहिए था कि आप इस सिद्धांत का उपयोग शुरू करें। यह प्रार्थना दोहराएँ :

'यह सिद्धांत मेरे लिए काम कर रहा है,
वैसे ही जैसे यह औरों के लिए काम कर रहा है,
चाहे यह बात मैं मानूँ या न मानूँ।'

इसे समझने का सबसे आसान तरीका यह है कि इंसान अपने मन की नदी में रहता है, जो उसके चारों ओर बह रही है। इस नदी में हमारे विचार गिरते रहते हैं, जो जल्द ही हकीकत में बदल जाते हैं क्योंकि इस नदी का काम ही है विचारों को हकीकत में बदलना। इंसान जो सोचता है, यह नदी उसका पालन करती है। इस नदी की शक्ति असीम (Limitless) है। यह हमारे अंदर के ईश्वर की कार्य रीति है।

इस सिद्धांत के पीछे यह समझ रखें कि 'हमें अपने अपूर्ण ज्ञान से, अज्ञानी मन से मनन या चिंतन नहीं करना है कि हमारा ईश्वर हमारे बारे में वह सब सोच रहा है, जो हमें चाहिए, उसी ने हर एक चीज बनाई है और हमें वह सब मिलेगा। हमें सिर्फ इतना करना है कि ईश्वर को वह सब सोचने देना है, बाकी सब यह नदी कर लेगी।'

वैज्ञानिक क्या सोचते हैं : वैज्ञानिक अब यह सोच रहे हैं कि भविष्य में इलेक्ट्रॉनिक्स के माध्यम से ज्यादा खोजें, इस रचनात्मक सिद्धांत को समझने में की जाएँगी। डॉक्टरों का कहना है कि इस सिद्धांत की जानकारी न होने से ही बहुत सारी बीमारियाँ होती हैं। इसका मतलब यह हुआ कि आगे चलकर यह सिद्धांत दवाइयों की कमी पूरी कर सकता है।

आप ईश्वर की कल्पना में बिलकुल पूर्ण बनाए गए हैं। आपके गलत विश्वासों ने (जैसे-मैं गरीब, अपूर्ण, बीमार हूँ) आपको ऐसा बना दिया है। आप जैसा यकीन रखेंगे, वैसे बन जाएँगे।

दूसरा कदम

रचनात्मक (ईश्वरीय) विचार दोहराना

जब भी समय मिले, ईश्वरीय विचार दोहराना शुरू करें। शुरुआत इस विचार से करें कि जब इंसान ईश्वर की आज्ञा का पालन करता है तब ईश्वर, इंसान का आज्ञाकारी बनता है। इंसान को शक्ति के लिए भगवान की जरूरत है और भगवान को अभिव्यक्ति यानी अपनी शक्ति और गुणों के प्रदर्शन के लिए, इंसान की जरूरत है।

जब आप बीमार हैं तब इस विचार से शुरुआत करें कि 'मेरे विचार ईश्वर के विचारों से अलग हो गए होंगे, जिस वजह से मैं यह बीमारी भोग रहा हूँ। वरना मैं बिलकुल स्वस्थ होता। अब मैं ईश्वरीय विचारों को ही शरीर, मन से गुज़रने दूँगा।

तीसरा कदम :

रचनात्मक विचारों का समर्पण (Surrendering)

तीसरे कदम में हमें, वे सब विचार जो दूसरे कदम में दिए गए हैं, जैसे- स्वास्थ्य के विचार, भरपूर आनंदपूर्ण विचार (Happy Thoughts), उस रचनात्मक सिद्धांत के हवाले करने हैं, जो उन्हें पूर्ण करेगा। 'भगवान, मुझे माध्यम बना कर सोच रहा है इसलिए यह सिद्धांत नियम के अनुसार फल देगा।'

इस तरह दोहराने के बाद आप अपने रोज के कामों में लग जाइए और बाकी सब उस सिद्धांत पर छोड़ दें कि वह बिना अटके काम कर सके। जब भी कोई शंका पैदा हो तो यह दोहराइए :

'मैं अब खुश हूँ क्योंकि अब यह ईश्वर के हाथों में है।

मैं खुश हूँ कि अब ईश्वर इसकी देखरेख खुद कर रहा है।'

अंतिम घोषणा

'मैं अपने विचारों को ब्रह्माण्ड में जाने दे रहा हूँ। जैसे कि इस ब्रह्माण्ड में, इस (यहाँ अपनी समस्या लिखें) -------------------- नामक चीज नहीं है। इस ------------ तकलीफ से मुझे कुछ लेना-देना नहीं है। मैं अब उस शक्ति को जो अनंत है, स्वीकार करता हूँ; जो अब मुझे हर दिशा में मार्गदर्शन कर रही है। मैं अपने आपको पूरी तरह उस शक्ति के हवाले करता हूँ।'

ऊपर दिए गए तीन कदमों का तरीका सफलता पाने के लिए आजमाया और परखा हुआ तरीका है। अगर आप भी चाहते हैं, असफलता की जगह सफलता... अशांति की जगह शांति... बीमारी की जगह स्वास्थ्य तो आज से ही समझ (अंडरस्टैण्डिंग), रचनात्मक विचार दोहराएँ तथा रचनात्मक विचारों का समर्पण (Surrendering) का तीन कदमों वाला मार्ग अपनाइए। ये तीन कदम लक्ष्य त्रिकोण पूरा करने के लिए उपयोगी हैं।

छठवीं सीढ़ी

विकास करनेवालों की डिक्शनरी में असंभव शब्द नहीं होता

Nothing is Impossible

पूर्ण विकास करनेवाले लक्ष्यार्थी का निश्चय दृढ़ होता है। वह अपनी प्रबल इच्छा शक्ति से अपने भाग्य को बदल देता है। उसके विचारों की शक्ति से, नक्षत्र अपनी जगह बदलते हैं। ऐसा इंसान जानता है कि विचारों की शक्ति से तथा प्रबल इच्छा शक्ति से हर मुश्किल काम किया जा सकता है। बाहर की नकारात्मक घटनाएँ ऐसे इंसान की इच्छा को कम नहीं करतीं बल्कि और तीव्र करती हैं। असंभव लगनेवाले कार्य उसके लिए असंभव नहीं, चुनौती होते हैं। ऐसे कार्य कर लेने के बाद उसके व्यक्तित्व में निखार आता है। असंभव लगनेवाली कला उसके लिए असंभव नहीं बल्कि निरंतर अभ्यास की माँग है। ऐसी कला सीख लेने के बाद उसके आत्मविश्वास में गज़ब की बढ़ोतरी होती है। वह अपनी डिक्शनरी (शब्दकोश) से असंभव शब्द निकाल देता है। उसकी डिक्शनरी (शब्दकोश) में असंभव शब्द की जगह पर 'चुनौती' या 'निरंतर कोशिश' लिखा होता है। आपकी डिक्शनरी में असंभव शब्द की जगह पर क्या लिखा है?

आज का इंसान नकारात्मक विचारों में जीवन जीने के कारण आत्मविश्वास खो बैठा है क्योंकि विचारों का प्रभाव जीवन पर बहुत गहरा है। जिस तरह के विचार होंगे वैसा ही जीवन बनेगा। विचारों का बंधन अति सूक्ष्म बंधन है, जो दिखाई नहीं देता लेकिन उसकी जड़ें बहुत गहराई तक हैं। हम जैसे विचार करते हैं - वैसे लोग, बैसा वातावरण, वैसी वस्तुएँ, वैसा व्यापार हमारी तरफ आकर्षित होने लगता है। यदि आपके जीवन में बुरे लोग दिखाई दे रहे हैं और असफलता दिखाई दे रही है तो समय आया है अपने विचारों को तुरंत बदलने का। विचार भी कर्म है। जैसा कर्म करेंगे, वैसा फल आएगा। समझ के विचारों का कर्म करोगे तो महाफल आएगा। यदि कहा जाए कि जमीन पर रखे हुए, कम चौड़ाई वाले लकड़ी के फट्टे (फल्ली) पर चलकर दिखाओ तो आपको कोई परेशानी नहीं होगी। यदि यही लकड़ी का फट्टा दो आमने-सामने

ऊँची इमारतों के बीच में लगा हो और आपको उस पर चलने के लिए कहा जाए तो आप सोच में पड़ जाएँगे, शायद इन्कार कर देंगे।

गिरने के डर से उस फट्टे पर चलने के लिए कोई भी इंसान तैयार नहीं होगा। लेकिन बहुत थोड़े हिम्मतवाले तैयार हो जाएँगे। कुछ हालात से मजबूर, पैसों की खातिर तैयार होंगे या फिर ऐसे लोग जो सर्कस में काम करते थे और जिन्हें इसका अभ्यास है, तैयार होंगे। समझना यह है कि अगर थोड़े से लोग चल सकते हैं तो बाकी क्यों नहीं? वास्तव में बहुत सारे लोग, जो चलने को तैयार नहीं हो रहे हैं, उन्हें गिरने का डर है। इन डरे हुए लोगों को और डरा दिया जाय कि अगर नहीं चले तो आपको गोली मार देंगे तो उनमें से कुछ और भी तैयार हो जाएँगे। यह सोचकर कि जब दोनों हाल में मरना ही है तो क्यों न इस पर चलकर देख लिया जाए। इस तरह से कुछ लोग जोखिम उठाना पसंद करेंगे, मरना नहीं।

उद्देश्य तो यह है कि असंभव लगनेवाला कार्य करने के लिए सभी तैयार हो जाएँ। एक युक्ति है- कहा जाय कि आपके बच्चों का अपहरण कर लिया गया है। अगर आप इस लकड़ी के फट्टे पर नहीं चले तो उन्हें जान से मार दिया जाएगा। तो यह चमत्कार हो सकता है कि वे बच्चों की ममता से मजबूर होकर मान जाएँ और एक करिश्मा हो सकता है कि बेहद डरे हुए लोग भी उस लकड़ी पर चलने को तैयार हो जाएँ और सफल हो जाएँ। जिससे यही साबित होगा कि इस जगत में कुछ भी असंभव नहीं है। यदि कुछ विशेष परिस्थितियों में हम वह काम कर सकते हैं तो बिना उन परिस्थितियों के भी हम वह काम कर सकते हैं, सिर्फ विचारों की समझ चाहिए। जो भी हमें असंभव लगता है वह केवल हमारे विचारों के कारण है। विचारों की कैद ने ही यह 'असंभव' शब्द पैदा किया है, जो बंधन बनकर रह गया है। 'यह असंभव है', 'हमारे पास समय नहीं है', इत्यादि ये सब विचार मनुष्य की उन्नति में बाधा बन सकते हैं।

एक इंसान पर संमोहन द्वारा प्रयोग किया गया। पहले उससे पूछा गया कि 'आप कितना किलो वजन उठा सकते हैं?' उसने बताया, 'मैं दस किलो वजन उठा सकता हूँ।' तब उसे संमोहित किया गया और देखा गया कि उस अवस्था में आत्म सूचनाओं की वजह से वह बीस किलो वजन उठा पाया। उसी वक्त उसकी विडियो शूटिंग भी की गई। बाद में उसे वह फिल्म दिखाई गई कि कैसे उसने बीस किलो वजन उठाया। यह देखकर उसका आत्मविश्वास और बढ़ गया। उसके विचारों में जो सीमा थी कि मैं केवल दस किलो वजन उठा सकता हूँ, वह टूट गई। हमारे विचारों में भी कई सारी सीमाएँ हैं। इन सीमाओं को तोड़ने के लिए हमें अपने आप पर विश्वास रखकर प्रयोग

करने चाहिए। हर प्रयोग के बाद आपका आत्मविश्वास बढ़ता जाएगा। आप विकास की उच्चतम ऊँचाइयों तक पहुँच पाएँगे।

विचारों का बंधन यानी हम मानकर बैठे हैं कि मैं इतने घंटे काम कर सकता हूँ... यह कर सकता हूँ... यह नहीं कर सकता... मेरी क्षमता इतनी ही है... मेरी मर्यादा इतनी ही है... इससे ज्यादा मैं नहीं कर सकता।' हकीकत में ऐसा नहीं है, आप बहुत ज्यादा कर सकते हैं। आपकी सोच से आपकी योग्यता कहीं ज्यादा है। सिर्फ विचारों के अज्ञान की वजह से आप लोगों के सामने नहीं जा पाते और अपनी कला प्रस्तुत नहीं कर पाते हैं। सिर्फ यह सोचकर कि मेरा चेहरा तो इतना खूबसूरत नहीं, जितना औरों का है, मेरा विश्वास उतना नहीं जितना औरों का है, मेरी पहुँच (जान-पहचान) उतनी नहीं, जितनी औरों की है, मेरे पास उतना पैसा नहीं है, जितना औरों के पास है। आप पूरी अभिव्यक्ति नहीं कर पाते।

ऊपर दिए गए उदाहरणों से समझें कि जिन कामों को हम असंभव समझते हैं, वे काम किए जा सकते हैं यदि सही प्रेरणा जगाई जाए... यदि विचारों की शक्ति को प्रबल इच्छा शक्ति को जगाया जाए।

सातवीं सीढ़ी

छोटे-छोटे गुणों से महान लक्ष्य पूरे होते हैं

बुरी आदतों का त्याग करें

'इंसान पहले आदतों को बनाता है फिर आदतें इंसान को बनाती हैं।' इसलिए अपने अंदर सदा नए, अच्छे गुण आत्मसात करने की आदत डालें। 'अच्छा बनना महत्त्वपूर्ण है, अच्छा दीखना उतना महत्व नहीं रखता।' सदा नया सीखने की आदत होश को बनाए रखती है। पुराने को दोहराने से विकास नहीं होता। नीचे दिए गए गुणों को अपने अंदर धारण करें और उन्हें सदा बढ़ाते रहें। इन छोटे-छोटे गुणों से महान लक्ष्य पूरे हो सकते हैं।

१. **साहस** : नपे-तुले जोखिम उठाने का साहस इंसान को विकसित करता है।

२. **धीरज** : सब्र-धीरज का फल सदा मीठा होता है। हर योजना धीरज से नियोजित करनी चाहिए, इससे सफलता अवश्य मिलती है।

३. **मनन** : बिना मनन के हीरे भी कोयले हैं। मनन की आदत सदा आनंद में रहने की कुंजी (चाभी) है।

४. **ईमानदारी** : हर इंसान ईमानदारी पसंद करता है। बेईमान इंसान भी यही चाहता है कि कोई उससे बेईमानी न करे। ईमानदारी की कीमत देर से सही लेकिन आश्चर्यचकित करनेवाली (बहुत बड़ी) होती है।

५. **वचनबद्धता** : सदा अपने वचन पर कायम रहें। लोग आपकी स्थिरता (Integrity) का आदर करेंगे तथा आप पर हमेशा भरोसा रखेंगे। अपने वादे से मुकरने (मुँह फेरने) वाले लोगों का कोई भरोसा नहीं करता।

६. **आत्मविश्वास** : जो भी काम करें, वह पूरे विश्वास व लगन के साथ करें। आत्मविश्वास का भाव जीवनदायिनी शक्ति है। आस्था (विश्वास) एक अद्भुत भावना है। आस्था व दृढ़ इच्छा शक्ति से दुनिया के कठिन-से-कठिन

कार्य भी आसान हो जाते हैं। कहीं पर भाषण या विचार सेवा देने का निमंत्रण स्वीकार करें। यह चुनौती आपके आत्मविश्वास में चार चांद लगा देगी।

७. **ईश्वर पर दृढ़ विश्वास** : दृढ़ विश्वास यानी किसी भी परिस्थिति में इंसान का विश्वास विचलित न होना। वह जानता है कि जिस अस्तित्व (ईश्वर) ने, प्रकृति ने उसे जन्म दिया है, वही उसका अंत तक खयाल रखेगी। इसलिए उसकी प्रार्थना में शक्ति है। यही विश्वास उसे हर पल, हर क्षण सही मार्गदर्शन, सही सूचनाएँ देता है। अगर कोई दुःख उसके जीवन में आता है तो उसका विश्वास डगमगाता नहीं बल्कि वह जानता है उस दुःख के पीछे क्या रहस्य है और क्या सीख है।

८. **निर्भय आँखें** : निडर होकर वह काम करें, जो काम करने से डर लगता हो। इस तरह कुछ समय के बाद हर डर खत्म हो जाएगा। असफलता से डरना अज्ञान है, इसलिए ज्ञान प्राप्त करें। ज्ञान प्राप्त करते ही आप जान जाएँगे कि असफलता के गर्भ से ही सफलता का जन्म होता है। हर समस्या में उपहार होता है। परछाइयों से यदि मन डरता है तो यह ज्ञान रखें कि नजदीक कहीं रौशनी है इसीलिए परछाईं बन रही है। बिना रौशनी के परछाईं नहीं बनती।

‘निर्भय आँखें’ यानी जिन आँखों में किसी भी तरह का डर नहीं है। अभय इंसान समस्याओं से नहीं डरता बल्कि समस्याएँ ही उससे डरती हैं और उसे समस्याओं में छिपा हुआ तोहफा (अवसर) दे जाती हैं। इसलिए आप भी अभय बनें, निडर होकर विकास करें।

बुरी आदतों का त्याग करें

इंसान शौक-शौक में बहुत सारी बुरी आदतों (शराब, सिगरेट, जुआ इत्यादि) को अपनाता है। फिर वे ही शौक आदत बन जाते हैं, जिन्हें तोड़ना उसके लिए कठिन हो जाता है। आदत लगते ही उस आदत का अंतिम दुष्परिणाम निर्धारित हो जाता है। इसलिए बुरे व्यसनों को छोड़ने के साथ-साथ नीचे दी गई आदतों का भी त्याग करें। जैसे कि

१. **बहस करना व वादविवाद में समय बरबाद करना** : कुछ लोग बहस करने के आदी होते हैं। वे यह नहीं जानते कि इस छोटे अवगुण की वजह से वे लोगों का सहयोग खो देते हैं। लोगों का सहयोग पाने और समय बचाने के लिए हर लक्ष्यार्थी को इस अवगुण से बचना चाहिए।

२. **लापरवाही से काम करना** : आधे मन से काम करना, काम को फिर से करने का निमंत्रण है। लापरवाही से किया गया काम कई बार फिर से करना पड़ता है। कुछ लोग 'चलता है' पॅटर्न (वृत्ति) का शिकार होते हैं। काम को ठीक ढंग से न कर वे मन ही मन में कहते हैं- चलता है, कोई फर्क नहीं पड़ता, बाद में देख लेंगे।

३. **आलोचना व व्यंग करना** : इंसान दूसरों को नीचा दिखाकर अपने आपको श्रेष्ठ साबित करने का आसान तरीका चाहता है। दूसरा जब छोटा हो जाए तब वह ऊँचा महसूस करता है। इसलिए वह दूसरों की निंदा व आलोचना करने का मौका ढूँढ़ता रहता है। यह अवगुण कई सारे दुश्मन पैदा कर देता है। इसलिए सदा आलोचना करने से दूर रहें, दूसरों पर व्यंग न करें। यदि किसी की बुराई बतानी भी हो तो उसे उसकी अच्छाइयाँ पहले बताएँ और बाद में सकारात्मक शब्दों में बिना चोट पहुँचाए, माफी माँगते हुए उसका मार्गदर्शन करें। इस तरह सामनेवाला आपको अपना शुभचिंतक मानेगा और आपकी आलोचना को सही ढंग से ग्रहण कर अपने आपको बदल देगा।

४. **दूसरों पर इल्जाम लगाना** : जब इंसान कोई काम नहीं कर पाता तब वह अपनी कमजोरी छिपाने के लिए किसी और पर इल्जाम लगाता है। जब वह ईमानदारी से इस बात पर मनन करता है तब उसे अपनी मूर्खता का पता चलता है। दूसरों पर इल्जाम लगाकर आप सामनेवाले की डाँट से बच तो जाते हैं लेकिन भविष्य के लिए एक बहुत बड़ी गलत आदत का निर्माण कर लेते हैं। यह आदत कामों को पूर्ण होने से रोक देती है और असफलता का कारण बनती है।

५. **काम न करने का बहाना ढूँढना** : कुछ लोग काम को शुरू करना ही नहीं चाहते। वे सदा काम से बचने के बहाने ढूँढ़ते रहते हैं। जितना समय बहाना ढूँढ़ने में लगाते हैं, कई बार उतने समय में शायद काम हो जाता। इस अवगुण को पहचानें और जीवन से इसे सदा के लिए निकाल दें।

६. **इंद्रिय सुख की लालसा में फँसना** : इंसान मन के द्वारा पाँच इंद्रियों का मालिक है लेकिन वह इंद्रियों के सुख के लिए, अनुशासन के अभाव में भटकता रहता है। आग में जितना घी डाला जाएगा आग उतनी ही भड़केगी। इंसान सोचता है कि इंद्रियों की इच्छा पूरी करके संतुष्टि मिलेगी। लेकिन अंत में वह यह पाता है कि इंद्रियों को हर सुख देने के बाद भी लालसा नहीं मिटी। इसलिए सदा अति में न जाते हुए मध्यम मार्ग अपनाएँ। हर इंद्रिय को समता में चलाएँ। नींद न ज्यादा

हो, न कम... खाना न ज्यादा हो, न कम... काम और आराम को सही मात्रा में, सही अंतराल के बाद उपयोग में लाएँ। इस तरह आप इंद्रियों के गुलाम नहीं, मालिक बनेंगे।

७. **निरुद्देश्य होकर दूरदर्शन के सारे कार्यक्रम देखना:** आज के युग में सब से बड़ा टाईम किलर है टी.वी.। समय की बरबादी का साधन बेहोशी बढ़ाता है। निरुद्देश्य होकर टी.वी. के सारे कार्यक्रम न देखें बल्कि कुछ निर्धारित कार्यक्रम, जो आपके लक्ष्य में सहायक बनेंगे, वे ही देखें। केवल मनोरंजन में अपने विकास को भूल न जाएँ।

ऊपर दिए गए अवगुण रखनेवाला इंसान तेज विकास तो क्या, थोडा सा विकास भी नहीं कर पाता, उल्टा नर्क की खाई में गिरता है। ऐसी आदतों का यही अंत होता है।

आठवीं सीढ़ी

अपना नज़रिया बदलें–सकारात्मक क्रियाएँ करें

Do it now-Get, Set, Go Towards Your Aim

विकास करनेवाले अपने अभिप्राय (इन्टेंशन) की शक्ति का इस्तेमाल करते हैं। हमारी भावनाएँ जैसी होंगी, हमारे कर्म वैसे होने लगेंगे। इसलिए विश्व के प्रति अपनी भावना परखें और अपना नज़रिया (दृष्टिकोण) बदलें।

हमारा दृष्टिकोण (नज़रिया) इस बात को तय करता है कि हम असफलता को किस तरह लेते हैं। सकारात्मक दृष्टिवालों के लिए असफलता भी, सफलता प्राप्त करने की एक सीढ़ी है। इसलिए वे हार कर भी जीतने की कला जानते हैं और दुनियाँ के हर क्षेत्र में उनका स्वागत होता है। ऐसे लोग ही समाज में भाईचारा, तनावरहित जीवन व कपटमुक्त रिश्तों को बढ़ावा देते हैं। वे लगातार ज्ञान व तेज ज्ञान हासिल करने की कोशिश में रहते हैं, जिससे वे बुरी आदतों (सिगरेट, गुटका, शराब, गाली-गलौज, दूसरों की बुराई, सेकण्ड हॅण्ड हैपीनेस इत्यादि) से कोसों दूर रहते हैं। हमारे आस-पास के वातावरण में कुछ लोग सकारात्मक और कुछ लोग नकारात्मक विचारों के होते हैं। यदि हमारे संपर्क में नकारात्मक विचारोंवाले लोग आते हैं तो उनके प्रति हमें अपना दृष्टिकोण बदलना चाहिए। जैसे सोने की खुदाई करते हुए, उसमें से मिट्टी ज्यादा निकलती है, बाद में सोना निकलता है। हमारा ध्यान सोने की तरफ ज्यादा हो, मिट्टी की तरफ कम।

ऐसे ही जब नकारात्मक लोगों को गहराई से जानेंगे तो उनमें भी कोई न कोई बात हमें सकारात्मक नजर आएगी। हमें ऐसा दृष्टिकोण मिले कि हमारी नजर भी उस सोने पर हो, न कि मिट्टी पर या धूल पर। जैसे कोई इंसान बंद घड़ी को भी देखकर कहे कि यह घड़ी दिन में कम से कम दो बार तो सही समय दर्शाती है। यानी उसने नकारात्मक चीजों से भी, सकारात्मक बात ढूँढ़ निकाली। ऐसा ही नज़रिया हमें प्राप्त हो कि हमारे संपर्क में आए लोगों में हम सकारात्मक बातें ढूँढ़ पाएँ। जिससे हम नकारात्मक विचार, घटनाएँ, क्रियाओं से दूर हों। यही दृष्टिकोण अगर हमारी शिक्षण पद्धति में भी सिखाया

जाए तो हमारा तेज विकास सरलता से होगा।

सकारात्मक क्रिया

हमारी छोटी से छोटी क्रियाएँ सकारात्मक हों, जिससे हम अपने आपको और दूसरों को बदलने में सफल होंगे तथा अपना लक्ष्य आसानी से पाएँगे। जैसे :

तीन मित्र आपस में बातें कर रहे थे। उनमें से एक मित्र ने उन्हें अपने घर के किसी कार्यक्रम में आमंत्रित किया था। वहाँ का वातारवण, खूबसूरत घर, परिसर देखकर दूसरे मित्र ने पहले मित्र से पूछा,

'कैसे बनाया इतना सुंदर घर?'

पहले मित्र ने जवाब दिया, 'मैंने नहीं बनाया । मेरे बड़े भैया ने बनवाया है । उन्होंने यह घर मुझे उपहार में दिया है।'

दूसरे मित्र ने आश्चर्य से कहा, 'काश ! मेरे पास भी ऐसा घर होता ।'

तब पहले मित्र ने समझाया, 'ऐसा मत कहो। थोड़े में ही क्यों खुश हो रहे हो। यह कहो कि काश ! मेरे पास भी ऐसा भाई होता।'

तब तीसरा मित्र, जो उनकी बातें सुन रहा था, उसने कहा, 'ऐसा भी मत कहो, यह कहो कि काश! मैं ऐसा भाई होता।'

इससे हमें समझना है कि बहुत कम ऐसे हैं, जो दूसरों को देने का दृष्टिकोण रखते हैं। जो दूसरों के लिए स्वर्ग बना रहे हैं, वे स्वयं स्वर्ग में ही हैं। आनेवाली पीढ़ियों के लिए या इस विश्व में खुशहाली लाने के लिए, हम क्या क्रियाएँ कर रहे हैं? हम जो क्रियाएँ करते हैं, उन से ही विश्व में परिवर्तन आता है। इसलिए हर दिन छोटी-छोटी क्रियाएँ पूर्ण करें, काम को अंजाम दें (do it now)।

रामकृष्ण परमहंस ने विवेकानंद को राह दिखाई, सुकरात ने प्लेटो को शिक्षा दी। निवृत्तिनाथ ने ज्ञानेश्वर को ज्ञान दिया, उसी तरह हम यह सोचें कि हम आनेवाली पीढ़ी को क्या दे रहे हैं? हम ऐसा कुछ करें, जिस पर आने वाली पीढ़ियाँ गर्व कर सकें।

एक बुजुर्ग, जो एक सुनसान सड़क से गुज़र रहा था, एक चौड़े दर्रे के करीब पहुँचा, जिसमें पानी तेजी से बह रहा था। बुजुर्ग ने उसे शाम की कम रौशनी में पार किया और दर्रे पर एक पुल का निर्माण किया। यह देखकर एक हमराही ने उससे पूछा कि 'आप बेकार में पुल क्यों बाँध रहे हैं? क्योंकि इस पुल से तो आप वापस गुजरनेवाले नहीं हैं।' तब उस बुजुर्ग ने उसे बहुत बढ़िया जवाब दिया- 'प्यारे दोस्त, जिस रास्ते से मैं आया हूँ; उस राह से मेरे पीछे एक नौजवान आ रहा है, जिसे यहीं से गुजरना है। यह दर्रा जो मेरे

लिए मुश्किल रहा था, उस नौजवान के लिए खतरा हो सकता है। उसे भी शाम की धुंध में इसे पार करना पड़ेगा। मेरे दोस्त, मैं यह पुल उस 'नौजवान' के लिए बना रहा हूँ।'

ऊपर दिए गए उदाहरण में यह बताया गया कि एक छोटी सी क्रिया कितना बड़ा काम कर सकती है। छोटी क्रियाओं की समाप्ति पर ही बड़े काम संपूर्ण होते हैं। छोटे कामों को छोटा मत समझें बल्कि उन्हें तुरंत करने की आदत डालें।

जीवन में जो प्राप्त करना चाहते हैं, वह देना सीखें। एक इंसान कहता है कि मुझे देखकर कोई मुस्कुराता ही नहीं है। मैं ऑफिस जाता हूँ तो कोई नहीं मुस्कुराता, कोई 'हॅलो' भी नहीं कहता। तब उसे कहा जाता है कि आप मुस्कराना शुरू कर दें। अगर आप चाहते हैं कि लोग आपको 'हॅलो' कहें तो आप 'हॅलो' कहना शुरू कर दें। आप हॅपी थॉट्स कहना शुरू कर दें फिर देखें क्या होता है! जब आप ऐसा करने लगेंगे तब आपको आश्चर्य होगा कि कुछ ही दिनों में आपके चारों तरफ मुस्कुराते हुए चेहरे आएँगे। यह कैसे हुआ? आपके इस छोटे से कार्य ने चमत्कार किया; इसलिए इन्हें करने में देर मत लगाइए।

जीवन का यह नियम सदा याद रखें– 'जो आप देनेवाले हैं, वह आपके पास लौटकर आनेवाला है, कई गुना बढ़कर आनेवाला है।' हर किसान यह नियम जानता है, मानता है और इस पर काम करता है। वह खेत में अच्छे व बेहतरीन बीज डालता है और फसल आने तक धीरज से इंतजार करता है। किसान यह जानता है मगर इंसान यह नहीं जानता। इंसान बुद्धि से यह नियम जानकर यदि छोटे-छोटे सकारात्मक कार्य करे (बीज डाले) तो वह जल्द ही सफलता के शिखर पर होगा।

जब भी आप सोचें कि यह काम मैं नहीं कर सकता तो वहाँ रुकना नहीं है। फुलस्टॉप नहीं लगाना है बल्कि उसे बदलना है। यह काम मैं नहीं कर सकता, कहने के बजाय कहें, 'यह काम मैं कैसे कर सकता हूँ?' अगर आप यह सोचें कि यह काम मैं कैसे कर सकता हूँ तब आप अपनी बुद्धि को सोचने का मौका देते हैं। इस तरह आपकी बुद्धि आपके लिए नए रास्ते खोलेगी और लक्ष्य मिलने के अलावा बुद्धि का विकास भी होगा।

लोग सोचते हैं, हम टाईम पास करते हैं।
मगर यह हकीकत नहीं है।
हकीकत यह है कि टाईम हमें पास कर रहा है।

नौवीं सीढ़ी

हर दिशा में निरंतर अभ्यास-विकास का फॉर्मूला

तेईस सूत्र, सशक्त सुझाव

किसी भी कार्य में कामयाबी हासिल करनी हो तो काम को शुरू करने के अलावा उसे निरंतर करते रहना आवश्यक है। निरंतर अभ्यास से नामुमकिन लगनेवाली कलाएँ मुमकिन हो जाती हैं। पूर्ण विकास की कला आपसे निरंतर अभ्यास चाहती है। यही विकास का फॉर्मूला है।

नीचे संक्षेप में दिए गए तीस सूत्रों का मनन व उपयोग पूर्ण विकास में तेजी लाएगा।

१. **अपना इम्तहान लें**

हर रात सोते वक्त आत्मनिरीक्षण करें। पूरे दिन में क्या-क्या किया, उसे एक बार देख लें। इस तरह आत्ममंथन और आत्मचिंतन द्वारा अगले दिन होश बढ़ेगा और पूर्ण विकास के इम्तहान में हम पास होंगे। क्रम से पूरे दिन का विश्लेषण करें। ऐसा करने से आत्मविकास के अलावा स्मरण शक्ति का भी विकास होगा।

२. **डायरी लिखने की आदत डालें**

आगे आनेवाले कार्य व चुनौतियाँ, जो आप अपनी उन्नति के लिए और बाधाओं को हटाने के लिए करेंगे, डायरी में लिख लें। अपने विकास के लिए जिन उपायों पर आप काम करनेवाले हैं, उन्हें भी डायरी में लिख लें। आत्मविकास के लिए डायरी लिखना एक अच्छी आदत है। किसी मित्र को इसमें अपना साझेदार बनाएँ, जो समय-समय पर आपकी डायरी के आधार पर सजग करे व प्रेरणा दे।

३. **अवसर पहचानें**

अवसर हमेशा ऐसे कपड़ों में आता है, जिनपर अलग-अलग पॅटर्नस् (डिजाईन्स)

होते हैं। हम उन पॅटर्नस् के आकर्षण में उलझ जाते हैं और अवसर निकल जाने देते हैं। हर समस्या, हर शंका, हर तकलीफ दुःख के कपड़ों में लिपटे हुए अवसर हैं। हमारी नज़र हमेशा अवसर देखे, ना कि पॅटर्नस्।

कई बार अवसर पिछले दरवाजे से प्रवेश करता है इसलिए हम उसे देख नहीं पाते। अवसर के चले जाने के बाद उसकी पीठ ही हमें दिखाई देती है। यदि अवसर पकड़ना चाहते हैं तो उसे पहचानना सीखें। अवसर के आते ही उसे आगे से पकड़ें क्योंकि अवसर को समय की तरह आगे बाल होते हैं और पीछे से वह गंजा होता है। गया हुआ अवसर व बीता हुआ समय वापस नहीं आता। सही समय पर अवसर को पकड़ने के लिए हमेशा सजग रहें।

४. सुनहरा नियम – पालन करें

'लोगों के साथ वही व्यवहार करें, जिसकी आप उनसे अपने लिये अपेक्षा रखते हैं। यह सुनहरा नियम है। बिना लोगों की सहायता के कोई भी बड़ी सफलता हमें नहीं मिल सकती। हर इंसान को यह सुनहरा नियम पालन करके मित्र बनाने की कला सीखनी चाहिए। लोगों का गहराई से निरीक्षण करें, उनका मनोविज्ञान समझें। लोगों की भावनाओं को उनकी दुनिया में जाकर महसूस करें। (देखें खंड पाँचवा)

५. निर्णय–क्षमता बढ़ाएँ

जीवन में निर्णय लेना सीखें। निर्णय गलत न हो जाए, इस डर को मन से निकाल दें। यदि निर्णय गलत भी हो जाएँ तो भी व्यवहारिक बुद्धि द्वारा उसका भी फायदा लेना सीखें। निर्णय लेते वक्त दिमाग और हृदय दोनों का इस्तेमाल करें। जब हृदय कहे, 'हेड इस्तेमाल करो' तब हेड का भरपूर इस्तेमाल करें। सदा तेजस्थान से निर्देशित हों। विश्व को वे लोग गाईड करें, जो लोग तेजस्थान (हृदय) से गाईड हो रहे हैं। कभी–कभी बहुत सोच व समझ लेने के बाद निर्णय को कुछ समय के लिए स्थगित किया जाता है यानी निर्णय न लेने का निर्णय लिया जाता है। इस तरह निर्णय न लेना भी निर्णय हो सकता है।

६. टीम वर्क (संघ का रंग–विकास की उमंग)

इस कदम में हमें उन लोगों के साथ रहना है, जो सकारात्मक विचार (Happy Thoughts) रखते हैं। ऐसे लोगों के संघ में, हमारे विचारों का दृष्टिकोण बदलता है। इसे उदाहरण से समझेंगे।

एक किसान था, जिसने शेर के दो बच्चों को पाला। बचपन से वे बच्चे, गाय,

भैंस, बकरी, कुत्ता, बिल्ली, मुर्गा इत्यादि दूसरे जानवरों के साथ पले-बढ़े। शेर के दो बच्चों में, एक की दोस्ती बकरी के साथ थी और दूसरे की बिल्ली के साथ। एक दिन खेत में शेर आया, जिसे देख सभी जानवर इधर-उधर भागने लगे। परंतु शेर के बच्चे, जो अब बड़े हो गए थे, उनके मन में प्रश्न उठा कि सब भाग क्यों रहे हैं? जो बकरी का मित्र था, उसको बकरी ने बताया कि 'वह शेर है, जो अन्य जानवरों का शिकार करता है, उन पर हमला करता है इसलिए सब भाग रहे हैं।' शेर के बच्चे ने बकरी से पूछा कि 'मैं और वह दीखने में एक जैसे हैं तो क्या मुझ से भी सब डरेंगे?' मैं भी शिकार कर सकता हूँ? बकरी ने कहा, 'शरीर मिलने से कुछ नहीं होता, आपसे कोई नहीं डरेगा।'

जब शेर के दूसरे बच्चे के मन में भी, जो बिल्ली का मित्र था, वही प्रश्न उठा। तब बिल्ली जवाब ने दिया कि आप भी दहाड़ सकते हैं, जंगल में जा सकते हैं, शिकार कर सकते हैं, आपमें भी शेर के सभी गुण व शक्ति है। इस प्रकार बिल्ली ने उसे प्रोत्साहन दिया तो उसका विश्वास और बढ़ा, जिस कारण वह शेर बन गया। परंतु जो बकरी के साथ था, वह अंत तक उसी के साथ जीता रहा। (बकरी दिन भर सिर्फ मैं मैं करती रहती है)। कहानी से समझें कि हमें भी ऐसे ही लोगों के संग रहना है, जिनसे हमें प्रोत्साहन मिले, न कि नकारात्मक विचारों का जीवन मिले। जब हम एक ही विचारों के लोगों के साथ काम करते हैं तो वह काम 'टीम-वर्क' कहलाता है। टीम-वर्क में एक दूसरे की प्रेरणा पाकर कठिन से कठिन कार्य हँसते-हँसते समाप्त हो जाते हैं। एक-दूसरे को शक्ति देकर टीम-वर्क का सिद्धांत हमें सहज विकास प्रदान करता है।

७. आज और अभी करें

जो काम आज हो सकते हैं, उन्हें कल पर न टालें। ऐसा करने से आपके आनेवाले कल का आधा समय, आज के काम निपटाने में चला जाता है। जो काम अभी कर सकते हैं, उसे टालने की मूर्खता न करें। जो काम बोरिंग व कठिन हों, उन्हें पहले कर डालें, रुचिपूर्ण (इंटरेस्टिंग) काम बाद में करें। ऐसा करने से आपके सौ प्रतिशत काम पूरे होंगे क्योंकि रुचिपूर्ण काम करने के लिए, आप समय निकाल ही लेंगे। कड़ी मेहनत और सामान्य बुद्धि (कॉमन सेन्स) से सफलता निश्चित है। परिश्रम से जी न चुराएँ। शरीर के हर अंग को परिश्रम का व्यायाम दें। इस तरह सफलता के साथ स्वास्थ्य भी मिलेगा।

८. हर दिन अभ्यास करें

दुनिया का हर फनकार, हर कलाकार, हर जादूगर, हर सफल विद्यार्थी, अपनी सफलता का एक ही रहस्य बताता है और वह है 'अभ्यास' (प्रॅक्टिस)।

Practice makes a man perfect. (गलत)

Perfect practice makes a man perfect. (सही)

सर्कस में लोग रस्सी पर चल सकते हैं, यह कैसे संभव है? जब कि कुछ लोग रास्ते पर भी गिरते हैं। इसका राज है 'अभ्यास'। जो भी काम आप कर सकते हैं (२० किलो वजन उठा सकते हैं) वह काम रोज करें, दिन में कई बार करें। इस तरह वह काम आपके लिए अति सहज हो जाएगा। तब आप उस काम को और बढ़ा सकते हैं (वजन २५ किलो उठा सकते हैं)। इस तरह कुछ सालों के बाद आप विश्व कीर्तिमान स्थापित कर सकते हैं। यदि पहाड़ों को हिलाना चाहते हैं तो पहले पत्थरों को हिलाने का अभ्यास करें।

९. समय नियोजन (टाईम मॅनेजमेंट) सीखें

'समय नहीं है' का बहाना, कभी न दें क्योंकि आपके पास भी रोज उतना ही समय होता है, जितना बिजली के आविष्कारक एडिसन के पास था। आप यदि नया आविष्कार नहीं कर सकते तो कम से कम अपने जीवन के सारे कार्य समय पर तो कर सकते हैं। समय का मूल्य परखें। समय बरबाद करना यानी जीवन नष्ट करना है। समय नियोजन (टाईम मॅनेजमेंट) की कला, आत्मविकास के लिए अत्यंत उपयोगी है। जितना बड़ा लक्ष्य, उतनी ज्यादा यह कला आनी चाहिए।

संसार में समय को सबसे ज्यादा महत्त्वपूर्ण और मूल्यवान माना जाता है। समय की पहचान होने और न होने से इंसान बलवान या निर्बल बनता है। समय पर किया हुआ थोड़ा भी काम बहुत उपयोगी होता है और समय जाने के बाद किया गया काम निरुपयोगी हो जाता है। जिस तरह सोने का हर एक अंश मूल्यवान होता है, उसी तरह समय का प्रत्येक हिस्सा मूल्यवान होता है। समय अत्यंत बलवान है, समय जीवन है। अगर आपको अपने जीवन से प्रेम है तो समय बरबाद न करें क्योंकि जीवन इसी से बना है। समय एक वस्तु नहीं है, जिसे खो कर दोबारा प्राप्त किया जाय। समय निरंतर चलता रहता है, वह किसी के लिए रुकता नहीं है। समय के सदुपयोग का अर्थ है, 'सही समय पर निर्धारित काम पूरा करना।'

१०. चरित्र निर्माण करें

हर इंसान को समय-समय पर आत्मचिंतन द्वारा, तेज मनन द्वारा अपने अंतःकरण को साफ करना चाहिए। महापुरुषों के जीवन चरित्र पढ़कर प्रेरणा लेनी चाहिए। ऐसा करने से हमारे अंदर के सारे विकार दूर हो जाएँगे। भूलों का अपराध बोध निकालकर,

मन को निष्पक्ष और निर्मल बनाएँ। हर गलती को गुरु बनाएँ यानी हर गलती से कुछ सीखें। गुरु की हर आज्ञा को आकाशवाणी समझें। ऐसा करने से एक उच्च, आदर्श चरित्र का निर्माण होगा। हर इंसान इस बुलंदी का सपना देखता है।

११. मन को एकाग्र करें

मानसिक शक्ति का विकास, तेज विकास के लिए अति आवश्यक है। मानसिक शक्ति बढ़ाने के लिए त्राटक, योग अभ्यास और कुछ ध्यान विधियों में भाग लें या घर पर इनका अभ्यास करें। (एकाग्रता प्रयोग देखें खंड तीसरा, आखिरी पृष्ठ)

१२. पठन द्वारा विकास करें

कुछ अच्छी पुस्तकें पढ़ें। आत्मविश्वास का सत्य साहित्य पढ़ें। धार्मिक पुस्तकों, ग्रंथों को नियमित व पूरे विश्वास के साथ धीमें-धीमें बोलकर पढ़ें। किसी पुस्तकालय के सदस्य बनें या किसी जागृत पठन ग्रुप के सदस्य बनें। पुस्तकें अच्छा मित्र बन सकती हैं यदि उनका चयन समझदारी से किया जाए। जिन्हें पुस्तकें पढ़ने का शौक होता है, वे कभी बोर नहीं होते, अकेले नहीं होते (Readers are Leaders)।

१३. कल्पना की शक्ति से विकास करें

इंसान अपने बारे में जैसा सोचता है, जैसी कल्पना करता है, वैसा बन जाता है। हमारी कल्पना यदि बेलगाम है तो मानसिक तकलीफ का कारण है। यही कल्पना अनुशासित है तो विकास की सीढ़ी है। हम अपने दिमाग में जैसी तस्वीरें डालते हैं, वह उसे पूरा कर देता है, हकीकत में बदल देता है। इसलिए अपनी उच्च आत्मछवि दिमाग में रखें।

अपनी कल्पना में, अपने बारे में कायर, क्रोधी व्यक्तित्व की छवि न डालें। अपने आपको बंदरों से विकसित हुआ मत समझें। आपका विकास ईश्वर से हुआ है, न कि बंदरों से (डार्विन को भूल जाओ-देखें छठा खंड, अध्याय दूसरा)। अपने मन में हमेशा उच्चतम आदर्श की छवि रखें। फिल्मों के निरर्थक चित्र और टी.वी. के घटिया कार्यक्रम न देखें। ऐसे चित्र कल्पना की शक्ति को दूषित करते हैं। टी. वी. पर केवल चुनिंदा कार्यक्रम ही देखें, जो आपके लक्ष्य में सहायक बनें।

१४. पूर्ण करने की कला सीखें

जीवन के हर कार्य से आप क्या चाहते हैं? आप चाहते हैं संतुष्टि और आनंद और क्या यह सब आपको पूर्णता से मिलता है। पूर्णता यानी जब भी आप जीवन में किसी

छोटे कार्य से लेकर, बड़े कार्य में पूर्णता देखते हैं तब आपको खुशी मिलती है। इसलिए हर चीज को पूर्ण करना सीखें।

आपने कभी सोचा है कि आपका मन भूतकाल या भविष्यकाल में क्यों जाता है? क्योंकि वर्तमान में पूर्णता नहीं है। इंसान कभी-कभी ज्यादा स्वप्न क्यों देखता है? क्योंकि दिन में कई सारे कार्य अधूरे रह जाते हैं। आज से ही जो भी कार्य या बातें अपूर्ण रह गई हैं, उन्हें पूर्ण करना शुरू कर दें। आप संतुष्टि महसूस करेंगे। किसी ने भी आज तक अपूर्णता में आनंद नहीं पाया है।

१५. नए प्रयोग करें

जब आप छोटे बच्चे थे तब रोज नए-नए प्रयोग करते थे, नया सीखते थे। नया सीखना बंद न करें इसलिए नए प्रयोग जारी रखें।

- किसी एक दिन, पूर्ण मौन का पालन करें। ऐसा करने से पहली बार आप मन व उसके खेलों को अपने अंदर जान पाएँगे, पहली बार अपने आपसे बात होगी।
- किसी दिन आँखों पर सारा दिन पट्टी बाँधकर घर में रहें (घरवालों से इस प्रयोग की पूर्व अनुमति ले लें)। आँख बंद रखते ही आप कुछ और देख पाएँगे, जो आज से पहले कभी नहीं जाना था।
- अड़ोस-पड़ोस के बच्चों को पढ़ाकर देखें।
- घर की मशीनों को दुरुस्त करने का प्रयास करें।
- कोई चित्र बनाकर देखें।
- किसी प्रोग्राम के आयोजन की जिम्मेदारी लेकर देखें।
- किसी अनजान से बात कर के देखें। नए प्रयोग, नयी चेतना जगाते हैं।

१६. अगर का 'मगर' (मगरमच्छ) समाप्त करें

विकास न करनेवाले लोगों के पास पाँच 'अगर' होते हैं। ये 'अगर' वे बहाने हैं, जो सही लगते हैं लेकिन विकास में रुकावट हैं। आपके पास इनमें से कौन सा 'अगर' है, जो मगरमच्छ बनकर बैठा है :

- अगर हम अमीर घर में पैदा हुए होते तो विकास करना बहुत आसान था।
- अगर हमारी पॉलिटिक्स में जान-पहचान होती तो हम उच्च पद पर पहुँच चुके होते।

- अगर हम छोटे शहर में पैदा न होकर अमेरिका में पैदा हुए होते तो हम उच्च ज्ञान प्राप्त कर चुके होते।

- अगर हम स्त्री (लड़की) न होकर पुरुष (लड़का) होते तो हमने हर क्षेत्र में कामयाबी पा ली होती।

- अगर मेरी राशि मकर की जगह सिंह होती तो मैंने पूर्ण विकास किया होता। मेरी राशि अगर तुला की जगह मला होती, कन्या की जगह कन्हैया होती, मिथुन की जगह शाहरुख होती, मीन की जगह आमीन होती, मेष की जगह ओमेष होती। कहने का अर्थ कोई और राशि होती, किसी और की राशि मिलती तो हमने तहलका मचाया होता। ऊपर दिए पाँच 'अगर' के मगरमच्छों को मार डालें।

१७. जीवन से, जीवन के अंदाज (स्टाइल) में सीखें

जीवन में धक्के का स्वागत करें क्योंकि वे आपको सिखाने आ रहे हैं। जीवन धक्के देकर सिखाता है। जीवन के सिखाने का अंदाज निराला है। जीवन के धक्के दुःख के कीचड़ नहीं बल्कि ट्यूशन टीचर हैं। जीवन जब सिखाता है तब लोग तीन तरह से प्रतिक्रिया करते हैं :

- जीवन के धक्के खाकर वे संवेदनशून्य बनते हैं; ये मोटी चमड़ीवाले लोग कहलाते हैं।

- जीवन से धक्का खाकर वे नाराज होते हैं, गुस्सा होते हैं और दूसरों को धक्का देने लगते हैं। ये लोग धक्कों से कुछ नहीं सीखते, उल्टा नए बुरे कर्म करते हैं, बेहतर से बदतर बनते हैं। ये लोग खोटी बुद्धिवाले कहलाते हैं।

- तीसरे तरह के लोग जीवन के धक्के का एक शिक्षक की तरह स्वागत करते हैं ताकि जीवन आगे के सबक सिखाना जारी रखे। ये लोग प्रज्ञावान (समझदार) कहलाते हैं।

ऊपर दिए गए तीन प्रकार के लोगों में से आपको तीसरे तरह का इंसान बनना है तभी आप पूर्ण विकास कर पाएँगे। जीवन ने आज तक आपको कौन-कौन से धक्के दिए हैं और उनसे आपने क्या सीखा है? क्या सीखना चाहिए था? आज के बाद जीवन के हर धक्के के साथ यह ज्ञान आपको दोहराना है कि 'जीवन से, जीवन के अंदाज (स्टाइल) में सीखेंगे।'

१८. अपनी नजर ज्ञान पर रखें

आपकी नजर किस चीज पर हो? आपकी नजर दूसरों की दौलत पर न हो, आपकी नजर दूसरों के शरीर पर न हो, आपकी नजर दूसरों के ज्ञान पर हो। हर इंसान जो ज्ञान रखता है, वह आपको कुछ नया सिखाएगा। आपको हर एक से सीखने की प्रेरणा मिले। यदि आपकी नज़र सदा ज्ञान पर है तो आपके पास जीवन की वह हर चीज होगी जो एक सफल जीवन में होती है। यदि कोई ऐसा मिल जाए जो ज्ञान का धनी है तो उसे अपना परामर्शदाता बनाएँ। परामर्शदाता यानी आगे का जीवन जीने के लिए उससे सलाह लेना। फिर देखेंगे कि आपका जीवन बहुत सरल हो जाएगा, बहुत आसान हो जाएगा।

१९. गड़े हुए मुर्दे न बनें, आलोचना से न डरें

गड़े हुए मुर्दे यानी ऐसे लोग, जो बंद हैं। ये लोग कभी भी खुल नहीं पाते। इनका संवाद (कम्युनिकेशन) लोगों से कभी होता नहीं और यदि होता भी है तो ये आलोचना करते हैं, संदेह करते हैं। ये लोग शंकालु होते हैं। ये लोग आपको सिर्फ परेशान करेंगे, आपकी झूठी आलोचना करेंगे कि आपको कोई अकल नहीं है, ऊपर से शकल नहीं है और नकल कर नहीं सकते तो आपसे विकास नहीं होगा। आपको ऐसा इंसान नहीं बनना है। गड़े हुए मुर्दे नहीं बनना है। आप कोई काम करें या न करें लोग आलोचना करेंगे ही। इसलिए जो समझ आपको मिली है।

२०. मशीनियत तोड़ें

विश्व के नब्बे प्रतिशत इंसान मशीनी जीवन जी रहे हैं, मशीन की तरह काम करते हैं और मशीन की तरह व्यवहार करते हैं। किसी ने गाली दी तो वे भी एक मशीन की तरह गाली देंगे। गाली के बदले गाली, खून का बदला खून, ऐसी प्रोग्रामिंग उनके अंदर हो चुकी है। ऐसे लोग कभी भी रुककर होशपूर्वक नया प्रतिसाद (रिस्पॉन्स) नहीं देते। सदा पुराने व्यवहार को दोहराते हैं। मशीनी (बेहोश) लोग कब, क्या करेंगे यह बताया जा सकता है क्योंकि वे लकीर के फकीर होते हैं यानी हाथों की लकीरों पर अंधविश्वास रखकर वे कोई नया कर्म नहीं करते। राशि चक्र के चक्रव्यूह में फँसे रहते हैं। वे साँप निकल जाने के बाद लकीर पीटते हैं, अवसर निकल जाने के बाद दुहाई देते हैं। ऐसे लोग मशीनी मौत मरते हैं, जो हर मौत से बुरी है। जब इंसान को मालूम पड़ता है कि वह मशीन की तरह जी रहा है तब उसकी मशीनियत टूटने लगती है। ऐसा इंसान फिर जागृत होकर आनंद और प्रेम का जीवन जीने लगता है। इसलिए आपको मशीनियत तोड़कर सदा सजग जीवन जीना चाहिए।

२१. विकास का मंत्र – हमेशा जीतें

विकास का मंत्र है–'सदा जीतें'। आप कभी भी नहीं हारेंगे अगर आप सिर्फ इतना ख्याल रखें कि आपको कभी भी एक चीज से नहीं हारना है– 'हार से नहीं हारना है तो आपकी हमेशा जीत होगी क्योंकि आप जान गए हैं कि हार जाना हार नहीं है बल्कि हार से हार जाना, हार है। हार कर जब आप डर जाते हैं तो आप हार जाते हैं। कई लोग ऐसे होते हैं जो हार से डरे हुए हैं इसलिए वे हमेशा हार जाते हैं। सिर्फ हार के डर की वजह से हारते हैं। हार से हारना नहीं है। हार होने के बाद जो डर आता है वह आपको हराता है। अगर आपको हार के बाद डर नहीं लगता आप प्रयास करना बंद नहीं करते तो आपकी हार नहीं हुई है, यह हार तो जीत की प्रेरणा है। प्रेरणा लें और आगे बढ़ें।

विकास का मंत्र याद रखें– हम हमेशा जीतेंगे क्योंकि हमने हार से हारना बंद कर दिया है। हार होकर भी हम उससे नहीं डरेंगे बल्कि उसे आगे बढ़ने के लिए विकास की सीढ़ी (स्टेपिंग स्टोन) बनाएँगे। कामयाब लोग आपको बताएँगे कि उनके जीवन में कई छोटी–छोटी हारें आईं मगर उनका ध्यान नहीं था। उनका ध्यान सफलता पर था। बच्चा साइकल चलाना सीखता है तो कई बार गिरता है। लेकिन उसका ध्यान गिरने पर नहीं होता, उसका ध्यान हमेशा साइकिल चलाने पर होता है। वह अपने आपको हमेशा साइकिल चलाते हुए देखना चाहता है– 'बाकी बच्चे कैसे साइकिल चला रहे हैं... मैं भी चलाऊँगा।' उसके अंदर एक ही सफलता की कल्पना होती है इसलिए वह साइकिल चलाना जल्दी सीख जाता है। बड़ा होकर इंसान गिर जाने के डर से साइकिल चलाना नहीं सीखना चाहता।

नपे–तुले जोखिम उठाने से मत डरिए। जब आपको लगे कि जोखिम उठाने से डर लग रहा है तो तुरंत जोखिम उठाइए। इस तरह आपमें साहस का संचार होगा और आप हार से न हारकर सदा जीतेंगे। सदा जीतनेवाले हार का मातम नहीं मनाते बल्कि विश्लेषण करते हैं। सदा जीतनेवाले पुरानी असफलता को दफन करके, कफन पहनाते हैं। कफन पहनाने से पहले असफलता की तलाशी लेते हैं यानी असफलता से क्या–क्या सीखने को मिला, यह तलाशते हैं।

२२. तेजगुरु की प्राप्ति के लिए प्रार्थना करें

पूर्ण विकास का सबसे आसान तरीका क्या है? वह इस प्रकार है– तेजगुरु की प्राप्ति के लिए प्रार्थना करें। प्रार्थना में शक्ति है। शक्ति से कार्य सिद्ध होते हैं। जब तेजगुरु मिल जाएँ तो उन पर बेशर्त और अटूट विश्वास रखें तथा उनकी आज्ञा (मंत्र, साधना, उपासना) में रहें, यह पूर्ण विकास का सबसे आसान तरीका है।

मूर्ख मित्र से, बुद्धिमान दुश्मन अच्छा।

बुद्धिमान दुश्मन से, बुद्धिमान मित्र अच्छा।

बुद्धिमान मित्र से, तेज मित्र अच्छा

क्योंकि तेज मित्र आपके बारे में सब कुछ जानता है,

फिर भी आपको पसंद करता है। आपके लिए ज्ञान पाने,

दिव्य भक्ति जगाने में निमित्त बनता है।

दिव्य भक्ति से बड़े से बड़े दुर्गुण नष्ट हो जाते हैं,

कुसंस्कार भस्म हो जाते हैं, मंज़िल मिलना आसान हो जाता है।

२३. **आत्म सुझाव** (Auto Suggestion) **द्वारा संपूर्ण विकास करें**

हमारा शरीर, हमारी बात सुनता है लेकिन हम यह बात नहीं जानते। इसलिए हम अपने आपको कोई सुझाव नहीं देते हैं। आज से ही अपने आपको आत्मसूचनाएँ देना शुरू करें- 'मैं स्वस्थ हूँ', 'मैं जागृत हूँ', 'मैं सदा समता में रहता हूँ', 'मैं निडर और साहसी हूँ', 'मैं हर कार्य कर सकता हूँ', 'मेरे जीवन में अच्छे लोग आ रहे हैं', 'मेरी सत्य की पहचान बढ़ रही है', 'हर दिन, हर तरीके से मेरा मन एवं शरीर बेहतर से बेहतर होते जा रहे हैं', 'ईश्वर की अनंत शक्ति मुझे हर दिशा में, हर तरह से मार्गदर्शन दे रही है।' ये सारे आत्म सुझाव विकास के लिए आश्चर्यजनक परिणाम लाएँगे। आत्मसूचना से चरित्र निर्माण, आत्मछवि (पर्सनैलिटी) में निख़ार, सफलता और पूर्ण विकास संभव है। अपने आपको आत्म सुझाव देने के लिए नीचे दिए गए सात तरीके अपनाने से अधिक लाभ होगा।

- शरीर को शिथिल (रिलॅक्स) कर, लेटकर या बैठकर, जैसी सुविधा हो, आत्म सुझाव दें।
- मन ही मन में या होंठो के अंदर जुबान द्वारा धीमें से आत्म सुझाव दें।
- पूरे विश्वास व समझ के साथ आत्म सुझाव दें।
- अपनी ही आवाज में टेप बनाकर आत्म सुझाव सुनें।
- सारे आत्म सुझाव धीरे-धीरे, प्यार से व भावना के साथ दें।
- आत्म सुझाव देने से पहले व अंत में यह कहें कि 'अब मैं जो भी सुझाव दूँगा

या दिए हैं वे मेरे शरीर, मन और वातावरण पर सकारात्मक असर करेंगे और मैं उन्हें तुरंत ग्रहण करूँगा।'

- लय और ताल में दिए गए सुझाव जल्दी असर करते हैं। इसलिए कुछ सुझाव दिनभर, जब भी याद आए गुनगुनाते रहें।

पुस्तक का पहला खंड व तीस सूत्र पढ़कर यदि आपकी संपूर्ण तेज विकास के लिए योग्यता बढ़ रही है तो आप उच्चतम विकास व अभिव्यक्ति के लिए योग्य हो रहे हैं। अध्यात्म की परिभाषा में विकास का अर्थ पात्र होना और उच्चतम ज्ञान के लिए तैयार होना है। जिस चीज के लिए आप योग्य होते हैं, उस चीज को पृथ्वी पर आना ही होता है। इसका उदाहरण है यह पुस्तक। अब इसे दुबारा पढ़ें और अपनी कार्ययोजना लिखें।

लक्ष्य त्रिकोण-कार्य योजना लिखें

१ _____

२ _____

३ _____

'तीन छोटे-छोटे गुण जो मुझे आत्मसात करने हैं' लिखें

१ _____

२ _____

३ _____

'तीन बुरी आदतें जो मुझे त्याग करनी हैं' लिखें

१ _____

२ _____

३ _____

तेईस सूत्री कार्ययोजना

१. अपना इम्तहान लें : ________________

२. डायरी लिखें : ________________

३. अवसर पहचानें : ________________

४. सुनहरे नियम पर काम करें : ________________

५. निर्णय-क्षमता बढ़ाएं : ________________

६. टीम वर्क में काम करें : ________________

७. आज और अभी करें : ________________

८. हर दिन अभ्यास करें : ________________

९. समय नियोजन करें : ________________

१०. चरित्र निर्माण करें : ________________

११. मन एकाग्र करें : ________________

१२. पठन करें : __________

१३. कल्पना शक्ति बढ़ायें : __________

१४. पूर्णता करें : __________

१५. नए प्रयोग करें : __________

१६. 'अगर' को समाप्त करें : __________

१७. जीवन के अंदाज से सीखें : __________

१८. अपनी नज़र ज्ञान पर रखें : __________

१९. गड़े मुर्दे न बनें, आलोचना से न डरें : __________

२०. मशीनियत तोड़ें : __________

२१. हमेशा जीतें : __________

२२. प्रार्थना करें : __________

२३. आत्मसुझाव दें : __________

नोट : शारीरिक विकास के लिए अगला खंड पढ़ें

दूसरा खंड
शारीरिक विकास

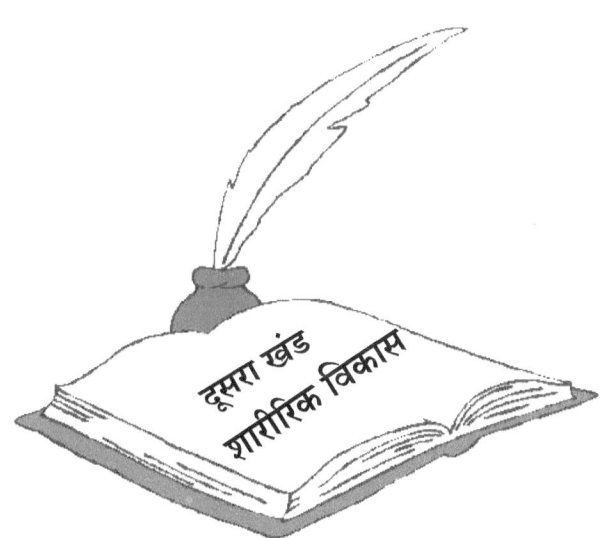

भाग १

योग्य आरोग्य

शरीर, सुस्ती और स्वास्थ्य

स्वस्थ इंसान 'स्व' में स्थित होता है। स्वास्थ्य की इस परिभाषा के साथ आज कितने लोग हमें स्वस्थ मिलेंगे? शरीर स्वस्थ हो, निरोग हो, रोगमुक्त हो, यह बात हर एक जानता है, मानता है लेकिन शरीर के साथ मन में भी स्वास्थ्य हो, रिश्तों में भी स्वास्थ्य हो, बुद्धि में भी स्वास्थ्य हो; सामाजिक, आर्थिक, आध्यात्मिक स्वास्थ्य भी हो- यह बहुत कम लोग जानते हैं। जब संपूर्ण स्वास्थ्य मिलता है तब उसे कहते हैं, 'योग्य-आरोग्य।'

इंसान का मनोशरीरयंत्र (एम.एस.वाय.-शरीर) सदा स्वस्थ रहे इसलिए उसे स्वास्थ्य त्रिकोण (MSY) में रहना चाहिए। स्वास्थ्य त्रिकोण का पहला कोना है 'एम' यानी Meals (भोजन)। हम जैसा खाते हैं, वैसा स्वास्थ्य पाते हैं। स्वास्थ्य त्रिकोण का दूसरा कोना है 'एस' यानी Sleep (नींद)। काम के बाद हम जो आराम करते हैं, वह हमें सदा निरोग रहने में सहयोग करता है। स्वास्थ्य त्रिकोण का तीसरा कोना है 'वाय' यानी Yoga (व्यायाम)। हर अंग की कसरत के साथ शरीर लंबी आयु के लिए तैयार होता है। हर इंसान को अपनी योग्य संभावना खोलने के लिए स्वास्थ्य त्रिकोण में रहना चाहिए।

'जीवन में सभी को योग्य आरोग्य मिले' यही पृथ्वी पर आने का लक्ष्य है। योग्य आरोग्य बहुत कम लोगों को प्राप्त होता है। यदि आरोग्य अयोग्य, नाकाबिल, अपात्र है; जिसमें मन में नफरत, द्वेष, घृणा के विचार चल रहे हैं मगर बाहर से इंसान को लग रहा है कि वह स्वस्थ है तो वह केवल शरीर से स्वस्थ है, मन और बुद्धि से नहीं।

यदि अयोग्य है तो मन, शरीर और बुद्धि रोगी हैं। जो अयोग्य रिश्ते, रोग्य रिश्ते, अवैध रिश्ते हैं, उनसे मुक्ति मिले। हर कोई चाहता है कि हम वैदिक जीवन जीएँ, योग्य जीवन जीएँ। मगर जब वह अयोग्य हो जाता है, अवैदिक हो जाता है (अवैदिक यानी जो ज्ञान के अनुसार नहीं होता है) तो वह रोग्य हो जाता है, वह बीमारी कहलाता है

और इस बीमारी से मुक्ति पाना, आज़ादी प्राप्त करना अति आवश्यक है।

हम अपने आपको शरीर मान रहे हैं इसलिए हमें योग्य-आरोग्य नहीं मिला है। योग्य अरोग्य की गहराई समझें। योग का अर्थ ही है जुड़ना। योग यानी मिलन। उचित मिलन होगा तो इंसान को खुशी होती है। जैसे लोग एक-दूसरे से हाथ मिलाते हैं, खुश होते हैं मगर हाथ मिलानेवाला यदि हाथ को जोर से दबा दे, जरूरत से ज्यादा दबा दे तो दुःख होता है। फिर आप अगली बार उस इंसान को देखकर ही हाथ पीछे कर देंगे क्योंकि जो योग हुआ था, वह योग्य नहीं हुआ।

युगों-युगों से हम योग के बारे में सुनते आ रहे हैं और योग करते आ रहे हैं परंतु अब समय आ चुका है कि हम 'महायोग' के बारे में जानें यानी हम योग्य-आरोग्य अपनाएँ।

योग्य आरोग्य ही इस युग का महायोग है। योग की स्थापना कई युग पहले ऋषि मुनियों ने की थी और जब उसकी शुरुआत हुई थी तो योग आत्मसाक्षात्कार प्राप्त करने के लिए एक साधन था। योग के द्वारा न केवल आत्मसाक्षात्कार की प्राप्ति होती थी बल्कि शारीरिक स्तर पर भी कई सारे लाभ होते थे।

लेकिन आज के समय में योग इसलिए किया जाता है ताकि बीमारियाँ ठीक हो जाएँ। जैसे ब्लड प्रेशर, शुगर, जोड़ों का दर्द इत्यादि। प्राणायाम के द्वारा या आसनों के द्वारा कई सारी बीमारियों का इलाज किया जाता है। परंतु योग से समाधि मिल सकती थी, यह मूल लक्ष्य तो खो गया। इसका अर्थ यही हुआ कि जैसे कोई हाथी से माचिस की तीली उठाने का काम करवाए, हाथी जो पूरे जंगल की लकड़ियाँ उठा सकता है।

यदि हम इस गहरी मान्यता में जीते हैं कि हम शरीर हैं तो हम अयोग्य, रोग्य जीवन जी रहे हैं। हमें इन विचारों से, इन मान्यताओं और धारणाओं से मुक्ति पानी है तो हॅपी थॉट्स को अपनाना है। हॅपी थॉट्स शुभ विचार हैं, जो योग्य-आरोग्य और अयोग्य-रोग्य के बीच में पुल का काम करते हैं। योग्य आरोग्य प्राप्त करने के लिए शरीर की पाँच जरूरतें व प्रकृति में उपलब्ध छह डॉक्टर्स जानना अति आवश्यक है।

शरीर की पाँच जरूरतें

इंसान का स्थूल (बाहरी) शरीर अन्नमय शरीर कहलाता है क्योंकि यह अन्न से

बना हुआ है। यह प्राणमय शरीर साँस से चलता है। यह शरीर मनोमय और विवेकमय शरीर (मन और बुद्धि) से सोचता है और निर्णय लेता है। अन्नमय शरीर के लिए पाँच चीजें आवश्यक हैं : (१) व्यायाम, (२) प्राणायाम, (३) सम्यक विश्राम, (४) आदर्श आहार, (५) शरीर के लिए रुचिपूर्ण काम, जो न तो ज्यादा हो, न कम हो।

जब शरीर की ये पाँच जरूरतें पूरी होती हैं, तभी शरीर अपनी पूर्ण संभावना पर खिलता है, खुलता है।

छह डॉक्टर्स का उपयोग करें

कुदरत ने हमें छह डॉक्टर्स दिए हैं। अपना स्वास्थ्य बढ़ाने के लिए, शरीर की शक्ति बढ़ाने के इनका इस्तेमाल लिए अवश्य करें - If health is the question, ANSWER is the answer. ये डॉक्टर्स हैं–

(१) A   (Air)   -   हवा
(२) B   (Nutrition)   -   भोजन
(३) S   (Sunlight)   -   सूर्य प्रकाश
(४) W   (Water)   -   पानी
(५) E   (Exercise)   -   व्यायाम
(६) R   (Relaxation) -   विश्राम

शरीर हमारा हथियार है, जिसे ज्यादा समय तक चलाने के लिए उसे तेज़ करना आवश्यक है। हमें शरीर को आराम व व्यायाम देने की कला एक साथ सीखनी है। कुदरत से मिले ये छह डॉक्टर्स, इसमें मदद करते हैं।

१.   A (Air) हवा

पहले इंसान आदतों को बनाता है, फिर आदतें इंसान को बनाती हैं। इसलिए हर दिन, हर घंटे में एक लंबी साँस लेने की आदत डालें। यह आदत हमारे फेंफड़ों की शक्ति बढ़ाती है और नव ऊर्जा का निर्माण करती है।

प्राणायाम में ओम्, सोहम्, वॉव्हल ब्रिदींग (A, E, I, O, U) इत्यादि का योग्य अभ्यास मार्गदर्शन लेकर करें। प्राणायाम यानी साँस को किसी विशेष समय तक रोकना, लेना, लंबा करना, तीव्र गति से छोड़ना इत्यादि है। प्राणायाम द्वारा शरीर की ऊर्जा को गति मिलती है। शरीर की सारी नाड़ियाँ साफ और शुद्ध हो जाती हैं।

आपने कई बार देखा होगा कि जब आप कोई वजन उठाते हैं तो पहले साँस अंदर भरते हैं, फिर साँस को रोकते हुए वजन उठाते हैं । इस तरह वजनदार चीज भी हल्की लगती है । लंबी सीढ़ी चढ़ना भी आसान हो जाता है । जो लोग प्राणशक्ति (पहले डॉक्टर) को सही ढंग से समझ पाते हैं, वे अपने शरीर से ज्यादा काम करवा सकते हैं । निम्नलिखित तरीके अपनाएँ:-

- उथली साँस न लें, मध्यम साँस लें और बीच-बीच में गहरी साँस लें । अपने फेंफड़ों का ज्यादा इस्तेमाल करें ।
- नाक से साँस लेने की आदत डालें, मुँह से साँस लेना टालें । स्वच्छ व हवादार वातावरण में ज्यादा रहने का प्रयास करें ।

२. **N (Nutrition) भोजन**

अन्न का मन पर गहरा प्रभाव पड़ता है इसलिए तामसी (सुस्ती लानेवाले) और राजसी (उत्तेजना लानेवाले) आहार का त्याग करें । हमेशा सात्विक (शक्ति और शांति लानेवाले) पदार्थ ग्रहण करें । नीचे दी गई बारह बातों पर सदा अमल करें ।

- कम मसालेदार एवं कम तीखा खाना खाएँ ।
- कच्ची सब्जियाँ, सलाद एवं फल खाएँ; जैसे कि गाजर, सेब, नारंगी, मूली, ककड़ी, अनार, बीट इत्यादि ।
- अंकुरित व जीवित आहार लें; जैसे कि मोठ, मूंग, मेथी, हरी सब्जियाँ इत्यादि जो आदर्श आहार हैं ।
- खाने के बाद यदि आप फल खाते हैं तो जितना भोजन कम करें, उतना ही फल, 'फल' (लाभ) देंगे ।
- भोजन के बीच में पानी पीना हो तो कम पीएँ ।
- आप भोजन हाथ से खा रहे हों तो नाखून कटे हुए हों । यदि नाखून बढ़े हों तो चम्मच से खाना चाहिए । छोटे नाखून होने के बावजूद भी उनमें मिट्टी हो

सकती है। इसलिए हाथ की पूरी सफाई खाना खाने के लिए आवश्यक है।

- कुछ लोग पंच पकवान, छह रस, छत्तीस भोज एक साथ करने की चाहत रखते हैं, जिससे पेट पर अत्याचार होता है। इसलिए कई सब्जियाँ साथ में न खाएँ। एक सूखी एवं एक गीली (उदा. दाल) सब्जी, चावल, चपाती, कच्चा सलाद आदर्श आहार है।

- अंधेरे अथवा कम रौशनी में खाना न खाएँ क्योंकि खाने में कीट, पतंग, कीड़े-मकौड़ों के गिरने का अंदेशा रहता है।

- ज्यादा खाने की लालच से बचें।

- महीने में एक बार उपवास रखें।

- खाना खाते वक्त समस्याओं पर न सोचें। सोचना ही है तो कुछ ऐसी बातें सोचें जो हल्की-फुल्की, आनंद देनेवाली बातें हों।

- भोजन से पहले 'भोजन ध्यान' करें, जो पाचन के लिए अति लाभदायक है। यह इस प्रकार है :

    - आँख बंद करके भोजन की सुगंध को महसूस करें।

    - आँखें खोलकर भोजन का निरीक्षण करें, रंग व रूप देखें।

    - भोजन को स्पर्श कर महसूस करें।

    - यह भोजन जब जुबान पर होगा तब कैसा स्वाद होगा, इसकी कुछ क्षण कल्पना करें।

यह सब कर लेने के बाद आपकी खाना पचाने की तैयारी हो जाएगी। आपके मुँह में पानी आ जाएगा, जो खाने को पचाने के लिए अत्यंत उपयोगी है। खाने के हर निवाले में इस मुँह के पानी का घुलना-मिलना लाभकारी है।

३. **S** (Sunlight) सूर्य प्रकाश

सूर्य से मिलनेवाली किरणें हमारे शरीर एवं हड्डियों के लिए आवश्यक हैं :

- चेहरे व सिर के कुछ नाजुक भागों को ढँककर, शरीर के बाकी हिस्सों को सूर्य स्नान कराएँ। यह स्नान सुबह की कच्ची धूप में घर के आंगन या छत पर लें। अपने सिर व आँखों को ठंडे टॉवेल से ढँककर रखें (आँखों को गीला रखें)। सूर्य से मिलनेवाली कच्ची धूप शरीर के लिए अति उत्तम है।

- तीखी धूप से बचें। जब दोपहर में घर से बाहर निकलें तब एक ग्लास पानी पीकर निकलें। धूप से वापस लौटकर तुरंत पानी न पीएँ। कुछ देर रुककर पानी पीएँ।

४. **W (Water) पानी**

जैसे शरीर को बाहर से साफ एवं निर्मल करने के लिए जल आवश्यक है, वैसे ही अंदर की सफाई करने के लिए भी जल पीना आवश्यक है।

- रोज भरपूर, जितना ज्यादा पी सकें, शुद्ध जल पीएँ।
- हर रोज सुबह खाली पेट थोड़ा जल अवश्य लें, यह पेट एवं पेट की बीमारियों के लिए आसान इलाज है। धीरे-धीरे जल की मात्रा बढ़ाकर तीन ग्लास करें। शुरुआत आधे ग्लास से कर सकते हैं।
- बिना ब्रश किए भी पानी पी सकते हैं। पानी पीने के बाद ४५ मिनट तक कुछ न खाएँ। पानी पीने के बाद ब्रश कर सकते हैं।
- अपनी आँखों को साफ पानी से (आय ग्लास द्वारा) रोज धोएँ, विद्यार्थियों के लिए यह उत्तम है।
- पानी पीने के अलावा बहता पानी देखना मन को प्रसन्न करता है।
- नदी के किनारे बैठकर प्राणायाम करना ज्यादा लाभकारी है।

५. **E (Exercise) व्यायाम**

शरीर के हर अंग को व्यायाम (खिंचाव और दवाब) मिलना चाहिए। जहाँ-जहाँ शरीर में तनाव हो, उस अंग को खींचकर ढीला छोड़ना चाहिए। इस तरीके से शरीर फिर से काम करने के लिए तैयार हो जाता है। (ठंड के मौसम में ज्यादा व्यायाम करें।)

- योग आसन व्यायाम का सबसे उत्तम तरीका है। हर अंग के लिए अलग-अलग आसन बनाए गए हैं, जिनका लाभ अपने शरीर के अनुसार लें। बीमार होने के बाद लोग व्यायाम शुरू करते हैं लेकिन बीमार होने से पहले यदि व्यायाम करें तो बीमार ही नहीं होंगे।
- हल्की-फुल्की कसरतें, ऐरोबिक तथा नृत्य द्वारा अपने शरीर को व्यायाम दे सकते हैं। गर्मी के मौसम में कम व्यायाम करें।
- तेज व पैदल चलना सभी के लिए एक आदर्श व्यायाम है।

- मालिश द्वारा भी शरीर के अंगों को व्यायाम मिलता है।

६. **R (Relaxation) विश्राम**

जैसे शरीर के हर अंग को व्यायाम मिलना आवश्यक है, उसी तरह शरीर के हर अंग को आराम मिलना भी आवश्यक है। ७० प्रतिशत तनाव व थकावट हमारी आँखों के चारों तरफ होती है। इसलिए रोज अपनी आँखों को यह सूचना दें कि आपके अंदर जो तनाव है उसे निकाल दें। जब हम थकावट महसूस करते हैं और आराम करना चाहते हैं तो अपनी आँखों को सूचना दें कि तनाव को जाने दो। आँखें हमारा कहना मानती हैं इसलिए कुछ देर में आप ताज़ा महसूस करेंगे। हमने ऐसा कभी करके देखा नहीं है इसलिए जब यह करके देखेंगे तब आश्चर्य होगा।

शरीर के हर अंग को प्यार से धीरे-धीरे व लय में सूचनाएँ दें, अगर आपने इस तरह की सूचनाएँ दी कि 'रिलॅक्स हो जाओ...' 'तनाव को जाने दो' तो हमारा कहना मानकर तनावमुक्त हो जाएगा। यही प्रयोग शरीर के हर अंग के साथ करके आप शरीर के हर अंग को शरीर तनावमुक्त बनाकर, ज्यादा क्षमता, ऊर्जा प्राप्त कर सकते हैं, जिससे आप पूरे दिन में पहले से अधिक काम कर सकेंगे।

नींद

नींद का मतलब है शरीर और मन को विश्राम देना, जिस से दिमाग अगले दिन के काम करने के लिए इंसान को तैयार करता है। गहरी नींद के बाद इंसान ताजगी महसूस करता है और नए दिन का स्वागत आत्मविश्वास से करने के लिए तैयार हो जाता है।

एक बालक, एक किशोर और एक बूढ़ा इंसान, जिनके कार्य भिन्न-भिन्न हैं, वे एक जैसी नींद से संतुष्ट नहीं होंगे। बालक १८ से २० घंटे नींद करके विकास करता है, जब कि बूढ़े को नींद की उतनी आवश्यकता नहीं है। कुछ लोगों के लिए चार से छह घंटे नींद लेना पर्याप्त होता है। कम व गहरी नींद लेकर भी शरीर को हर दम ताजा रखा जा सकता है। रात में कम नींद लें तो दिन में आधा घंटा बिल्ली की तरह झपकी (कॅट नैप) लेना अति सहयोगी है। अपनी नींद को छह से सात घंटे तक बिना किसी गलत प्रभाव के धीरे-धीरे लाया जा सकता है। यह तभी संभव है जब आपके पास ठोस एवं उच्च लक्ष्य है।

निद्रा की सब से बड़ी दुश्मन है चिंता। आज के युग में इसी ने अनिद्रा का रोग फैला रखा है। इसलिए

१. नींद लानेवाली दवाइयों से दूर रहें। (बीमारी आदि की अवस्था में ही केवल कुछ

शारीरिक विकास – ६७

दिनों के लिए हलकी दवा ली जा सकती है।)

२. प्राणायाम, खेलों में भाग लेना, उपयोगी और बेहतर है। तेजी से चलना, साइकिल चलाना अच्छा व्यायाम है, जो नींद लाने में सहायक है।

३. सोने से पहले पुस्तक पढ़ें या हलका संगीत सुनें।

४. बार-बार घड़ी देखकर चिंतित न हों कि अभी तक नींद क्यों नहीं आई।

५. 'जबरदस्ती प्रयास' सोने का उलटा शब्द है, जो नींद को कोसों दूर कर देता है।

६. गलत रास्ते से पैसा कमाना तथा दूसरों से नफरत करना छोड़ दें।

७. थोड़ा गरम दूध पीकर सोने से नींद में सहायता मिलती है।

८. सोने से पहले पूरे विश्वास एवं प्रेम से प्रार्थना करें।

९. सोने के तकिये पर प्यार से हाथ घुमाएँ क्योंकि वह आपको गहरी नींद में ले जाएगा, सुबह तकिए को धन्यवाद दे सकते हैं।

शरीर	क्या निकालें	क्या डालें
१. अन्नमय	दुर्व्यसन, सुस्ती	सात्विक आहार, व्यायाम
२. प्राणमय	दुर्गंध, धुआँ, धूल	प्राणायाम/स्वच्छ हवा
३. मनोमय	द्वेष, नकारात्मक विचार	शुभविचार (हॅपी थॉट्स)
४. विवेकमय	दुष्ट, धूर्त बुद्धि, कपट	तेज समझ, दूरदर्शिता, मैत्री

शरीर के साथ जब सभी डॉक्टर्स मिलकर काम करते हैं तब शरीर अपनी उच्चतम क्षमता को प्राप्त करता है। अपने शरीर की चारों परतों को शुद्ध करने के लिए उनमें से दुर्व्यसन, दुर्गंध, द्वेष, दुष्ट विचार निकाल देने चाहिए। नीचे दी गई सारणी से यह समझें कि किस शरीर से क्या निकालना है और किस शरीर में क्या डालना है।

शारीरिक विकास में सबसे बड़ी बाधा - सुस्ती (laziness)

आपके जीवन में जब भी कुछ नया, अनोखा आगे ले जानेवाला अवसर आया है तो वह आया है शरीर को खुलकर अभिव्यक्त करने से, चुस्ती से। क्या वह काम जो आप सुबह दस बजे से छह बजे तक करते हैं, वह काम विकास या उन्नति करता है? या जो आप शाम छह बजे से दस बजे तक करते हैं, आपका विकास करता है? वास्तव

में आपका विकास होता है उस बात से जो आप अपने रोजमर्रा के जीवन के बाद करते हैं। दैनिक जीवन तो आपकी आजीविका, घर बार, स्कूल कॉलेज की गतिविधियों को चलाने में ही समाप्त होता है। उस से आपका जीवन वैसे ही चलता रहेगा जिस तरह आज तक चलता आया है। लेकिन यदि आप चाहते हैं कि आपका विकास भी हो तो आपको अपना आलसीपन तोड़कर कुछ और करना चाहिए जो आपको आगे बढ़ने में आपकी मदद करे। जीवन रहस्य को समझने में मदद करे।

सुस्त इंसान ठंडा, बासी, रखा हुआ खाना खाता है इसलिए वह सुस्त होता जाता है। कई घरों की महिलाएँ खाना बच जाने पर, फेंकना न पड़े इसलिए खा लेती हैं, जिससे धीरे धीरे उनका शरीर तमोगुणी होने लगता है। ऐसे लोग भूख न लगने पर भी खाना खाते हैं, खाने के लिए जीते हैं।

आलसी लोगों को बाहर का खाना ज्यादा पसंद आता है। उनका रक्त प्रवाह हमेशा पेट में ही रहता है, जिससे उन्हें ज्यादा नींद आती है। ये लोग आधा खाना अपने लिए खाते हैं और आधा डॉक्टर के लिए खाते हैं। ऐसे लोग ज्यादा कष्ट नहीं करते। ऐसे लोग सोचेंगे कि अगर लेटकर काम हो सकता है तो बैठें क्यों... और यदि किसी काम के लिए बैठना पड़े तो वे खड़े होना पसंद नहीं करते। खड़े-खड़े यदि कहीं पहुँच जाएँ तो वे चलना नहीं चाहेंगे। चलते-चलते यदि ट्रेन पकड़ सकें तो वे दौड़ेंगे नहीं। सुस्त इंसान का आराम कुंभकरण का आराम है। वह हर वक्त सोने की तैयारी में लगा हुआ है यानी अभी उठा नहीं कि सोचता है कब सोने का मौका मिले। ऐसे लोग उठकर यही सोचते हैं कि सुबह क्यों होती है। उनका पहला सवाल यही होता है कि काश दो-चार घंटे और सोने को मिल जाता।

एक सुस्त इंसान था जो खेत में मजे से लेटा हुआ था तो किसी शुभचिंतक ने उसे सलाह दी, 'खेती क्यों नहीं करते?' सुस्त इंसान ने कहा, 'क्या होगा उससे?' शुभचिंतक ने कहा, 'खेती होगी तो बहुत सारी कमाई होगी।' सुस्त इंसान, 'ज्यादा कमाई होगी तो उससे क्या होगा?' शुभचिंतक, 'उससे आपका घर बन जाएगा।' सुस्त इंसान, 'उससे क्या हो जाएगा?' शुभचिंतक, 'नौकर भी आ जाएँगे।' सुस्त इंसान, 'उससे क्या होगा?' शुभचिंतक, 'अरे! फिर आप आराम से सोना।' सुस्त इंसान, 'अरे! वह तो मैं अभी भी कर रहा हूँ, अभी भी तो सो रहा हूँ।'

सुस्त इंसान को हरदम काम न करने के खूबसूरत बहाने मिल जाते हैं। हर तरह के इंसान को विकास करने के लिए इस बाधा को पार करना पड़ता है फिर चाहे वह विद्यार्थी हो या दुकानदार... बच्चा हो या उसके माँ-बाप।

विद्यार्थी कुछ घंटे पढ़ाई करने के बाद सुस्ती महसूस करता है और उसे तोड़ नहीं पाता। वह अपनी शक्तियों को कभी जान नहीं पाता। बच्चे माता-पिता द्वारा दिए काम को शुरु करते ही, जल्द ही आलसीपन महसूस करते हैं। चिड़चिड़ाहट महसूस करने लगते हैं और बहाने सोचने लगते हैं। स्त्रियाँ घर के काम काज करते-करते ऊबन महसूस करती हैं और यदि तब कोई मेहमान आ जाए तो तनाव का पहाड़ महसूस करती हैं। दुकान (कंपनी) से लौटने के बाद सेठजी कोई नया काम देखते हैं तो वह सुस्ती महसूस करते हैं, आलस तोड़ना नहीं चाहते। बहाने बनाने लगते हैं या क्रोध का शिकार बनते हैं।

सुस्त इंसान का शरीर विकास करने के पहले प्रतिकार करता है। वह अपनी सुस्ती से बाहर आना नहीं चाहता। शरीर व मन की इस आदत की वजह से, इंसान विकास नहीं कर पाता है। चाहते हुए भी वह इस तमोगुण को नहीं तोड़ पाता है। आलस के आते ही शरीर आनाकानी करने लगता है, जिसकी उसे आदत पड़ चुकी है। फिर, शरीर की यह अवस्था देख मन काम करने का विरोध करता है।

सुस्ती मिटाने में सुस्ती न करें, आज से ही कुछ प्रयोग शुरू करें

- रोज कुछ शारीरिक काम करें जैसे योगासन, व्यायामशाला जाना, स्वास्थ्य केंद्र के सदस्य बनना, परिश्रम द्वारा पसीना बहाना इत्यादि।
- अपनी विलंबकारी आदत को तोड़ने के लिए रोज एक दो नए काम जरूर करें, जो मन को लगेगा कि जरूरी नहीं है या कल किए जा सकते हैं।
- रात सोने से पहले अपने आप से यह पूछें कि क्या मैं एक और काम कर सकता हूँ? वह कर डालें। यह आलस को तोड़ने की अच्छी तकनीक (technique) है।
- कुछ नया सीखने में समय, बल व पूंजी लगाएँ, चाहे आपका स्वभाव यह न माने।
- कुछ नए लोगों से मिलें, कुछ नई गतिविधियों में भाग लें, जो आपके चारों तरफ हो रही हैं। चाहे शरीर इसका विरोध करे।
- कुछ सामाजिक कार्य करें, जिससे समाज में कुछ बदलाहट लाई जा सके।
- कोई हॉबी-क्लास लगाएँ जैसे कि संगीत, नृत्य, कला, व्यक्तित्व विकास, स्मरण शक्ति विकास, रेकी इत्यादि।

- कुछ लिखने का कार्य हाथ में लें (कविता, लेख, कहानियाँ) अखबार के लिए या अपने संतोष के लिए।

- दिनभर के काम के बाद, अपना आलस तोड़ने के लिए, हफ्ते में एक बार कुछ अलग-अलग क्षेत्र के लोगों को पत्र (विचार सेवा) लिखें। पत्र व्यवहार द्वारा, दुनियाभर की बातें भी जानें और आत्मविकास भी करें।

- टी.वी., घर, चाय, अखबार के मोह को थोड़ा घटाकर, अपनी शिथिलता कम करें तभी आत्मविकास होगा। वरना हमें जीवन भर वही सब मिलता रहेगा, जो अब तक मिलता आया है इसलिए सत्वगुणी बनें, तमोगुण से मुक्ति पाएँ।

हर इंसान के शरीर की रचना भिन्न-भिन्न होती है। कोई शरीर बैंगन खाकर तरोताजा महसूस करता है तो कोई बैंगन खाकर बीमार होता है। किसी को केले पौष्टिकता देते हैं तो किसी को केले खाकर तकलीफ होती है।

यदि आप अपने शरीर का निरंतर निरीक्षण करेंगे तब आप यह जानेंगे कि आपको कौन सा आहार और कौन से फल कब, कहाँ और कैसे खाने चाहिए। यह जानकारी जीवनभर स्वस्थ रहने में आपकी मदद करेगी।

		तमोगुण ☒	रजोगुण ☒	सत्वगुण ☒
अन्नमय शरीर		सुस्त	हलचल (महत्त्वाकांक्षी)	समता चुस्त-दुरुस्त
	आहार	ठंडा/बासी	गर्म	संतुलित आदर्श
प्राणमय शरीर	साँस	आहें/जंभाइयाँ	उथली-उथली तेजी से चलनेवाली	मध्यम साँस, कभी कभी गहरी साँस
मनोमय शरीर	विचार	क्रेडिट लेना/द्वेष	भूत-भविष्य में भागना	सहज मन के न्यूट्रल विचार, आशावादी/आनंदित विचार
विवेकमय	बुद्धि	दुष्ट/अहंकारी	धूर्त/कपट	दूरदर्शिता, तेज समझ

नोट : मानसिक विकास के लिए अगला खंड पढ़ें

तीसरा खंड
मानसिक विकास

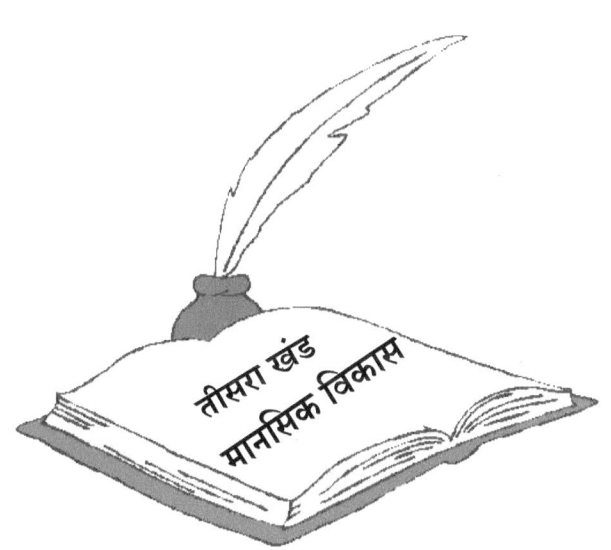

भाग १

मानसिक विकास में रास्ते के दस पत्थर

अभय और आनंदित जीवन कैसे जीएँ

यदि मन आप का मालिक है तो उससे बुरा कुछ नहीं और मन यदि आपका नौकर है तो उससे अच्छा कुछ नहीं। हमारा मन जब भय, चिंता, क्रोध और निराशा से भर जाता है तब हमारी मानसिक शक्ति कम हो जाती है। अपनी मानसिक शक्ति का विकास करने के लिए मन को एकाग्र करें और भय, चिंता, क्रोध को मिटाएँ।

पहला पत्थर - भय (Fear)

भय एक बीमारी है जो दीमक की तरह इंसान के जीवन को नष्ट करती है। भय के कारण ही इंसान अपने आपको छोटा महसूस करता है। भय ही असफलता का मूल कारण है। असफलता के खौफ से ही इंसान आत्महत्या (शरीर हत्या) तक करने से नहीं चूकता। इतनी ही भयानक चीज हम अपने साथ लेकर घूमते हैं, जिससे हम बेखबर हैं। हमारे आस-पास के लोगों को हम ऐसा ही जीवन जीते हुए देखते हैं। कई सारे किस्से हम अखबार, टी.वी. द्वारा पढ़ते हैं, देखते एवं सुनते हैं कि केवल भय के कारण ही इंसान आत्महत्या जैसे तरीके अपनाता है। भय यानी उन चीजों से डरना, जिनसे डरने की आवश्यकता नहीं है। जैसे कॉक्रोच, छिपकली, पानी, लोग, शिक्षक, इंजेक्शन, ऊँचाई असफलता, भविष्य इत्यादि।

इंसान का मूल भय - मौत है। जब मूल भय समझ में आएगा तो बाकी सभी भय समाप्त हो जाएँगे क्योंकि बाकी सभी भय उस मूल भय के कारण हैं। डरपोक इंसान भय की वजह से रोज मरते हैं और कभी विकास नहीं कर पाते। क्योंकि उनके मन में सदा ये विचार चलते हैं कि लोग क्या कहेंगे?... दुर्घटना हो गई तो... कहीं असफल न हो जाएँ... इत्यादि। मगर डर का मुकाबला करना ही डर की दवा है।

भय मुक्ति के उपाय

'ये तीन कदम भय के वृक्ष की नींव हिला देंगे।'

इस मुख्य कदम में डर का मुकाबला करना सीखें। जब भी डर दरवाजा खटखटाए, डर को अंदर प्रवेश नहीं करने देना है बल्कि विश्वास को दरवाजा खोलने देना है। विश्वास ने जब भी दरवाजा खोला है तब दरवाजे के बाहर डर नहीं होता। कारण डर, विश्वास का अभाव है। विश्वास आते ही डर नहीं रहता। वैसे ही जैसे रौशनी होने से अंधेरा नहीं रहता क्योंकि रौशनी और अंधेरा एक साथ नहीं रह सकते।

१. **डर का मुकाबला करें (फेस दि फीयर ॲण्ड देअर इज नो फीयर)**

पहले कदम में – जिस चीज का डर लग रहा हो, उसे करें। जब भी यह करेंगे तब पाएँगे कि डरने जैसी चीज़ कोई नहीं। उदा.

- रात में पानी पीने के लिए रसोई घर जाने से डर लग रहा हो तो पानी पीने रसोई घर में जरूर जाइए। जिस बात से डर लग रहा हो, वही क्रिया करने से देखेंगे कि डर की शक्ति का प्रभाव कम होने लगता है। क्योंकि सामान्य ज्ञान कहता है कि अगर वाकई कोई (अज्ञात) रसोई घर में है तो क्या वह हमारे कमरे तक नहीं आ सकता? इसलिए आपको धीरज और धैर्य से डर का मुकाबला करना है। आज तक रसोई घर में न कोई था, न है, सिवाय कुछ कॉक्रोच और चूहों के, वह भी कभी-कभार।

- किसी को स्टेज का, रंगमंच का डर लगता हो तो वे जब भी मौका मिले स्टेज पर जाएँ, बार-बार जाएँ, जिससे डर का प्रभाव खत्म होकर आत्मविश्वास का निर्माण होगा। उदा. एम.टी.सी. कोर्स के विद्यार्थी शुरुआत में स्टेज पर जाने से डरते हैं। किंतु यह तकनीक सीखने के बाद जब भी उन्हें स्टेज पर जाने का मौका मिलता है, वे मौके का फायदा उठाते हैं। यह देखा गया है कि धीरे-धीरे उनका साहस इतना बढ़ जाता है कि अंत में उन्हें स्टेज से उतारना कठिन हो जाता है।

यह कदम केवल वे ही लोग उठा पाते हैं, जिनमें डर से मुक्त होने की चाहत है या डर का सामना करने के लिए साहस है, धीरज है इसलिए पहला कदम मुख्य है। पहले कदम से शुरुआत करें ताकि थोड़ा सा साहस और विश्वास भी अगर हमारे अंदर जागता है तो डर की शक्ति निश्चित रूप से खत्म होगी। इसे एक घटना से जानें:

साँपों के साथ फोटो खिंचवाना

तेजज्ञान फाउण्डेशन के एक विद्यार्थी को साँप का डर लगता था। रात में सपने में भी उसे साँप नजर आते थे। एम.टी.सी. कोर्स करने के बाद उसका सर्पोद्यान में जाना हुआ। वहाँ उसने कर्मचारियों से निवेदन कर, साँप को दृढ़ता से अपने हाथ में थामकर

फोटो खिंचवाए। जिससे उसका डर खत्म हो गया, साथ ही साथ आत्मविश्वास भी बढ़ा।

२. डर के प्रति संवेदनशून्य होना (डिसेन्सिटाइज (Desensitise) होना)

दूसरे कदम में हमें भय के प्रति संवेदनशून्य होना है। जिससे हमें डर लगता हो, वह चीज बार-बार करनी है, सिर्फ एक बार नहीं। हर बार के प्रयोग में देखेंगे कि डर धीरे-धीरे खत्म होता जा रहा है। उदा. हमारे पैर के तलवे, बाकी त्वचा से ज्यादा संवेदनशून्य होते हैं क्योंकि बार-बार पत्थर, जमीन, फर्श से टकराकर ज्यादा मजबूत हो जाते हैं। यही सिद्धांत हमें डर के साथ भी अपनाना है। जिस चीज का डर लगता हो उसे बार-बार दोहराने से, उस चीज का असर कम हो जाएगा डर के प्रति संवेदनशून्यता आएगी।

जिस चीज का डर लग रहा हो उसे पुनः पुनः करें। उसके प्रति संवेदनशून्य बनें। उदा. रात में रसोईघर में जाने से डर लगता हो तो जाकर पानी पीकर ही आएँ। आपको जिन चीजों का डर है-पानी, खुली जगह, स्टेज, बंद जगह, अंधेरा इत्यादि, उन्हें बार-बार करें। जब भी डर भगाने का मौका मिले तब मौके का फायदा उठाएँ, सफलता जरूर मिलेगी।

३. अपने डरों पर हँसना सीखें (लाफ एट योर फीअर्स)

तीसरे कदम में हमें अपने डरों पर, अपनी मूर्खताओं पर हँसना सीखना होगा। हँसना हर रोग के ठीक होने के बाद मरहम का काम करता है। बहुत कम लोग ऐसे हैं, जो अपने डरों पर हँसना जानते हैं। उदा. किसी को कॉक्रोच का डर लग रहा हो तो वह अपने आप पर हँस कर देखे कि :

ऐसे छोटे प्राणी का, मुझे डर लग रहा है... हा ! हा ! हा !

कि वह मुझे पकड़ लेगा... हा ! हा ! हा !

अपने डरों पर हँसने से डर का वातावरण शुद्ध और हलका हो जाता है। मन की अनुकूल परिस्थिति में सभी हँस सकते हैं। एक मूर्ख भी हँस सकता है। उसमें कोई बड़ी बात नहीं। लेकिन मनमुताबिक कुछ भी नहीं हो रहा हो, फिर भी आप हँस रहे हैं तो उसके लिए साहस चाहिए। बत्तीस के बत्तीस दाँत सलामत, सुंदर हैं और आप हँस रहे हैं तो कोई बड़ी बात नहीं। हाँ, अगर आगे के दाँत टूटे हों, फिर भी आप जोर से हँस रहे हैं तो यह साहस है। अब तक हम दूसरों पर हँसना जानते थे, जो उतना ही आसान है, जितना अपने आप पर हँसना कठिन है। परंतु दूसरों के डरों पर हँसने का हक भी केवल

उन्हीं को है, जो अपने डरों पर हँसना जानते हैं, जो अपनी गलतियों पर हँस सकते हैं। तो आइए आज से ही हम यह संकल्प करें कि जब भी डर का आभास हो तब हम अपने डर पर हँसनेवाले हैं। अपनी गलतियों पर हँसना, अपनी मूर्खताओं पर हँसना, मरहम का काम करता है। जैसे :

दो मित्र रास्ते से कहीं जा रहे हैं। ऊपर से एक कौए ने पहले मित्र के साथ एक शरारत की तो दूसरे मित्र ने चिंतित स्वर में कहा –

... अरे ! तुम्हारे साथ तो बहुत बुरा हुआ। तुम तो इंटरव्यू के लिए जा रहे हो, ऐसा नहीं होना चाहिए था।

तब पहला मित्र, जो तीसरे कदम के बारे में जानता है, उसने कहा–

... अरे ! शुक्र मानो गाय उड़ नहीं सकती, ये तो कौआ था। अगर गाय भी उड़ सकती तो क्या हुआ होता?

इस तरह उसने वातावरण को हलका बना दिया।

ऊपर दिए गए तीन कदम आपकी तरफ से डर के खिलाफ ऐलान–ए–जंग हैं और अगले तीन कदम विजय की घोषणा है।

'ये तीन कदम भय का वृक्ष गिरा देंगे।'

१. औसत का नियम (लॉ ऑफ एवरेज LAW OF AVERAGE)

औसत का नियम यानी तथ्यों द्वारा विश्लेषण। औसत का नियम डर की सच्चाई सामने लाने के लिए इस्तेमाल करना है। डर चाहे कितना भी भयानक लगे लेकिन तथ्य (फॅक्टस्) क्या कह रहे हैं, इस बात पर ज्यादा ध्यान देना है। इस नियम को बुद्धि से समझने में शायद कठिनाई हो लेकिन इस का प्रयोग बहुत ही सरल है। तो आइए कुछ उदाहरणों के द्वारा इस प्रयोग का इस्तेमाल करना सीखें।

(अ) एक व्यक्ति रेलगाड़ी (ट्रेन) से सफर नहीं करता कारण उसके मन में दुर्घटना होने का डर है तो उसे औसत का नियम बताया गया।

- पूना से लोनावला तक साल में कितनी रेलगाड़ियाँ चलती हैं?

– लगभग १००० रेलगाड़ियाँ चलती हैं।

- उनमें से कितनी रेलगाड़ियाँ साल में गिरती होंगी या उनकी दुर्घटना होती होगी?

– दो, तीन या पाँच गिरती होंगी।

- १००० में से दो या पाँच तो १०० में से गिरने की संभावना कितनी?
- ०.५ प्रतिशत गिरने की संभावना है।
- तो आप जिस गाड़ी में सफर कर रहे हैं, उसके गिरने की संभावना कितनी?
- ज्यादा से ज्यादा ०.५ प्रतिशत यानी एक प्रतिशत भी नहीं। इतनी कम संभावना के लिए हम डर-डर कर रेल यात्रा क्यों करें?

उपरोक्त उदाहरण से समझें कि इतनी कम प्रतिशत संभावना के लिए भी लोगों के मन में डर होता है। यदि ५० प्रतिशत में गिनती होती तो डर स्वाभाविक था। ०.५ प्रतिशत तो बहुत ही मामूली है। किसान जब खेत में बीज डालता है तो बारिश न होने, कम होने या जरूरत से ज्यादा होने का खतरा बना रहता है, वह भी ५० प्रतिशत। फिर भी वह खेती करता है। तो क्या हम ०.५ प्रतिशत से भयभीत हो जाएँ?

(ब) एक विद्यार्थी को परीक्षा में अनुत्तीर्ण (फेल) होने का डर है, औसत का नियम क्या कहता है :

- आज तक तुमने कितने इम्तहान दिए?
- आठवीं कक्षा तक इम्तहान दिए।
- उनमें से कितनी बार फेल हुए?
- एक बार भी नहीं या यू कहें कि एक बार।
- तो इस बार फेल होने की संभावना कितनी ?
- ० (शून्य) प्रतिशत या एक प्रतिशत यानी अनुत्तीर्ण होने की इतनी अतिअल्प संभावना के लिए इतना डर क्यों?

जब विद्यार्थी ने जाना कि वह अकारण ही इतना डर रहा था तब उसके मन में एक साहस जागता है, होश जागता है, जिससे वह अपनी पढ़ाई में पूर्ण ध्यान दे पाता है।

(क) टी.जी.एफ. के एक विद्यार्थी, जो डॉक्टर हैं, उन्हें कुत्तों से डर लगता था। वे उस हॉस्पिटल में काम करते हैं, जहाँ ऐसे मरीजों का इलाज भी होता है, जो कुत्ते के काटने पर इंजेक्शन लगाने आते हैं। उन्होंने जब यह तकनीक जानी और घटना में उसका इस्तेमाल किया तो औरों को भी अपना अनुभव बताया।

एक दिन रास्ते से कहीं जाते हुए उन्होंने देखा कि रास्ते में कुत्ते झगड़ रहे थे तो हमेशा की तरह रुक गए और सामान्य बुद्धि (common sense) से सोचकर देखा कि

मानसिक विकास – ७९

औसत का नियम क्या कहता है:

- रोज ऐसे कितने लोग हॉस्पिटल में आते हैं, जो कुत्ते द्वारा काटे गए हैं?
- हर महीने कितने लोग आते हैं?
- और जो आते हैं उनमें से कितने लोग बार-बार आते हैं?
- क्योंकि जो दोबारा आते हैं, उन्हें कुछ समय तक का कोर्स पूर्ण करना होता है।

इन सभी बातों का अगर प्रतिशत निकाला जाए तो वह इतना कम है कि उनमें से उन्हें कुत्ते के काटने की संभावना बहुत कम थी, जिसके लिए डरना अनावश्यक लगा। इस तरह निडर होकर वे रास्ते से सुरक्षित आगे निकल गए। उस दिन के बाद उनका डर हमेशा के लिए खत्म हो गया।

(ड) एक महिला को बारिश के दिनों में बिजली के गिरने का डर लगता था तो औसत का नियम क्या कहता है :

- बारिश में आज तक कितनी बार बिजली गिरी है?
- आपके शहर में कितनी बार गिरी है?
- आपके मोहल्ले में कितनी बार गिरी है?
- तो आप पर गिरने की संभावना कितनी?
- प्रतिशत अगर देखा जाए तो ०.०००००१। जिसके लिए बिना वजह डर-डर कर क्यों जीएँ?

उपरोक्त बताए गए उदाहरणों से समझें कि ९९ प्रतिशत प्रसंगों में वह घटना नहीं होती, जिसकी इंसान विचारों में कल्पना करता है। इसलिए जो ये कदम उठा पाते हैं उनमें एक साहस, आत्मविश्वास जागता है। वे लोग अपनी सामान्य बुद्धि का इस्तेमाल कर, डरों से मुक्ति पाकर आनंदित जीवन जीने का लाभ ले पाते हैं।

२. आन्तरिक मार्गदर्शन (इनटयूशन – Intuition)

कुछ लोगों को तकनीक सीखने के बावजूद भी डर लगता हो तो वे अपने भीतर की शक्ति का मार्गदर्शन लें। भीतर की ट्यूशन यानी आंतरिक मार्गदर्शन। यह शक्ति लगातार हमारा मार्गदर्शन कर रही है कि हमारे लिए – * कहाँ खाना है * कहाँ शुभ है * कहाँ मित्र है * कहाँ खतरा है। परंतु हमने कभी इस शक्ति को जगाया ही नहीं। अगर जगाते तो हमें सही समय पर योग्य मार्गदर्शन मिलता। जैसे –

- कभी-कभी लगता है कि फलाँ-फलाँ इंसान मिलनेवाला है और वाकई वह मिलता है। हालाँकि हमारे बाहरी मन का तर्क कहता है कि वह नहीं मिलनेवाला क्योंकि वह शहर से बाहर गया हुआ है। परंतु अंतर्मन कहता है कि मिलनेवाला है और वह मिलता है।

- कभी-कभी भीतर से आभास होता है कि किसी का फोन आनेवाला है और फोन आता है, यह है आंतरिक शक्ति। यह शक्ति सभी में है।

- कौए को कैसे पता चलता है कि हमने छत पर रोटी के टुकड़े रखे हैं? क्या उसके लिए टी.वी. पर विज्ञापन प्रसारित हुआ? या फिर शायद अँटेना (एरियल) पर बैठे हुए सुन लिया होगा? ऐसा नहीं है बल्कि अंदर की शक्ति उनका मार्गदर्शन करती है।

अंतर्मन के मार्गदर्शक पर भरोसा रखें

कुछ लोग टी.वी., सिनेमा के भयानक कार्यक्रम देखकर डर जाते हैं। अंधेरे में जाने से पहले (डर का मुकाबला करने से पहले), उनके मन में प्रश्न उठता है कि वाकई अंधेरे में कोई हो तो हमारा क्या होगा? ऐसे में उन्हें तथ्य बताया जाता है कि यदि सचमुच अंधेरे में कोई खतरा हो तो अंतर्मन का मार्गदर्शक आपको सूचित करेगा। यह मार्गदर्शन सुनकर हम उस दिन अंधेरे में नहीं जाएँगे। इस अंतर्मन के मार्गदर्शक पर भरोसा रखें।

टी.वी. सिनेमा में दिखाए जानेवाले कार्यक्रम काल्पनिक होते हैं। जिनमें कोई सच्चाई नहीं होती। ऐसे कार्यक्रम बनानेवाले केवल अपने फायदे के लिए गलत चीज़ों को घुमा-फिराकर, मनोरंजन के नाम पर प्रस्तुत करते हैं, जिनका उद्देश्य केवल पैसे कमाना, नाम, शोहरत हासिल करना है। इन्हीं गलत साधनों द्वारा डर हमारे अंदर कब प्रवेश कर जाता है, हमें पता भी नहीं चलता। ऐसे में अगर किसी को डर लग रहा हो तो वे अंतर्मन की शक्ति का मार्गदर्शन लें। यह जानें कि शक्ति का स्रोत (सोर्स) हमारे अंदर ही है। परंतु आज हम बाहरी (मन के) जगत में इतने व्यस्त हो गए हैं कि बाहर की ट्यूशन लगाने में ही लगे हुए हैं और अंदर के मार्गदर्शन से अनजान हैं।

आज फिर से आपको एक इशारा मिल रहा है। अंदर के मार्गदर्शन से परिचित होने का। हमें अनुभव से सिर्फ देखना है, सुनना है और जानना है। अपने आपसे यह सवाल पूछकर देखें कि जीवन का लक्ष्य क्या है? क्यों आए हैं इस पृथ्वी पर? आज कितने ऐसे लोग हैं जो अपना लक्ष्य जानते हैं? आश्चर्य होगा यह जानकर कि बहुत कम लोग हैं, जो अपनी लक्ष्य पूर्ति के लिए कार्य कर रहे हैं, जिससे वे जागृत हैं, पूर्ण होश में हैं।

प्रत्येक कदम पर हमें मार्गदर्शन मिल रहा है। सिर्फ यह तेज विश्वास जागे कि अपने अंदर से आवाज आती है, सही समय पर आती है। एक बार अगर वह आवाज सुनाई देना शुरू हो जाए तो फिर कहीं कोई संकट, विपदा, डर, नहीं रहेगा और रहे भी तो अंदर की ट्यूशन (आवाज) से हमें पता चलेगा।

३. विवेक युक्त विचार (रैशनल थिंकिंग/लॉजिकल थिंकिंग)

क्या हमने कभी सोचा है कि हमारे सुख-दुःख के पीछे असली कारण क्या है? हमारे सुख-दुःख के निर्माता हम स्वयं और हमारे विचार ही हैं। महत्व इस बात का नहीं कि बुद्धि कितनी ज्यादा इस्तेमाल हो रही है बल्कि इस बात का है कि किस तरह आप सही समय, सही स्थान, सही कार्य में, अपना सामान्य ज्ञान (common sense) व्यवहार में लाते हैं। कुछ लोग अपने सामान्य ज्ञान को इस्तेमाल करना भूल गए हैं। जैसेः एक व्यक्ति रोज होटल में जाता है और समोसा खाते वक्त अंदर का मसाला खाकर बाहर की खाल छोड़ देता है। ऐसा वह रोज करता है। होटल के वेटर को भी आश्चर्य होता है। फिर एक दिन वह पूरा समोसा खाता है। जब वेटर उससे पूछता है तो वह बताता है कि दरअसल, स्वास्थ्य ठीक न होने की वजह से डॉक्टर ने उसे बाहर की चीजें खाने से मना किया था। आज उसका स्वास्थ्य ठीक हुआ है इसलिए उसने पूरा समोसा खाया। यह है सामान्य ज्ञान (common sense) की कमी। डॉक्टर कहना कुछ और चाहता है, व्यक्ति कुछ और समझ लेता है।

'विवेकयुक्त विचार का उपयोग कैसे करें?'

एक इंसान इंटरव्यू के लिए जा रहा है। वह अपने आपसे बातें कर करते हुए जा रहा है... 'क्या सवाल पूछेंगे?... नौकरी मिलेगी या नहीं'... नहीं मिली तो क्या होगा?'... ऑफिस से बाहर निकाल दिया तो?... जितनी वह अपने आपसे इस तरह बातें करते रहता है, उतना उसका डर बढ़ता जाता है। ऐसे में विवेकपूर्ण विचार मन की उलझन को हटा देता है। फिर वह व्यक्ति विवेक की बात ध्यान से सुनता है।

विवेक क्या कहता है :

व्यक्ति : मुझे ऑफिस जाने से डर लग रहा है, मेरा आज इंटरव्यू है।

विवेक : इंटरव्यू के लिए जा रहे हैं तो क्या हाथ-पैर पर रेंगते हुए जा रहे हैं?

व्यक्ति : नहीं नहीं, मैं अपनी दोनो टाँगों पर चलकर जा रहा हूँ।

विवेक : मगर आपका डर तो यही बता रहा है, शायद आपने उनसे कुछ कर्ज लिया हो। वे आपको अंदर जाते ही पकड़ लेंगे और अपना कर्ज माँग लेंगे?

व्यक्ति :	मैने कोई कर्ज नहीं लिया है।
विवेक :	तो फिर आप कहीं उन्हें लूटने तो नहीं जा रहे?
व्यक्ति :	मैं क्यों उन्हें लूटने जाऊँ? मैं तो अखबार में विज्ञापन देखकर जा रहा हूँ।
विवेक :	शायद आप उनसे भीख माँगने जा रहे हैं?
व्यक्ति :	भीख क्यों माँगू? नौकरी माँगने जा रहा हूँ। मेहनत करना चाहता हूँ।
विवेक :	फिर इतना डर-डर कर क्यों जा रहे हैं। क्या वे आपको थप्पड़ मारेंगे?
व्यक्ति :	थप्पड़ क्यों मारेंगे? क्या मैं उनके घर का खाता हूँ?
विवेक :	फिर ज्यादा से ज्यादा क्या करेंगे? आपको नौकरी नहीं देंगे, ऑफिस से बाहर जाने के लिए कहेंगे। उसमें इतना डर क्यों? आपको वह नौकरी नहीं मिलेगी, जो आपके पास थी ही नहीं। ज्यादा से ज्यादा क्या होगा? आपको वह चीज नहीं मिलेगी जो आपके पास थी ही नहीं। इतनी मामूली सी बात के लिए डरने की क्या आवश्यकता?
व्यक्ति :	अरे हाँ! डरने की अब कोई आवश्यकता नहीं।

हम भी अपने विवेक से यह कला सीखें। अपने अपने विवेक से विवेक बुद्धि का इस्तेमाल करें, विचारक दृष्टिकोण रखें। सामान्य ज्ञान (कॉमन सेन्स), रैशनल थिंकिंग का इस्तेमाल करें, जिससे डर का अस्तित्व खत्म हो जाएगा।

भय मुक्ति मंत्र

I am God's property, NO fear can touch me.

'मैं ईश्वर की दौलत (मिलकियत) हूँ, कोई भी गलत शक्ति मुझे छू नहीं सकती।'

अब तक बताए गए छह कदम अपनाने के बावजूद भी अगर किसी को डर लग रहा हो तो उनके लिए एक और रामबाण उपाय है– यह मुक्ति मंत्र। यह मंत्र केवल शब्द नहीं बल्कि सत्य का ज्ञान, विश्वास की शक्ति और सुरक्षा का कवच है। जिसे दोहराने से आपके चारों ओर सुरक्षा की ढाल तैयार होती है। हर शब्द की एक तरंग है। वह तरंग आपको स्वास्थ्य प्रदान कर सकती है या बीमारियों के जंगल में ढकेल सकती है। इसलिए अपने शब्दों को सोच-समझकर इस्तेमाल करें। I am God's property, No fear can touch me. 'मैं ईश्वर की दौलत (मिलकियत) हूँ, कोई भी गलत शक्ति मुझे छू नहीं सकती', ये शब्द गजब की शक्ति रखते हैं। ये शब्द मिलकर 'मुक्ति वरदान' मंत्र बनते हैं। इन्हें दोहराते ही आपको अंदर से आत्मविश्वास और शक्ति

महसूस होगी क्योंकि इस मंत्र की शक्ति आपके चारों तरफ एक ढाल बनाती है। जितनी प्रबलता के साथ आप ये शब्द दोहराएँगे, (विशेषतः 'छू' या 'टच' शब्द को) उतनी ही शक्ति महसूस होगी। इसकी तरंग (वायब्रेशन) किसी भी तरह की गलत शक्ति को आपके पास आने नहीं देगी।

आज टी.जी.एफ. के हजारों-हजार विद्यार्थी इसका लाभ उठा रहे हैं, आगे भी उठाते रहेंगे। कई लोग अपना अनुभव बताते हैं कि किस तरह इस मंत्र की वजह से उनकी चिंता व डर हमेशा के लिए खत्म हो चुका है। आज के बाद किसी को अगर अंधेरे का या किसी भी तरह का डर लग रहा हो तो उनके लिए यह मंत्र 'मुक्ति वरदान' सिद्ध होगा।

मंत्र में शक्ति क्यों है?

पौराणिक काल में लोग सत्य पर चलनेवाले थे। जब वे किसी को श्राप या वरदान दिया करते थे तो वे सत्य साबित होते थे। कारण उनके शब्दों में बल था, सत्य की शक्ति थी। आज के युग में लोग कपट व छल से शब्दों का उपयोग कर रहे हैं। जिसका परिणाम हम सबके सामने है। आत्मविश्वास का अभाव, डर व तनाव से भरा जीवन, नफरत, ईर्ष्या व द्वेष की आग, एकाग्रता की कमी, संकल्प शक्ति का कम हो जाना इत्यादि। शब्दों का सही इस्तेमाल कैसे करें, यह नीचे लिखी बातों से समझें एवं स्वयं व औरों के लाभ के लिए इन पर अमल करें।

१. सकारात्मक शब्दों का इस्तेमाल करें। 'चीखो मत' कहने के बजाय कहें, 'धीरे बोलो।' 'मैं फेल हो गया हूँ' कहने के बजाय कहें, 'मैं अभी कामयाब नहीं हुआ।'

२. आशावादी व प्रेरणा देनेवाले शब्द इस्तेमाल करें। 'मैं कर सकता हूँ, मुझे करना चाहिए और मैं करूँगा।' (I can, I must, I will). 'मैं निर्भय हूँ', 'मैं अभय हूँ', 'मैं ईश्वर की दौलत हूँ' इसलिए मुक्त हूँ।

३. कपट से दूर रहें। झूठ को अपनी जिंदगी से जितना कम कर सकें, उतना कम करें। झूठ हमारे शब्दों से शक्ति छीन लेता है, सत्य शब्दों की शक्ति बढ़ाता है।

४. दूसरों के लिए निंदा, गाली-गलौज, अपशब्द निकालना बंद करें।

५. उन्नति, प्रार्थना, आशीर्वाद, मंगलमय, भक्तियुक्त शब्दों का उच्चारण, शब्दों में नयी शक्ति भर देता है।

६. हर रोज कुछ अच्छे विचार लेकर निकलें। 'हॅपी थॉट्स' (शुभ विचार)। उन्हें जब भी मौका मिले, दोहराते रहें, जिससे शब्दों की शक्ति, आपकी शक्ति बन

जाएगी।

नकारात्मक शक्तियाँ, जिन्हें हम भूत-प्रेत के नाम से जानते हैं, उन्हीं लोगों की तरफ आकर्षित होती हैं, जो ऐसी चीजों के लिए ग्रहणशील होते हैं। ये लोग अक्सर नकारात्मक विचारक और भयभीत किस्म के लोग होते हैं। भयभीत लोग अपने अंदर सिकुड़ जाते हैं और अपने अंदर किसी और के लिए जगह बनाते हैं। निर्भय और आनंदित इंसान फैल जाता है। वह अपने अंदर गलत चीजों के लिए कोई जगह नहीं छोड़ता।

भयभीत शरीर पोरस (छेदवाले) होते हैं, जैसे स्पंज पोरस होता है। स्पंज में यदि पानी डालें तो पानी अंदर रुक जाता है कारण अंदर पानी के लिए छोटे-छोटे छिद्र हैं। इसलिए अपने शरीर को पोरस मत बनाइए। जब भी डर सताए, मुक्ति मंत्र दोहराइए, यह मंत्र सारे छिद्र बंद कर देगा।

I am God's property, NO fear can touch me.

मैं ईश्वर की दौलत (मिलकियत) हूँ, कोई भी गलत शक्ति मुझे छू नहीं सकती।

दूसरा पत्थर – चिंता (Worry)

इंसान अनिष्ट बातों को बार-बार सोचता है और अपनी कल्पना से घटनाओं की पूर्ति होते हुए देखता है। जब माँ अपने बच्चे की चिंता करती है तो वह कल्पना करती है कि अगर उसका बेटा बाहर गया है तो उसके साथ कहीं दुर्घटना न हो जाए। दुर्घटना में उसके हाथ-पैर न कट जाएँ। यहाँ तक कि वह अपने बेटे की मृत्यु की भी कल्पना करती है और इन्हीं विचारों की पुनरावृत्ति (repetition) चिंता का रूप ले लेती है। शब्दों में अगर जानना हो तो चिंता और चिता में मात्र एक बिंदु का अंतर है।

चिंतित और निराश इंसान विकास की यात्रा में अपने आपको शक्तिहीन महसूस करता है और बिना शक्ति के विकास असंभव है। मनुष्य का मन जल्द ही निराश हो जाता है। इच्छाएँ पूरी न हुईं तो मन निराश होता ही है, चिंता करता है। चिंता आगे चलकर चिता बन जाती है, जो जीते जी उसे जलाती है। अपने अंदर सकारात्मक विचार रखें। सकारात्मक विचार मन में भर देने से चिंता के लिए जगह नहीं मिलती।

चिंता मुक्ति के उपाय

१.   चिंता का मुकाबला एक घंटे में

हम शारीरिक स्वास्थ्य, ईश्वरीय श्रद्धा या ईश्वर के डर से बहुत कुछ उपवास करते हैं। शरीर के लिए इतना सोचते हैं कि अदरक खाएँ कि नहीं? लहसुन या प्याज खाएँ कि नहीं? उपवास में फलाँ-फलाँ चीज़ खाएँ या न खाएँ? इत्यादि। खान-पान में

कुछ चीजें, शरीर के लिए हानिकारक भी हैं इसलिए सोचना जरूरी है किंतु यह दोयम है तो प्रथम क्या है?

हमें करना है चिंता का उपवास। इसकी शुरुआत करने के लिए दिन में एक घंटा निश्चित करें। फिर उस एक घंटे में चाहे कितनी भी भयानक घटना क्यों न हो, कितनी भी तोड़फोड़ क्यों न हो, कप टूट जाए, बर्तन गिर जाए, कोई कुछ भी खबर दे तो पहले समय देखें कि अभी चिंता का उपवास जारी है। जैसे :

...कोई आकर कहें कि गोदाम जल गया ...तो उससे कहें, 'मन्ने क्या? यानी मुझे क्या?...' और वह कहे, 'अरे ! आपका गोदाम जल गया।'... तो कहें, 'तन्ने क्या? यानी आपको क्या?' कहने का अर्थ है कि किसी भी बात पर आप इस एक घंटे में परेशान नहीं होंगे।

यह एक घंटा सभी के लिए भिन्न है। आप अपने समय अनुसार यह एक घंटा चुनें। कुछ लोग सुबह के समय बहुत जल्दी में होते हैं, जैसे-दफ्तर जाना है, घर से जल्दी निकलना है, बच्चों को स्कूल के लिए तैयार करना है, नाश्ता बनाना है, टिफिन देना है, टेलिफोन की घंटी बज रही है इत्यादि। वे सुबह का समय निश्चित करें। कुछ लोगों का दफ्तर में सुबह, दोपहर, शाम या पूर्ण दिवस का समय बहुत तनाव एवं चिंता में गुजरता है, तो वे दफ्तर में कोई एक समय निश्चित कर चिंता का उपवास कर सकते हैं।

कुछ लोगों का घर लौटने के बाद बड़ी मुश्किल से समय कटता है। ऐसे में वे अपने अशांत मन को कहीं और लगाने की कोशिश करते हैं; जैसे टी.वी. देखना, मित्र या सगे-संबंधी के पास चले जाना, नशा-पान करना इत्यादि। परिणाम, बिना वजह चिंता को आमंत्रित करना, जो कि चिंता का हल नहीं बल्कि चिंता बढ़ाने का अवसर है। इसलिए चिंता का मुकाबला करें, न कि उससे दूर भागें। यह एक घंटा भी आपके जीवन का मूल्यवान क्षण है। इस एक घंटे का सदुपयोग करें।

यह है चिंता के उपवास का एक घंटा। इस एक घंटे में चाहे दुनिया में कुछ भी हो जाए, 'मुझे चिंता नहीं करनी है, ठंडे दिमाग से उस घंटे में काम करेंगे', यह संकल्प करें। यह प्रयोग हर रोज जारी रखें। जिससे आप चिंता पर अंकुश लगा सकते हैं, न कि चिंता आप पर। एक घंटे से शुरुआत करें। एक बार चिंतामुक्त जीवन का स्वाद आपको मिल गया तो फिर चिंता से मुक्ति पाने से आपको कोई नहीं रोक सकता।

२. चिंता के प्रति संवेदनशून्य होना (डिसेन्सिटाइज होना)

जिस कारण अथवा घटना से आपको चिंता हो रही है, उसका मुकाबला बार-बार करने से उस चीज का असर कम हो जाएगा। चिंता के प्रति संवेदनशून्य अवस्था

आएगी। जैसे चिंता न करने का उपवास पहले हम एक घंटे के लिए कर रहे थे। अब यह उपवास सुबह एक घंटा और शाम को एक घंटा करेंगे। यानी इन दो घंटों में हमने चिंता के प्रति ऐलान-ए-जंग किया है। यह दो घंटे, चिंता का उपवास (worry fast) है। फिर डेढ़-डेढ़ घंटे के लिए यह उपवास करें। इस तरह उस कालावधी को धीरे-धीरे बढ़ाएँ। एक घंटे से दो घंटे... दो से... तीन... से चार। जिससे आगे आपमें यह दृढ़ विश्वास जागेगा कि जिंदगी में आप कभी चिंतित नहीं होंगे। चिंताओं का सामना कर पाएँगे। आप पूरे दिन चिंताशून्य अवस्था में रहेंगे और चिंता के प्रति संवेदनशून्य हो जाएँगे।

३. तीन सवाल, तीन कदम (एक फॉर्मूला) :

ये तीन सवाल चिंता की मौत हैं।

चिंता की अवस्था में नीचे दिए गए तीन सवाल अपने आपसे जरूर पूछें। इन सवालों से चिंता की तीन महत्त्वपूर्ण वस्तुस्थितियाँ (जानकारियाँ) पता चलेंगी।

पहला सवाल : आपने आज तक जिन चीजों के बारे में चिंता की है, क्या वे सभी घटित हुई हैं?

जवाब : नहीं। परंतु उनमें से कुछ घटित जरूर हुई हैं।

दूसरा सवाल : जो घटनाएँ हुईं, वे क्या उतनी ही भयानक थीं, जितनी आपने कल्पना की थी?

जवाब : सभी उतनी भयानक नहीं थीं लेकिन कुछ सचमुच भयानक थीं।

तीसरा सवाल : जो भी एक-दो भयानक घटनाएँ घटीं, क्या फिर भी आप उनका मुकाबला कर पाए या नहीं कर पाए?

जवाब : जी हाँ, उनका सामना हम कर पाए।

निष्कर्ष

अगर उन घटनाओं का सामना पहले कर चुके हैं तो आगे भी कर सकते हैं कि नहीं? तो फिर बिना वजह चिंता के रोग को क्यों बढ़ाएँ? पहले तो वह चिंता की घटना होगी नहीं, होगी तो उतनी भयानक नहीं होगी, जितनी आपने सोची होगी और अगर भयानक रही भी तो आप हमेशा उसका मुकाबला कर ही पाए हैं तो आगे भी कर पाएँगे। इस तरह अगर हम स्वयं से भी ईमानदारी से पूछें तो यह जानकर आश्चर्य होगा कि किस तरह हम चिंता की कॅसेट अपने दिमाग के टेपरिकॉर्डर में विपरीत क्रम से (रिवाइंड करके) बार-बार चलाते हैं और चिंता का स्वागत करते हैं ऐसे में चिंता के प्रति एक होश जागेगा और देखेंगे कि चिंता की अवस्था में भी आप चिंतित नहीं होंगे।

तीन कदम

पहला कदम : अपनी चिंताओं पर यह सोचें कि ज्यादा से ज्यादा बुरा क्या होगा? अधिक बुरा क्या होगा?

स्पष्टीकरण : यह सोचना हमें हर घटना के लिए मानसिक तौर पर तैयार कर देता है फिर चाहे वे घटनाएँ हों या न हों। यानी जितना सोचा जाता है, हकीकत में उतना होता नहीं (९० प्रतिशत) और जो सोचा जा रहा है, उनमें से अगर कुछ घटनाएँ होती भी हैं तो १० प्रतिशत के रूप में। ९० प्रतिशत घटनाएँ, जिनकी हमने चिंता की थी, वास्तव में होती ही नहीं।

दूसरा कदम : बुरे से बुरा जो हो सकता है, उसे पहले ही स्वीकार करें।

स्पष्टीकरण : जो भी बुरी घटना हो सकती है, उसे स्वीकार करने की तैयारी होनी चाहिए। स्वीकार करने से उसकी पीड़ा कम होती है क्योंकि जो हो सकता है उसे अस्वीकार करने पर उसका दुःख और ज्यादा बढ़ जाता है।

तीसरा कदम : इस फॉर्मूले को पूर्ण करने के लिए यह कदम जरूर उठाएँ। यानी जितना भी बुरा हो सकता है, उसे बचे हुए समय में ठीक करने की कोशिश करें। अपनी तरफ से नुकसान को कम करने के लिए जो बेहतर हो सके, वह कर डालें। जैसे दर्जी फटे हुए कपड़े पर रफू करता है।

स्पष्टीकरण : उदा. जैसे बच्चे को इम्तहान से डर लगता है। समय कम है, इम्तहान निकट है इसलिए चिंतित है। लेकिन वह उपरोक्त तीन कदम जानता है तो वह पहला कदम उठाता है कि ज्यादा से ज्यादा बुरा क्या होगा? वह फेल हो सकता है। वह स्वीकार करता है, जिससे उसे तुरंत राहत मिलती है। अंत में जो समय उसके पास है, उसे अपनी तरफ से बेहतर ढंग से पढ़ाई में इस्तेमाल करता है। अब पढ़ाई करते वक्त फेल होने की चिंता, उसे बार-बार नहीं सताती है। जिससे उसकी पढ़ाई अच्छी होने लगती है। इससे उसे विश्वास प्राप्त होता है। यह कर लेने के बाद वह देखता है कि जिस अनिष्ट को उसने स्वीकारा था, वह हुआ ही नहीं।

४. औसत का नियम – टूटे चिंता और भ्रम

अक्सर माता–पिता को अपने बच्चे की चिंता सताती है। उन्हें यह भ्रम होता है कि अगर चिंता नहीं की तो उनकी जिम्मेदारी पूर्ण नहीं हुई। माँ समझती है कि चिंता करने से वह अपना कर्तव्य निभा रही है। लेकिन वह नहीं जानती कि इस तरह की चिंता के विचार उसके बेटे के लिए हानिकारक भी हो सकते हैं। इसलिए जब भी किसी घटना के प्रति चिंता के विचार आपको परेशान कर रहे हों तो उस वक्त औसत का नियम (लॉ ऑफ एवरेज - Law of average) अपनाएँ। कारण 'चिंता खयालों में रहती है, तथ्य सत्य में और सत्य तथ्य में है।' औसत का नियम चिंता की सच्चाई सामने लाने के लिए इस्तेमाल करना है। चिंता चाहे कितनी भी भयानक लगे लेकिन तथ्य (फॅक्टस्) क्या कह रहे हैं, इस बात पर ज्यादा ध्यान देना है। यह नियम बुद्धि से शायद समझने में कठिनाई हो लेकिन इसका प्रयोग बहुत ही सरल है। आइए, इस उदाहरण के द्वारा इसका प्रयोग करना सीखें, जिसमें माँ को घर से बाहर गए बेटे की दुर्घटना का डर सताता है तो वह आसक्ति को तोड़कर कैसे सोचे?

औसत का नियम - एक प्रयोग :

- आज तक कितनी बार बेटा घर से बाहर गया है? – लगभग १००० बार
- कितनी बार जख्मी होकर आया है? – लगभग ५ बार
- तो आज के दिन में जख्मी होकर आने की संभावना कितनी? – ०.५%
- जो कि बिलकुल कम है। इतने कम प्रतिशत के लिए चिंता करने की कोई जरूरत नहीं।

उपरोक्त उदाहरण से समझें कि इतने कम प्रतिशत संभावना के लिए भी लोगों के मन में डर होता है। यदि ५० प्रतिशत में गिनती होती तो चिंता होना स्वाभाविक था। ०.५ प्रतिशत तो बहुत ही मामूली है। इस तरह माँ औसत का नियम अपनाकर बेटे के लिए चिंता नहीं बल्कि प्रार्थना करेगी। यह प्रार्थना उपयोगी हो सकती है, न कि चिंता।

५. अपनी चिंताओं पर हँसना सीखें

मन के अनुकूल परिस्थिति में सभी हँस सकते हैं। लेकिन मनमुताबिक कुछ भी नहीं हो रहा हो फिर भी आप हँस रहे हैं तो उसके लिए साहस चाहिए। बहुत कम लोग ऐसे हैं जो अपनी चिंता पर हँसना जानते हैं।

उदा. जैसे दो मित्र साथ बैठकर पढ़ाई कर रहे थे। एक मित्र लिखने का काम कर रहा था और दूसरे मित्रने प्यास लगने पर पानी पीया तब गलती से उसके हाथों से

कुछ पानी पहले मित्र की पुस्तक पर गिर गया। तब पहले मित्रने कहा, 'अच्छा हुआ तू स्याही नहीं पीता वरना मेरी पूरी किताब खराब हो जाती।' दूसरा मित्र चौंक गया और कथन का कारण पूछा तो पहले मित्र ने समझाया, 'यह तो पानी है, सूख जाएगा। अगर तू स्याही पीता होता तो मेरी पुस्तक पूरी खराब हो जाती।' दोनो मित्र हँसने लगे। आपने देखा कि हँसने से वातावरण हलका हो गया। दोनों के बीच तनाव भी नहीं हुआ। वरना ऐसी परिस्थिति में निश्चित रूप से झगड़ा भी हो सकता था। तो आइए आज से ही हम यह संकल्प करें कि 'जब भी चिंता का आभास हो तो हम अपनी चिंता पर हँसेंगे।'

६. चिंतामुक्ति मंत्र

जो समस्या मुझे मार ही नहीं डालती,

वह मुझे और भी मजबूत करती है।

दो में बटा संसार : ईश्वर ने हमें आज तक जो भी दिया है वह दो-दो के जोड़े में दिया है। जीवन में परीक्षा, तनाव, समस्या के साथ कुछ और भी आता है। जीवन एक साथ दो चीजें दे रहा है जैसे :

१) इम्तहान के साथ डर आता है। इम्तहान तो रो-धोकर बीत जाता है परंतु डर वैसे ही बना रहता है। फिर हम डर से भरा हुआ जीवन जीने लगते हैं।

२) अपमान हुआ तो अहंकार को चोट पहुँचती है। यदि आपने अपमान को सम्मान में बदल भी दिया मगर अहंकार के बारे में कुछ नहीं सीखा तो जब भी अपमान होगा, अहंकार की चोट और भी गहराती जाएगी। आप अहंकार से भरा जीवन जीने की आदत बना लेंगे।

३) यदि किसी से दुश्मनी हुई, उसके प्रति नफरत जागी और दुश्मन को जीत भी लिया मगर नफरत के बारे में कुछ न सीखा तो हर बार नफरत की आग बढ़ती ही जाएगी।

४) जब भी खाली समय मिलता है तो बोरडम मिलता है। खाली समय तो निकल जाता मगर बोरडम के लिए हम कुछ नहीं सीखते।

५) मनमुताबिक कोई काम न होने पर जब क्रोध जागता है तो काम हो जाता है मगर क्रोध के बारे में हम कुछ नहीं सीखते।

६) जब भी समस्या आती है तो तनाव भी आता है। समस्या तो सुलझाई जाती है परंतु तनाव के लिए कुछ नहीं किया जाता। फिर बिना समस्याओं के भी हम तनावपूर्ण जीवन जीने लगते हैं। जो तनाव हमें सिखाने आया है, उस तनाव से

जब तक हम कुछ नहीं सीखते तब तक तनाव आता ही रहेगा।

जीवन की समस्या - एक इम्तहान

जीवन की समस्या को इम्तहान समझें। जो आपको संकेत दे रहा है कि जो कुछ आपने सीखा है, उसमें आगे बढ़ रहे हैं या नहीं? उसमें आपका विकास हो रहा है या नहीं ? यह पूछने के बाद आपको आपकी समस्या, समस्या नहीं लगेगी क्योंकि समस्या के साथ आपको यहाँ पर एक मंत्र भी दिया जा रहा है। जो इस प्रकार है : (पहले इस मंत्र को पढ़ें और उसके बाद उस पर मनन करें तथा आगे मंत्र के उपयोग की विधि पढ़ें।)

'जो समस्या मुझे मार नहीं डालती,

वह मुझे और भी मजबूत करती है।'

'जो समस्या आपको मार नहीं डालती वह आपको और भी मजबूत करती है।' इस मंत्र को दोहराने से आप देखेंगे कि हर छोटी घटना, जो पहले आपको परेशान किया करती थी, अब वह घटना आपको परेशान नहीं कर पाएगी। जो भी लोग अपने जीवन में इस मंत्र पर काम कर रहे हैं, वे हर परिस्थिति से सीख रहे हैं। हर समस्या में वे यह मंत्र दोहरा रहे हैं और मजबूत बन रहे हैं।

जब भी समस्या आए तो अपने आपसे पूछें, 'क्या यह समस्या मुझे मार डालेगी?' अगर जवाब आए, 'नहीं' तो देखेंगे कि उस समस्या से आप और भी मजबूत होंगे। यह मजबूती बढ़ेगी तो आपकी दृढ़ता, आपका विश्वास, आपको उस समस्या से विकास की ओर ले जाएगा। जीवन की हर घटना में यह सजगता पहले ही किस तरह ला सकते हैं, इसे नीचे दिए गए उदा. से समझें।

१) जैसे घर में अचानक मेहमान आ जाएँ और आपको वह परेशानी, समस्या लगे तो तुरंत अपने आपसे पूछें कि क्या यह समस्या मुझे मार डालेगी ? यदि जवाब आए कि नहीं तो देखेंगे कि आसानी से उस तकलीफ से आप बाहर आ जाएँगे और मेहमानों के साथ आनंद ले पाएँगे।

२) बॉस आपको अपने ऑफिस में बुलाए और आपको डर लगे तो अपने आपसे पूछें कि क्या यह समस्या मुझे मार डालेगी ? यदि जवाब आए कि नहीं तो देखेंगे कि आप निडर होकर अंदर जाएँगे और शांत रहकर बॉस से बात कर पाएँगे। उस समस्या ने आपको और भी मजबूत बना दिया।

३) आपको कहीं पर जल्दी पहुँचना हो और आप ट्रॅफिक में फँस जाएँ, बहुत चिंतित, परेशान हो रहे हों तो अपने आपसे सवाल पूछें कि क्या यह समस्या मुझे

मार डालेगी ?' यदि जवाब आए कि नहीं तो देखेंगे कि आपकी चिंता, आपके विचार कम हो चुके है और उसमें आप स्थिर रह पाएँगे।

इस तरह कभी पैसे की कमी हो, कभी बीमारी हो जाए, कभी मानसिक तनाव बढ़ जाए, पड़ोसी से झगड़ा हो जाए। हर छोटी-बड़ी घटना में आप इस मंत्र का इस्तेमाल करें तो अपने आपमें एक बड़ा परिवर्तन पाएँगे। जो समय आप दुःख में, चिंता में बिताते थे, वही समय जीवन के पाठ पढ़ने में, जीवन के रहस्य जानने में लगाएँगे।

हर समस्या में एक उपहार होता है। हीरे की कीमत उस पर हथौड़े पड़ने पर ही बढ़ती है। डर से गुजरकर ही साहस पाया जा सकता है। परंतु यह समझ नहीं है तो डर की घटनाएँ तब तक दोहराई जाएँगी, जब तक आप पूर्ण रूप से उनसे छूट नहीं जाते, सीख नहीं प्राप्त कर लेते। नफरत को देखकर ही प्रेम की कीमत जानी जाती है, यह जब पक्का पता होगा तो नफरत प्रेम को कम नहीं करेगी। तनाव, तनाव नहीं बढ़ाएगा। फिर हर समस्या में जो उपहार है, आप उसे देख पाएँगे। इसलिए यह समझ हो कि समस्या परेशान करने के लिए नहीं बल्कि विकास के लिए है। जो कुछ सीखा है, वह आगे बढ़ने के लिए है। जब भी समस्या आएगी तो उसे इसी समझ से सुलझाएँगे कि यह समस्या नहीं, परीक्षा है। यह समस्या किसी पुराने कर्म की वजह से नहीं आई बल्कि एक मौका आया है अपने जीवन को एक लक्ष्य देने का। इस तरह हर घटना को समस्या बनने से आप रोक लेंगे तथा उस समस्या से अपनी मजबूती बढ़ाएँगे।

हर एक अपने आपसे पूछे कि 'क्या मेरे जीवन का कोई अर्थ है?' यदि नहीं है तो अपने आपको एक अर्थ दें, लक्ष्य दें और उसे पूरा करें। अगर वाकई आपको जीवन का अर्थ मिल जाए तो दुनिया की कोई भी तकलीफ, तकलीफ नहीं लगेगी। उस लक्ष्यपूर्ति में अनेक कठिनाइयों के होते हुए भी यह मंत्र जरूर दोहराएँ, 'क्या यह समस्या मुझे मार डालेगी?' यदि जवाब आए 'हाँ' तो फिर कोई समस्या नहीं रहती और यदि जवाब आए 'नहीं' तो आपकी दुर्बलता प्रबलता में बदल जाएगी।

यदि आप यह कर पाएँ तो जीवन के खूबसूरत बदलाव को महसूस करेंगे और हर घटना को सही इस्तेमाल करने की कला जान जाएँगे। हर घटना को समस्या बनने से रोक पाएँगे। यह मुक्ति मंत्र सदा साथ रखें :

'जो समस्या मुझे मार ही नहीं डालती

वह मुझे और भी मजबूत करती है।'

तीसरा पत्थर - गुस्सा (Anger)

क्रोध की धारा में क्षण भर में मनुष्य अपने वर्षों के श्रम, अनुभव और विकास

को नष्ट कर डालता है। कई बार अपने ऊँचे ओहदे से भी त्याग-पत्र दे बैठता है और जिंदगीभर उन गलतियों पर आँसू बहाता है।

'क्रोध' यानी दूसरों के द्वारा की गई गलती की सजा स्वयं को देना। जब भी कोई किसी और की गलती देखता है तो वह क्रोध करता है। मगर उस वक्त वह यह भूल जाता है कि क्रोध करते वक्त वह अपने आपको सजा दे रहा है, तकलीफ दे रहा है। गन्ने की मशीन में गन्ना डालते हैं तो उसकी मिठास पहले उस मशीन को मिलती है, फिर दूसरों को। लेकिन उसमें पत्थर डालें तो पहले नुकसान उस मशीन का होता है। एक सर्वेक्षण द्वारा यह पाया गया कि जेल के ८० प्रतिशत से भी ज्यादा कैदी अपने किए पर पछता रहे हैं। उनका कहना था कि एक क्षण के क्रोध ने उनका जीवन बरबाद कर दिया। क्रोध एक क्षणिक पागलपन है। इसलिए विकास की चाहत करनेवालों को क्रोध की ज्वाला से हमेशा सावधान रहना चाहिए।

क्रोध मुक्ति के उपाय

क्रोध के कुछ अस्थाई (साधारण) इलाज हैं और कुछ स्थाई इलाज हैं। क्रोध का कारण भी अंदर है और उसका स्थाई इलाज भी अंदर है। जैसे पानी में कांटा डालें तो मछली बाहर आती है। मछली इसलिए बाहर आई क्योंकि मछली पहले से ही अंदर थी। वैसे ही क्रोध आ रहा है यानी क्रोध अंदर पहले से ही था। इस क्रोध का इलाज भी पहले से ही अंदर मौजूद है।

१. विलंब (कल पर टालना)

क्रोध से बचने के लिए अलग-अलग तरीके बताए जाते हैं। जिसमें पहला एवं अद्‌भुत उपाय यहाँ बताया गया है। क्रोध मुक्ति का पहला उपाय ९० प्रतिशत लोगों के अंदर पहले से ही है। आज ९० प्रतिशत लोगों में 'कामों को कल पर टालने की' (प्रोक्रॅस्टिनेशन) आदत देखी गई है। जिसमें लोग पहले से ही निपुण हैं, चतुर हैं। किसी काम को कल पर टालने की तकनीक सभी जानते हैं। बच्चों से लेकर बड़े-बूढ़ो में यह आदत गहराई तक जा चुकी है और आपको यह जानकर आश्‍चर्य होगा कि आपकी यही आदत क्रोध मुक्ति का पहला उपाय सिद्ध होगी।

कामों को कल पर टालने की बजाय, आप क्रोध को कल पर टालें यानी क्रोध करना हो तो 'कल कर लेंगे' ऐसा निर्णय लें। किसी ने भला-बुरा कहा, गाली दी तो आप उसकी प्रतिक्रिया कल पर टालें यानी विलंब करें। यह विलंब, क्रोध की ज्वाला को शांत करने के लिए एक प्रभावशाली और असफल न होनेवाली दवाई है।

२. परिणाम सोचना

लोग खाने-पीने के बारे में बहुत कुछ सोचते हैं। जैसे लहसुन खाऊँ कि नहीं, प्याज खाऊँ कि नहीं, इस केक में अंडा है या नहीं, आज दिन कौन सा है, इस दिन खट्टा खाऊँ कि नहीं इत्यादि। मगर जो सोचना चाहिए वह नहीं सोचते। बुद्धि में कौन से विचार डाल रहे हैं, कितने नकारात्मक विचार डाल रहे हैं, कितने क्रोध के विचार उत्पन्न हो रहे हैं, बुद्धि को किस तरह का भोजन मिल रहा है, यह नहीं सोचते।

जैसे एक कंजूस इंसान के किसी दुर्घटना से बचने पर उसके मित्रों ने कहा, 'बच गए हो तो अब पार्टी दो।' तब वह इंसान उत्तर देता है कि 'पार्टी तो उस ट्रक ड्राईवर को देनी चाहिए क्योंकि मैं बच गया वरना ट्रक ड्राईवर को जेल जाना पड़ता। मेरा क्या है, मुझे तो एक न एक दिन मरना ही है।' इस तरह उस कंजूस व्यक्ति ने कितना व्यर्थ सोचा कि पार्टी देने से बच जाऊँ। वैसे ही हम बहुत कुछ व्यर्थ सोचते हैं लेकिन कभी हम यह विचार नहीं करते कि क्रोध के परिणाम क्या होंगे? अगर क्रोध आने से पहले, क्रोध के परिणामों पर विचार किया जाए तो क्रोध को नियंत्रित करना आसान होगा। जब भी गुस्सा आ रहा हो तब यह सोचने की आदत डालें कि 'मेरे इस क्रोध करने से क्या-क्या अनिष्ट हो सकता है।'

अगर क्रोध आने से पहले 'मैं क्या बोलने जा रहा हूँ' उन शब्दों के परिणामों पर पहले ही सोच लिया जाए तो आप क्रोध से पहले ही सजग हो जाएँगे। जिससे क्रोध से मुक्त होना आसान लगेगा।

३. धीमे बोलना

आज का विज्ञान यह खोज कर रहा है कि जोर से बोलने की वजह से या चीखने से क्रोध बढ़ता है या क्रोध बढ़ने से आवाज ऊँची होती है। जिस पर यह निष्कर्ष निकला कि आवाज बढ़ने से क्रोध बढ़ता है। इसलिए जब भी आपके सामने दूसरा व्यक्ति क्रोध कर रहा हो तो आपको धीमे बोलना चाहिए। यह अपने तथा सामनेवाले के क्रोध को नियंत्रित करेगा। यह उपाय आपकी संकल्प शक्ति भी बढ़ाएगा। जब भी आपको या आपके सामनेवाले को गुस्सा आए तो आप अपनी आवाज धीमी कर लें। ऐसा करना कठिन है लेकिन संभव है। आप यदि पहले से ही इसका अभ्यास करते रहे हैं तब आप अपने जीवन में इसकी उपयोगिता देखेंगे।

आज तक लोगों ने क्रोध को बढ़ावा ही दिया है। जब एक व्यक्ति दूसरे व्यक्ति पर बहुत क्रोधित होता है, उससे चीख-चीखकर बातें करता है तो दूसरा व्यक्ति उससे ज्यादा आवाज चढ़ाकर ही बोलता है। जब पहला व्यक्ति देखता है कि सामनेवाला

मुझसे भी ज्यादा आवाज चढ़ा रहा है तो वह और थोड़ा तेज बोलता है। परंतु यदि ठीक इसके विपरीत हो जाए अगर आपने आवाज कम कर दी तो सामनेवाले की आवाज अपने आप कम होने लगेगी। यह वैज्ञानिक तत्व है कि एक के सामने यदि दूसरा इंसान चीखने-चिल्लाने लगता है तो दूसरे इंसान को चाहे उसे क्रोध न आ रहा हो, क्रोध आने लगता है। इसलिए ऐसी परिस्थिति में आपका धीमे बोलना दोनों के लिए हितकारक सिद्ध होगा।

४. **आईना देखें**

जब भी क्रोध आए तो अपने आप को आईने में देखें। अपनी मुख मुद्रा देखकर, जो अब विकृत (बदसूरत) हो गई है, आप क्रोध करना नहीं चाहेंगे। आपको, आपका चेहरा पसंद नहीं आएगा। जब क्रोध आए तो यह सोचें कि मैं इस वक्त कैसा दीख रहा होऊँगा। क्या आप ऐसा दीखना चाहेंगे?

५. **शीतल जल का प्रयोग**

क्रोध आए तो ठंडा पानी पीएँ : देखा गया है कि क्रोध में पूर्ण शरीर तप्त हो जाता है। पानी पीने से शरीर की गर्मी कम हो जाएगी और क्रोध थोड़ी देर में तुरंत शांत हो जाएगा।

६. **उलटी गिनती गिनना**

उलटी गिनती गिनें : एक से दस तक और दस से एक तक उलटी गिनती गिनें। ऐसा करने से क्रोध तत्काल शांत हो जाएगा क्योंकि मन उलटी गिनती में व्यस्त हो जाएगा।

७. **जुबान की शक्ति का इस्तेमाल करें**

मंत्र उच्चारण : क्रोध आए तो किसी मंत्र का उच्चारण करें। चाहे जोर से न कहें लेकिन अंदर ही अंदर जुबान जरूर हिलाएँ।

ईश्वर के नाम का उच्चारण : क्रोध आए तो ईश्वर या गुरु के नाम का उच्चारण करें या उनके चेहरे को सामने लाएँ। इस तरह क्रोध टल जाएगा क्योंकि ईश्वर का, गुरु का चेहरा आते ही भक्ति जागेगी, न कि क्रोध।

८. **योगनिद्रा (शिथिलीकरण Relaxation)**

तनाव, क्रोध का सहज परिणाम है। मन तनावग्रस्त होगा तो क्रोध होगा ही। शिथिलीकरण (योग निद्रा) से शरीर और मन, दोनो को शिथिल किया जाता है। यह एक प्रकार का ध्यान है। यह ध्यान बैठकर या लेटकर कर सकते हैं। लेटकर करना ज्यादा सहज है।

बैठ जाएँ या लेट जाएँ। पैर के अँगूठे से लेकर कपाल तक शरीर के हर एक अंग को शिथिल करते जाएँ। जहाँ-जहाँ शरीर में तनाव हो, वहाँ केवल निर्देश देना है तथा उसे खींचकर ढीला छोड़ना है। यह सूचना दें कि शरीर शिथिल हो रहा है, तनावमुक्त हो रहा है तो वह अंग शिथिल हो जाएगा क्योंकि शरीर को जैसे हम निर्देश देते हैं, वैसी ही प्रतिक्रिया वह करता है। उसके पश्चात विचारों को शांत करना है। विचारों का मात्र साक्षी बनना है। तन, मन और विचार इस ध्यान से शांत हो जाते हैं और शांत मन के साथ क्रोध करना मुश्किल होता है। जहाँ तनाव नहीं, वहाँ क्रोध नहीं हो सकता। योगनिद्रा भारत की पुरातन विद्या है।

९. **दस विकारों और साँस पर ध्यान दें**

योग में एक महत्त्वपूर्ण उपाय बताया है, जिससे क्रोध को नियंत्रित किया जा सकता है। आपने देखा होगा कि जब भी हमें क्रोध आता है तब हमारी साँस की गति तीव्र हो जाती है। साँस की लयबद्धता खो जाती है। योग कहता है कि अगर हम साँस को नियंत्रित कर पाएँ तो क्रोध करना कठिन हो जाएगा। मुख्य बात यह है कि क्रोध आए और साँस की लय न बदले। क्रोध आने पर यदि हम साँस की गति को परिवर्तित न होने दें तो क्रोध जल्द ही शांत हो जाएगा।

साँस साधने के लिए साँस गहरी हो और उसकी गति का होश बना रहे। लयबद्ध साँस अगर सध जाती है तो क्रोध पर नियंत्रण हो सकता है। शारीरिक तौर पर साँस के साथ कुछ और गहराई से काम किया जा सकता है क्योंकि शरीर है, प्राण है, मन है, बुद्धि है फिर हम हैं। हमारी साँस चल ही रही है। साँस के साथ कुछ प्रयोग कर हम क्रोध को नियंत्रित कर सकते हैं।

अलग-अलग अवस्थाओं में हमारी साँस कैसे चलती है, यह ध्यान से देखा जाए तो अभ्यास गहरा हो सकता है। नीचे मन की कुछ अलग-अलग अवस्थाएँ दी गई हैं अगर आप हर अवस्था में साँस का अभ्यास करें तो जान पाएँगे कि हर पहलू के साथ साँस बदल जाती है। यह अभ्यास आपको क्रोध के वक्त उपयोग में आएगा। उस वक्त साँस में परिवर्तन आप पहले ही पकड़ पाएँगे और बदलती हुई साँस हमें पहले से ही क्रोध का अंदेशा देगी। इस अभ्यास में हमें यह देखना है कि ए के साथ साँस कैसे? बी के साथ कैसे? सी के साथ कैसी है? डी के साथ कैसे? ए बी सी डी क्या है, इसे समझें:

ए यानी ऐंगर (क्रोध) :

क्रोध के वक्त देखें कि साँस की गति कैसी है? धीमी है या तीव्र है? यह नोट करें कि साँस ने अपनी लयबद्धता कैसे खो दी है।

बी यानी बोरडम :

आजकल बोरडम एक बड़ी बीमारी हो गई है। तीन साल की उम्र के बच्चे भी बोरियत महसूस करते हैं। हर पल जीवन में कुछ उत्तेजना चाहते हैं। बोरडम से बचने के लिए लोग किताबें, टी.वी., पिकनिक इत्यादि का सहारा लेते हैं। जब आप बोर हो रहे हैं तों देखें कि आपकी साँस कैसे चल रही है?

सी यानी कनफ्यूजन (उलझन) :

जब आप उलझन में होते हैं, यह नहीं समझ पाते हैं कि क्या करें, क्या न करें इस अवस्था में अपनी साँस पर ध्यान दें।

डी यानी डिप्रेशन (निराशा) :

जब आप निराश होते हैं, व्याकुल होते हैं तब साँस के परिवर्तन पर ध्यान दें। उदा. एक विद्यार्थी इम्तहान में असफल होता है तो वह निराश हो जाता है। किसी को मन के विरुद्ध कुछ कहा जाए तो वह दिनभर निराश रहता है। ऐसे वक्त में वह साँस की गति पर ध्यान देकर फायदा पा सकता है। जो दिन निराशा के कारण व्यर्थ होनेवाला था, उसका लाभ इस पद्धति को अपनाकर भविष्य के लिए कर सकता है। इसके साथ-साथ इस पद्धति से विद्यार्थी की एकाग्रता भी बढ़ती है।

इ यानी इगो (अहंकार) :

किसी के अहंकार को जब चोट पहुँचती है तब अवस्था कैसी होती है? उदा. जब कोई इंसान किसी जगह गया हो और यह अपेक्षा करे कि उसे बैठने के लिए कुर्सी दी जाए। अगर नहीं दी जाती तो अहंकार को चोट पहुँचती है। ऐसे वक्त देखें, साँस की गति कैसी है?

एफ यानी फिअर (डर) :

हर इंसान जीवन में किसी न किसी से डरता है। डर किसी भी प्रकार का हो। चाहे छोटा हो या बड़ा हो। साँस पर असर करता ही है। ऐसे वक्त में भी आप अभ्यास जारी रखें।

जी यानी ग्रीड (लोभ) :

जब किसी चीज का लोभ सताए तो यह देखें कि साँस कैसी चल रही है?

एच यानी हेटरेड (नफरत) :

जब किसी से नफरत होने लगे तब साँस की गति पर ध्यान दें।

आय यानी इल-विल (द्वेष) :

द्वेष के कारण जब किसी का बुरा करने का मन हो तब पहले अपनी साँस को देख लें। यह संकेत क्रोध रूपी डाकू के आने की खबर देगा।

जे यानी जेलसी (ईर्ष्या) :

जब ईर्ष्या बढ़ जाती है तब साँस की लयबद्धता खो जाती है। इस लयबद्धता के प्रति होश में आइए।

१०. संकल्प-शक्ति बढ़ाएँ

जिस इंसान के पास 'संकल्प-शक्ति' नहीं है, उसमें आत्मविश्वास की कमी होगी। जिसके पास आत्मविश्वास नहीं है, वह कभी भय से मुक्त नहीं हो सकता। वह हमेशा डरा-डरा रहेगा। डर कर जीवन जीएगा। यही भय उसे सताता रहेगा कि 'मैं कहीं असफल न हो जाऊँ।' भय के कारण चिड़चिड़ाहट बनी रहेगी और छोटी-छोटी बातों पर क्रोध आता रहेगा। ऐसे व्यक्ति को अपनी संकल्प-शक्ति पर काम करना होगा ताकि उसमें आत्मविश्वास जग सके।

पहले यह समझें कि हमारी संकल्प-शक्ति कैसे कम हो जाती है। हर इंसान संकल्प तो बहुत करता है परंतु उन संकल्पों को पूरा नहीं कर पाता। जैसे किसी व्यक्ति को शराब पीने की आदत हो और वह संकल्प करे कि 'कल से मैं शराब नहीं पीऊँगा।' यदि वह संकल्प पूरा नहीं कर पाया और दो ही दिनों में उसका संकल्प टूट गया तो उसकी संकल्प-शक्ति क्षीण हो जाएगी। उसका आत्मविश्वास कमजोर हो जाएगा या जैसे कोई क्रोध न करने का संकल्प कर ले और उसे पूरा न कर पाए तो उसका आत्मविश्वास कमजोर हो जाएगा।

इसलिए पहली बार ऐसा कोई संकल्प न लें, जो आप पूरा न कर पाएँ। अगर संकल्प ले लिया तो उसे पूरा करना ही है। इसलिए छोटे-छोटे संकल्पों से शुरुआत करें। जैसे दो मिनट के लिए मेरा हाथ हवा में रहेगा, दो मिनट तक नीचे नहीं लाऊँगा। दो घंटे तक मैं पढ़ाई करूँगा। जहाँ बैठा हूँ, वहाँ से उठूँगा नहीं। आज मैं दोपहर का भोजन नहीं करूँगा। दरअसल उपवास संकल्प-शक्ति बढ़ाने का ही एक प्रयोग है। जैसे-जैसे इस तरह के छोटे-छोटे संकल्प पूरे होने लगेंगे, वैसे-वैसे बड़े संकल्प लिए जा सकते हैं और आत्मविश्वास बढ़ाया जा सकता है।

धैर्य बढ़ाने के लिए एक प्रयोग आप रात को सोने से पहले कर सकते हैं। साधारणतः आप अपने सारे कार्य समाप्त कर सोने की तैयारी कर लेते हैं। अगर उस वक्त अपने आपसे यह पूछें कि क्या मैं एक काम और कर सकता हूँ? हालाँकि वह काम

करने की अभी आवश्यकता नहीं है, कल भी किया जा सकता है । फिर भी आप उठकर वह काम कर लेते हैं तो आपकी संकल्प-शक्ति चरम सीमा तक बढ़ सकती है । अगर यह शक्ति जागृत हुई तो आपका, आपके शरीर पर नियंत्रण बढ़ जाता है । जब क्रोध की परिस्थिति आएगी तब आप स्वयं से कहेंगे कि 'मौन रहो' तब मौन रहना बहुत सहज होगा । यदि आपने धैर्य साधने का अभ्यास नहीं किया है और किसी ने कुछ कह दिया तो तुरंत क्रोध आ जाएगा । उसके विपरीत अगर आप संकल्प कर पाएँ और सामनेवाले को कोई उत्तर न दें, अर्थात चुप रह पाएँ तो थोड़ी देर में उसे लगेगा कि वह स्वयं से ही लड़ रहा है और अपने आपको ही सज़ा दे रहा है ।

कहा गया है कि संकल्पवान व्यक्ति क्रोध में कभी बह नहीं जाता । अगर इसका प्रयोग करेंगे तो हमारी संकल्प शक्ति बढ़ेगी और क्रोध से मुक्ति होगी ।

११. चुनकर क्रोध करना

क्रोध करें मगर हमेशा एक ही तरीके से न करें ! लोग हमेशा वैसे ही गुस्सा करते हैं, वैसे ही चिल्लाते हैं, वैसे ही सब तोड़-फोड़ करते हैं, जैसे हमेशा से करते आए हैं । क्रोध करें लेकिन उसमें कुछ अलग, नया तथा सृजनात्मक हो । आज क्रोध एक तरीके से किया है तो अगली बार दूसरे तरीके से करेंगे, फिर देखें परिवर्तन क्या होता है । अलग-अलग तरीके से क्रोध करने से हम बच्चों में, मित्रों में, रिश्तेदारों में बदलाव ला सकते हैं । क्रोध करने के चार-आठ तरीके पहले ही सोचकर, लिखकर रखें और फिर उनमें से एक तरीका चुनकर क्रोध करें । इंसान अपने जीवन में हर पल कुछ न कुछ चुन रहा है । अब उसे चुनना है क्रोध के तरीके को । जैसे एक शिक्षक ने किया :

एक शिक्षक हमेशा बच्चों को बताते थे कि कपड़े साफ-सुथरे होने चाहिए, जूतों पर हमेशा पॉलिश करनी चाहिए । मगर जब भी वे देखते, बच्चे जूते पॉलिश किए बिना आते थे । कई बार बताने के बावजूद भी बच्चों में कोई परिवर्तन नहीं आया । उन्हें इस बात पर और क्रोध आता था । मगर उपाय क्या करना है, यह वे नहीं जानते थे क्योंकि उपाय ऐसा चाहिए जिससे बच्चों का नुकसान भी न हो और वे यह बात हमेशा के लिए सीख जाएँ ।

एक दिन उन्होंने अलग ढंग से अपने क्रोध को व्यक्त किया । वे स्वयं ही पॉलिश की डिब्बी और ब्रश ले आए । जैसे ही स्कूल खत्म हुआ, वे क्लास के दरवाजे के पास बैठ गए । उन्होंने सभी से कहा कि जिनके भी जूतों पर पॉलिश नहीं है, उनके जूतों को आज मैं पॉलिश करनेवाला हूँ । यह सुनकर सभी बच्चे हैरान हो गए । कुछ तो रोने लगे कि आप पॉलिश न करें । मगर वे नहीं माने, उन्होंने कहा, 'आज आपके जूतों पर मैं पॉलिश करके ही रहूँगा ।' इस तरह के क्रोध से दूसरे दिन से ही सभी बच्चे जूतों पर

पॉलिश लगाकर आने लगे।

आपने देखा कि क्रोध व्यक्त करने का यह तरीका कितना अलग था। उस शिक्षक की समस्या हमेशा के लिए हल हो गई। लेकिन क्रोध को इस तरह व्यक्त करना आसान नहीं है। उसके लिए साहस चाहिए, क्रोध का चुनाव चाहिए। वरना कोई शिक्षक इस तरह का कदम नहीं उठा पाएगा। आज तक हमारे साथ ऐसा हुआ है कि हमें क्रोध करना पड़ता है यानी क्रोध हमारे बस में नहीं है। जैसे एक व्यक्ति ने किसी दूसरे व्यक्ति पर क्रोध किया तो सामनेवाला कहता है कि मुझे क्रोध करना पड़ा। मैं ऐसा करना नहीं चाहता था लेकिन आज के बाद हम चुनकर क्रोध करेंगे क्योंकि क्रोध करना पड़े तो यह गलत है, क्रोध कर रहे हो तो सही है।

१२. समझ – दूसरा आईना है

जीवन में कई घटनाएँ ऐसी होती हैं जब क्रोध आता है मगर हर बार उसे व्यक्त करना संभव नहीं होता है। उस वक्त इंसान अपने क्रोध को दबाता है। उसे लगता है कि क्रोध चला गया मगर वह अभी भी अंदर है। अचेतन मन के किसी कोने में छिप गया है। फिर किसी दिन वह एक साथ विकराल रूप धारण करता है। कोई साधारण घटना भी बड़े क्रोध का कारण बनती है। जैसे कोई बारुद को दबाकर रखता है तो एक चिंगारी भी बड़ा धमाका कर सकती है। कई बार हम सुनते हैं कि मामूली कारण के लिए एक इंसान ने अपने भाई का खून कर दिया। हमें लगता है कारण तो बहुत साधारण है परंतु उसके पीछे कई दिनों से दबाया गया क्रोध है, जो बाहर आने के लिए किसी कारण की तलाश कर रहा था। अगर कोई सोचे कि अधिकतर क्रोध उसे कब आता है तो जवाब आएगा कि सामनेवाले को देखकर, उसके बारे में सोचकर या उसके साथ जुड़ी किसी घटना को याद कर तो यह भ्रम होना स्वाभाविक है कि क्रोध किसी और की वजह से है। हर इंसान के साथ हमारे मन की स्थिति बदलती है। किसी को देखकर नफरत, घृणा होती है, किसी को देखकर डर लगता है तो किसी के साथ प्रेम का संबंध है।

अगर आपसे कोई पूछे कि पानी में कांटा डालने पर मछली बाहर आती है। इसका अर्थ क्या? तो जवाब होगा कि मछली अंदर थी ही। सिर्फ कांटा डालने की वजह से मछली बाहर आई। इसी तरह से क्रोध, नफरत, प्रेम हमारे अंदर पहले से ही है। सिर्फ किसी के सामने आने की वजह से पता चला। दूसरे ने हमारे लिए आईने का काम किया, जिसमें हम अपने मन की अवस्था को देख पाएँ। यह समझ होने के बाद हमारे मन में उसके प्रति धन्यवाद के भाव होंगे, न कि क्रोध के।

जैसे संत सुकरात के साथ हुआ। संत सुकरात अपने शिष्यों को जब भी पढ़ाया करते थे तो उनकी क्रोधी स्वभाव की पत्नी कुछ न कुछ गड़बड़ करती रहती थी। इससे

उन्हें परेशानियों का सामना करना पड़ता था। एक दिन तो उनकी पत्नी ने हद कर दी। कचरे से भरा डिब्बा सबके सामने सुकरात पर डाल दिया। यह देखकर सभी शिष्य हैरान रह गए। उन्हें आश्चर्य हुआ कि इस घटना के बाद भी संत सुकरात को बिलकुल भी क्रोध नहीं आया। जब उनसे इसकी वजह पूछी गई तो संत सुकरात ने बताया कि बिलकुल क्रोध नहीं आया। वह तो मुझे जाँच रही है। जैसे कुम्हार किसी मटके को जाँचता है। हर जगह पर मारकर देखता है कि वह मटका पक्का हुआ है कि नहीं। किसी जगह पर गलती से कच्चा तो नहीं रह गया। इस तरह संत सुकरात अपनी पत्नी को आईने की तरह देखते थे। उनका कहना था, 'जो मनुष्य अपने क्रोध को स्वयं पर झेलता है, वह दूसरों के क्रोध से बच जाता है।'

इस तरह जब आपको भी नया दृष्टिकोण मिल जाएगा तो सब बदल जाएगा। फिर हर इंसान आपके लिए आईना सिद्ध होगा। हर एक के प्रति धन्यवाद के भाव होंगे कि उसने आपके भाव प्रकट करने में सहायता की। हमें आज के बाद यह देखना है कि कौन-सा व्यक्ति, किस बात का दर्शन करवाता है? क्योंकि जब आपको जाँचना है कि वाकई क्या आपका क्रोध पर नियंत्रण हो पाता है या नहीं तो वह इंसान आपकी बड़ी सहायता करेगा। आपको सिर्फ उसके सामने जाकर खड़े होना है। यही प्रयोग आपको डर, द्वेष, नफरत, घृणा के साथ भी करना है। अगली बार जब उस इंसान को देखकर आपको क्रोध न आए या पहले से कम हो तो समझना कि आप सही मार्ग पर हैं।

१३. क्रोध पर क्रोध करना बंद करें

क्रोध पर क्रोध करना ही असली दुःख है। इंसान दुःखी है दोहरे क्रोध के कारण। दोहरा क्रोध यानी किसी कारण से आप परेशान हैं और इसलिए भी परेशान हैं कि मैं परेशान क्यों हूँ? तो आप दोहरी परेशानी के शिकार हैं। उदा. शरीर की कोई पीड़ा हो तो यह हुआ एक दुःख लेकिन उस दुःख पर मन कहे कि यह पीड़ा क्यों है? मुझे ही क्यों है? यह पीड़ा कब खत्म होगी? इस तरह शरीर का दुःख दस गुना ज्यादा हो गया। शरीर में तकलीफ थी, जिस की दवा चल रही थी। प्रकृति स्वतः उसे दूर कर रही थी परंतु मन के दुःख ने उसे 'मेरा' दुःख बनाकर दस गुना बढ़ा दिया। क्रोध पर क्रोध आने के बाद जिस क्रोध से मुक्ति पाना चाहते हैं, वही क्रोध को बढ़ा रहा है क्योंकि क्रोध पर क्रोध ही बता रहा है कि मुझे क्रोध क्यों आ रहा है? नहीं आना चाहिए था, उस पर भी क्रोध करने लगता है। चिंता पर चिंता करता है। तनाव पर तनाव उठने लगता है तो पहले क्रोध पर क्रोध करना बंद कर दें या क्रोध करें तो इतना करें कि क्रोध का विनाश ही कर डालें।

इसे इस तरह से समझें कि आपको गुस्सा आया, इसमें कोई तकलीफ नहीं। जैसे बच्चे गुस्सा करके, दूसरे पल शांत खेल रहे होते हैं। लेकिन आप यह सोच रहे हैं कि

मैने गुस्सा क्यों किया...? मुझे गुस्सा नहीं आना चाहिए... मुझे अपने गुस्से पर नियंत्रण रखना चाहिए था। यानी घटना हो चुकने के बाद भी घंटों जो सोचा जा रहा है, वह तकलीफ दे रहा है। गुस्से पर गुस्सा ही मन को परेशान करता है। परंतु जैसे-जैसे यह समझ बढ़ेगी, वैसे दोहरे क्रोध से छुटकारा होगा।

समझ (अण्डरस्टैन्डिंग) यह है कि यदि किसी कारणवश क्रोध आ रहा है तो वह आपके मनोशरीरी यंत्र द्वारा कुछ काम करवाने के लिए आ रहा है। क्रोध के कारण जो भी काम होने हैं, वे होंगे, जो आपके लिए आगे का मार्गदर्शक होंगे। इस अवसर का लाभ उठाया जाए तो क्रोध का क्रोध, डर का डर, दुःख का दुःख होना बंद हो जाएगा। उदा. जैसे बच्चों को इम्तहान का डर होता है इसलिए वे पढ़ाई करते हैं, जो उनके लिए आवश्यक है क्योंकि यही चिंता, डर उनके विकास में सहयोगी भी है। इसलिए दोहरे क्रोध से बचें, दोहरे डर से सँभलें, दुःख के दुःख से मुक्ति पाएँ। आज के बाद जब भी आपको क्रोध आये तब नीचे दिए गए पाँच चरणों से लाभ उठाएँ :

१. क्रोध को स्वीकार करें कि हाँ मुझे क्रोध आया है।'

२. क्रोध पर नया क्रोध लाने की कोई जरूरत नहीं। क्रोध पर क्रोध सिर्फ अज्ञान की वजह से होता है।

३. जब क्रोध पर क्रोध नहीं होगा तो क्रोध दूर करना आसान हो जाएगा।

४. अब इस समझ को दोहराएँ कि इस क्रोध से मेरी जिंदगी में कोई परिवर्तन होने जा रहा है। वह परिवर्तन मेरे विकास में सहयोग ही करेगा।

५. देर-सबेर जब यह क्रोध भी खत्म हो जाएगा तब वह आपको एक समझ देकर जाएगा, जो आप को हमेशा के लिए तनाव में भी शांत रहने की कला सिखा देगा।

ऊपरी पाँच चरणों का हम चिंता और डर के साथ भी प्रयोग कर सकते हैं।

१४. होशपूर्वक क्रोध

अगर होशपूर्वक क्रोध को देखा जाए तो क्रोध विलीन हो जाता है। क्रोध से लड़ने की जरूरत नहीं है परंतु क्रोध को होश से जानने की जरूरत है। बहुत सरल और उपयोगी इस विधि द्वारा आप क्रोध से मुक्त हो सकते हैं।

होश यानी जागरूकता। होश ही ऐसी अवस्था है जिसमें इंसान कोई गलत काम नहीं करता। कई बार हमें लगता है कि हम दिनभर होश में ही जीते हैं मगर कुछ क्रियाओं की हमें इतनी आदत हो गई है कि वे क्रियाएँ बिना होश में रहे की जाती हैं। इसलिए

कहा जाता है, 'जब भी आपके सामने चुनने के लिए दो चीजें हों तो हमेशा नए को चुनना क्योंकि नया कुछ करने के लिए होश की आवश्यकता है।'

होश में हम अपने चारों तरफ होनेवाली हर घटना के लिए सजग होते हैं। जिस तरह लालटेन का प्रकाश चारों तरफ एक जैसा फैलता है उसी तरह होश में हमारा ध्यान अपने चारों तरफ रहता है। होश की शुरुआत शरीर से होती है मगर उसकी उच्चतम अवस्था विचारों को पकड़ सकती है। होश की गहराई को एक कहानी द्वारा समझें।

एक शिष्य, जो अपने होश पर काम करना चाहता था, एक दिन एक आश्रम में गया। वहाँ पर उसने गुरुजी से विनती की कि मुझे होश बढ़ाने की शिक्षा प्रदान करें। गुरुजी ने कहा, 'यह कठिन है। अगर आप सचमुच होश बढ़ाना चाहते हैं तो आपको कुछ बातों का पालन करना होगा।' शिष्य मान गया। गुरुजी द्वारा बताए अभ्यास में शिष्य को दिनभर होश में रहना था और गुरुजी उसे अलग-अलग तरीकों से बीच-बीच में जाँचते थे। जब भी गुरुजी जाँच करें तो शिष्य को सिर्फ इतना ही कहना था, 'गुरुजी मैं होश में हूँ।'

पहले कुछ दिनो में गुरुजी ने कहा, 'जब भी आप मेरे नजदीक होंगे तो मैं आपको थप्पड़ मारूँगा। मेरा हाथ उठने से पहले आपको होश में आना है और कहना है कि गुरुजी मैं होश में हूँ।' इस तरह पहले कुछ दिनों तक शिष्य ने बहुत थप्पड़ खाए। फिर धीरे-धीरे उसका होश बढ़ा। अब वह जब भी गुरुजी के आस-पास होता था, सजग रहता था। गुरुजी का हाथ उठते ही सावधान रहता था। अब आपका होश कुछ हद तक बढ़ गया है। इसके आगे के अभ्यास में आपको मैं छड़ी से मारूँगा।

शिष्य इस परीक्षा के लिए भी तैयार हो गया। इस बार भी उसे कई सारी चोटें आईं। मगर उसकी सीखने की जिज्ञासा ने उसका होश बढ़ाया। अब वह गुरुजी की हर हलचल के प्रति सजग रहने लगा। फिर गुरुजी ने आगे का अभ्यास बताया कि वे कोई भी चीज फेंक कर मारेंगे। ईटें, पत्थर या जो भी चीज हाथ लगे।

इस अभ्यास में शिष्य का होश और विस्तृत हो गया। वह किसी भी जगह पर काम करता हो, उस परिसर में अगर गुरुजी का आना होता तो वह जागृत हो जाता था। अब वह दिनभर जागरूक अवस्था में रहने लगा। गुरुजी ने कहा, 'इसके आगे का अभ्यास भी है। दिन की तरह आपको रात में भी होश में रहना है। मैं कभी भी आकर आप पर प्रहार करूँगा। उस वक्त मेरे मारने से पहले आपको होश में आकर कहना है कि गुरुजी मैं होश में हूँ।'

शिष्य इस परीक्षा में भी सफल हो गया। गुरुजी ने उससे कहा, 'आपने अपना

लक्ष्य पा लिया है। अब आप अपने जीवन के बाकी कामों के लिए जा सकते हैं।' शिष्य को बहुत आनंद हुआ। उसे लगा कि उसने होश की उच्चतम अवस्था प्राप्त की। इसी खुशी में वह जाने की तैयारी कर रहा था। तैयारी करते-करते उसके मन में एक विचार आया कि जिस गुरुजी ने मेरे होश की इतनी कठिनाई से परीक्षा ली, वे स्वयं कितने जागृत रहते हैं? जिस समय यह शंका उसके मन में आई, उसी वक्त गुरुजी सामने से आ रहे थे। तब उसने सोचा कि 'गुरुजी की परीक्षा लेते हैं। यहाँ पर जो पत्थर पड़ा है, मैं गुरुजी पर फेंककर मारता हूँ और उनका होश देखता हूँ।' जब शिष्य इस तरह के विचार कर रहा था तभी गुरुजी ने कहा कि देखो, 'मैं बूढ़ा हो गया हूँ। पत्थर की मार शायद सहन नहीं कर पाऊँगा इसलिए मुझे पत्थर मारने का विचार भी अपने मन में मत लाना।'

यह सुनकर शिष्य हैरान रह गया। उसने सब कुछ छोड़कर तुरंत गुरुजी के चरण पकड़ लिए। उसने गुरुजी से कहा, 'मुझे आगे और अभ्यास करना है। मुझे विचारों के प्रति भी होश जगाना है। दूसरों के विचार पढ़ना सीखना है।' तब गुरुजी ने कहा कि 'इसके लिए आपको पहले अपने विचारों को जानना होगा, समझना होगा। अपने विचारों के प्रति पूर्ण रूप से होश में रहना होगा।' इस तरह होश की दवा से क्रोध के विचारों को बहुत पहले जाना जा सकता है।

इस उपाय में सिर्फ होश में रहना है, कुछ करना नहीं है क्योंकि होश ही अपने आप में पूर्ण है। होश कई नकारात्मक चीजों को होने से रोकता है। वरना क्रोध खत्म होने के थोड़ी देर बाद हमें यह समझ में आता है कि क्रोध करने की आवश्यकता नहीं थी। कारण तो बहुत ही साधारण था। बिना क्रोध किए समस्या हल हो सकती थी मगर क्रोध के वक्त होश न होने की वजह से इंसान बार-बार वही गलती करता है। आज से ही हमें यह जानना है कि हमारे होश की अवस्था कैसी है और उस पर अभ्यास करते हुए, उसे उच्चतम की ओर ले जाना है।

जहाँ दिनभर में होश नहीं है तो क्रोध के वक्त भी होश नहीं रहेगा। अगर दिनभर होश है तो क्रोध आने पर भी होश में रहने की संभावना है। अगर इंसान का होश में रहने का अभ्यास पहले से ही चलता रहे तो देखेंगे कि क्रोध आ रहा है, क्रोध सामने है, क्रोध जा रहा है, क्रोध खत्म हो चुका है, चारों अवस्थाएँ वह जान पाएगा।

१५. हँसना

हँसता हुआ व्यक्ति कभी क्रोध नहीं कर पाएगा। उदास, रुग्ण चित्त से ही क्रोध होता है। हँसनेवाला क्रोध लानेवाली घटना को गंभीरता से नहीं लेता। उसे हर घटना सहज लगती है। हँसने की आदत आपको निर्मल बना देती है। अतीत के कचरे को झाड़कर नया दृष्टिकोण देती है। हँसी व्यक्ति को जिंदा होने का एहसास देती है,

ऊर्जावान बनाती है, सृजनात्मक बनाती है।

आज का चिकित्सा विज्ञान तो कहता है कि हँसी आपको बहुत सी बीमारियों से बचाती है। बीमारी के दौरान अगर कोई बीमार हँस पाए तो उसकी बीमारी शीघ्र ठीक हो जाती है। वैसे ही क्रोध भी मानसिक बीमारी है और उसके लिए हँसी राम-बाण औषधि साबित हो सकती है।

आज भी चिकित्सक हास्य योग के द्वारा कितने ही मानसिक रोगियों का इलाज कर रहे हैं। दिन की शुरुआत अगर हँसने से हो तो आप स्वयं ही अनुभव करेंगे कि पता नहीं कितने तनाव दूर हो गए। सुबह उठकर हँसना व्यक्ति को पूरे दिन गंभीर होने से बचा लेता है। दिन की शुरुआत बड़ी सरलता से होती है। जैसे हम तीन-बार भोजन लेते हैं, वैसे ही यदि हम तीन बार अकारण हँस पाएँ तो खुशी की तरंग दिन भर बनी रहेगी। लगेगा कि क्रोध कोसों दूर भाग गया। सुबह हँस दिए तो फिर सारे दिन हँसी आती रहेगी। दिन भर हँसी की एक श्रृंखला बन जाएगी।

१६. आनंदित रहना

हम दिन भर कई लोगों से मिलते हैं। जिनमें से कुछ लोग ज्यादा क्रोध करते हैं तो कुछ कम क्रोध करते हैं। क्रोध यानी हमारे अंदर के विचारों को व्यक्त करने का तरीका है। जिसके अंदर ज्यादा नफरत, घृणा है, वह उतना ही ज्यादा क्रोध करता है। जिसके अंदर आनंद के विचार हैं, वह कम क्रोध करता है। शरीर मन का आईना है। जो अंदर होगा, वही बाहर प्रकट होगा।

जो इंसान अंदर आनंद से भरा हुआ है, वह सभी को आनंद ही बाँटेगा, फिर उसके सामने क्रोधित इंसान ही क्यों न हो। जैसे फलों से भरे हुए वृक्ष पर अगर कोई पत्थर मारे तो भी वृक्ष फल ही देता है। जैसे बादल पानी से भर जाने पर बारिश होगी, पानी ही बहेगा, उससे आग नहीं निकलेगी यानी जिससे आप भरे हों, वही निकलेगा। अगर कोई क्रोध दिखा रहा है और आप आनंद से भरे हुए हों तो आपसे आनंद ही प्रकट होगा।

१७. क्रोध किसे आ रहा है ?

क्रोध आने के बाद क्या करना है, इस पर इंसान कई बार सोचता है। उसके उपाय भी ढूँढ़ता है। मगर वह अपने आपसे यह सवाल पूछे कि क्रोध किसे आ रहा है? तो उसके सामने एक नया पहलू आएगा और जैसे ही हकीकत पता चलेगी तो आश्चर्य होगा। आप क्रोध से मुक्त हो जाएँगे।

एक बच्चा पिताजी के साथ शतरंज खेलता है। खेलते वक्त उसके सामने हाथी आता है, वजीर आता है, ऊंट आता है तो वह घबरा जाता है। आगे क्या होगा...? मैं

बच पाऊँगा कि नहीं? यह सोचने लगता है और परेशान होता है। लेकिन उस घबराहट में जैसे ही उसे याद आता है कि मैं वजीर के साथ नहीं खेल रहा हूँ। मैं तो पिताजी के साथ खेल रहा हूँ तो उसकी परेशानी खत्म हो जाती है। जैसे ही हकीकत मालूम हुई, सत्य मालूम हुआ तो एक साथ सभी समस्याएँ विलीन हो गईं। अब ऊंट, हाथी, वजीर होने के बावजूद भी वह आसानी से खेल पाता है।

इसी तरह हमें भी जीवन का सत्य पता चले कि यह व्यवहार हम किसके साथ कर रहे हैं? यह जो जीवन की बाजी चल रही है किसके बीच चल रही है? यह अगर याद आ जाये तो जीवन में बड़ा परिवर्तन हो सकता है। जैसे ही क्रोध आए तो यह याद करें कि क्रोध किस पर किया जा रहा है? सामने कौन है? और क्रोध कौन कर रहा है?

आपको इस उपाय में देखना है कि क्रोध किसे आ रहा है? शरीर को, मन को या आपको? जैसे आप पानी के किनारे खड़े हो? आपकी परछाईं पानी में पड़ती है। पानी जब हिलने लगता है तो आपकी परछाईं भी हिलने लगती है। यह देखकर कोई कहे कि आपकी परछाईं हिल रही है तब आप यही कहेंगे कि मेरी परछाईं हिल रही है, मैं नहीं। परछाईं के हिलने से मुझे कोई फर्क नहीं पड़ता। जो भी हो रहा है, परछाईं के साथ हो रहा है। जब यह सत्य समझ में आ जाए, आपको यह पता चले कि क्रोध मुझे नहीं, मन को आ रहा है तो क्रोध से मुक्त होना बहुत आसान होगा।

जिस तरह कोई वस्तु आपको इस्तेमाल करने के लिए दी हो तो आप उसका इस्तेमाल करते हैं। आप वह वस्तु नहीं बन जाते। अगर आप माईक इस्तेमाल कर रहे हैं तो आप माईक नहीं बन जाते। अगर आप कार इस्तेमाल कर रहे हैं तो आप कार नहीं बन जाते। उसी तरह शरीर भी आप इस्तेमाल कर रहे हैं, यह सच्चाई जब जानेंगे तो यह ज्ञात होगा कि जो भी हो रहा है, इस शरीर के साथ हो रहा है।

जब यह अनुभव से जानेंगे तो आपके जीवन में बहुत बड़ी तबदीली होगी। फिर जानेंगे कि क्रोध करने की आवश्यकता नहीं है। अब आप स्वयं को इतना जिंदा महसूस करेंगे कि आपको लगेगा कि 'अब मुझे किसी बाहर के इंधन की जरूरत नहीं है।' अब आपको आनंद के लिए किसी बाहरी कारण की आवश्यकता नहीं होगी, आपका होना ही अपने आपमें एक आनंद होगा क्योंकि ऐसी व्यवस्था आपके भीतर पहले से ही है। इस वक्त जो आपको अंदर से कुछ अच्छा महसूस हो रहा है, सिर्फ उसे महसूस करना आप भूल गए हैं। जिसके लिए फिर से कोई याद दिलाए कि आपके अंदर ही वह जीवन है, जिसे आप बाहर खोज रहे हैं।

१८. क्रोधमुक्ति मंत्र

वाकई (एग्जॅक्टली Exactly) क्या हो रहा है...

क्रोध का यह आखिरी उपाय है। अब तक हमने क्रोध के उपायों के प्रति होश बढ़ाया है, समझ बढ़ाई है। अब उसी समझ द्वारा यह देखें कि 'क्रोध आ रहा है यानी वाकई क्या हो रहा है।' जब यह देखना शुरू होगा तो आप जानेंगे कि क्रोध से शरीर में जो गरमाहट तैयार हुई है, मैं उसे देख रहा हूँ, अपनी धड़कन को देख रहा हूँ। शरीर में जो तरंग, कंपन हुई है, उसे जान रहा हूँ कि निश्चित रूप से तरंग कहाँ-कहाँ पर, किस तरह हो रही है और जैसे ही आप उस स्थान पर ध्यान देते हैं तो वह तरंग गायब हो जाती है।

इस प्रयोग से दो परिणाम होंगे। एक तो क्रोध का होश में रूपांतरण होगा और क्रोध होश बन जाएगा। दूसरे, जब क्रोध को ढूँढ़ा जाएगा तो पाएँगे कि वहाँ क्रोध है ही नहीं। इस तरह क्रोध के परिणाम से भी बच गए और उसका रचनात्मक इस्तेमाल हुआ तथा इंसान का होश भी जागा। अब क्रोध के प्रति एक समझ बढ़ी, फिर धीरे-धीरे आदत पड़ती जाएगी तो यह बहुत आसान हो जाएगा। क्रोध से मुक्ति कोई बड़ी दिक्कत नहीं लगेगी। अब यह नहीं कहा जाएगा कि 'मुझे क्रोध आ रहा है।' कहेंगे कि 'मेरे दिल की धड़कन बढ़ रही है या शरीर के फलाँ हिस्से में कंपन हो रहा है या फलाँ हिस्से में दबाव मात्र है, जो देखते-देखते खत्म हो जाएगा।'

क्रोध मन की बीमारी है तो होश औषधि है। अगर क्रोध को होशपूर्वक देखा जाए तो क्रोध विलीन हो जाता है। क्रोध से लड़ने की जरूरत नहीं है परंतु क्रोध को होश से जानने की जरूरत है। बड़ी सरल और उपयोगी विधि है। इस विधि द्वारा क्रोध से मुक्ति पाई जा सकती है। जिसके लिए नीचे दिया गया प्रयोग समझें व करें :

इस प्रयोग में बस होशपूर्वक क्रोध करना है। अभी आपको क्रोध नहीं आया है, फिर भी आपको क्रोधित होना है। जैसे इस वक्त आपको क्रोध नहीं है फिर भी शरीर को, मन को ऐसी अवस्था में लेकर आएँ, जैसे आप पूर्ण क्रोधित हो उठे हैं। पूरे शरीर में तनाव निर्माण करें। शरीर का एक-एक अंग तनावग्रस्त होने दें। हाथ की मुठ्ठियाँ कस जाने दें। दाँत भींच लें... चेहरे को लाल होने दें, ठीक वैसे ही जैसे क्रोध में होता है। सारे शरीर को तनाव से भर जाने दें। हाथ और पैर क्रोध में काँपने दें। पूरे शरीर में उष्णता को वैसे ही फैलने दें, जैसे क्रोध में शरीर तप्त हो जाता है। शरीर जब क्रोध की चरम सीमा तक आ जाए तो आँखें बंद कर लें, होशपूर्वक देखें कि पूरे शरीर में क्या हो रहा है। शांत होकर अनुभव करें कि कैसे क्रोध हमारे रक्त में जहर भर देता है। कैसे रक्त विषाक्त हो जाता है। आँखें बंद करके होशपूर्वक देखें कि वाकई क्या हो रहा है।

एक या दो प्रयोग पर्याप्त है क्रोध से छूटने के लिए। किसी को एक प्रयोग के बाद क्रोध करना असंभव हो जाता है। किसी को तो पहले प्रयोग में ही क्रोध नहीं होता। इस प्रयोग के साथ होश की घटना घटेगी। उसके पश्चात आपको जब भी क्रोध आएगा तो आप होशपूर्वक जानेंगे। क्रोध करने से पहले ही पता चल जाएगा। क्रोध आने से पहले जैसे ही साँस की गति तेज होने लगेगी तो आपका होश जागेगा। होश के साथ क्रोध करना असंभव हो जाएगा क्योंकि क्रोध बेहोशी का परिणाम है। होशपूर्वक आप जान गए कि क्रोध की शुरुआत कहाँ से होती है, शरीर पर क्या परिवर्तन होते हैं। जैसे ही उस बदलाहट की शुरुआत हुई, आपने होश को जगा दिया।

सारांश यह है कि जब भी क्रोध आए तब उस क्रोध को अलग-अलग शब्द देने की बजाय जैसे, 'मुझे क्रोध आ रहा है, मुझे क्रोध क्यों आता है, गुस्सा मेरे नाक पर क्यों रहता है, मैं खून के आँसू रोता हूँ, खून के घूँट पीता हूँ', अपने आपसे पूछें कि यह सब हो रहा है तो निश्चित (एग्जॅक्टली) क्या हो रहा है। सही जानकारी क्रोध का रामबाण इलाज है।

निश्चित क्या हो रहा है...

Exactly what's happening...

चौथा पत्थर - अहंकार (Ego)

अहंकार मन का अति सूक्ष्म विकार है, मन की मूल बीमारी है। जब 'मैं और मेरे' का अहंकार भाव जगता है तब माया के जगत का निर्माण होता है। जितना ज्यादा अहंकार होगा, उतना बड़ा 'मैं' होगा। अहंकार ही जड़ है, जो क्रोध और दुःख का मूल कारण है। अहंकार का इंधन है 'मैं'। मेरा धन, मेरे रिश्तेदार, मेरे मित्र, मेरा पद। इसलिए तो धनवानों को, पैसेवालों को अहंकार ज्यादा होता है क्योंकि उनका 'मेरा धन' यह भाव बड़ा है। गरीब में भी अहंकार है लेकिन किसी और बात का। व्यक्ति जब स्वयं को भूलकर, स्वयं को शरीर मानकर जीता है तभी उसके मन में अहंकार का जन्म होता है इसलिए अहंकार से मुक्ति हो।

जीवन एक बहता झरना है। बहना इसकी खूबसूरती है। बहाव में बाधा इसकी कमजोरी है। इस बहाव में सबसे बड़ी कमजोरी है, 'अहंकार का पत्थर।' अहंकार दो प्रकार के होते हैं।

१. नकली अहंकार - जो छोटी-छोटी बातों से बुरा मान जाता है।

२. असली अहंकार - जो अपने आपको अलग मानता है।

इसे एक उदाहरण से समझें । जब आप सिनेमा देखने जाते हैं तब दरवाजे पर एक इंसान आपके टिकट का आधा हिस्सा फाड़कर आपको लौटाता है और दूसरा इंसान आपको सिनेमा हॉल में कुर्सी पर बिठाता है। पहला इंसान नकली अहंकार का प्रतीक है, जो चीजों को तोड़कर, तोलकर, तुलना करके सोचता है। दूसरा इंसान असली अहंकार का प्रतीक है, जो अपने आपको वी.आय.पी. (अलग), श्रेष्ठ समझता है। अज्ञान में इंसान अपने आपको शरीर मान बैठता है। शरीर के लिए अलग कुर्सी चाहिए, सम्मान चाहिए, लोगों का ध्यान चाहिए। ये सुविधाएँ नहीं मिलीं तो इंसान दुःखी व परेशान हो जाता है। इसका मतलब इंसान अहंकार की वजह से दुःखी है। अहंकार की वजह से मशीनी जीवन (बेहोश जीवन) जी रहा है।

जीवन के बहाव में और भी कई पत्थर आते हैं, जैसे कि काम, क्रोध, लोभ, मोह, डर, नफरत, तुलना, बोरडम, चिंता इत्यादि। लेकिन इन सब में सबसे मुख्य बाधा है 'अहंकार'। लोग आज तक नकली अहंकार को ही कुछ समझ पाए हैं लेकिन असली अहंकार पर बहुत कम लोगों ने मनन किया है। उनमें से बहुत कम लोगों ने अहंकार को समर्पित किया है। अहंकार के समर्पण के बाद ही होता है 'आत्मसाक्षात्कार', जिसे स्वयंबोध, मुक्ति, मोक्ष के नाम से भी जाना जाता है।

बच्चा जब ढाई से तीन साल का होता है तब उसमें अहंकार का निर्माण होना शुरू होता है। सभी लोग बच्चे पर ध्यान देते हैं। उसे खाना, खिलौना लाकर देते हैं। वह अपने आपको अति महत्त्वपूर्ण समझने लगता है। उसे यह नहीं पता कि हकीकत में वह बहुत कमजोर है, इस वजह से सभी उसकी सुख-सुविधा में लगे हुए हैं। बड़े होने पर पहली बार उसे अहंकार का पता चलने लगता है तब वह इस अहंकार से छुटकारा पाने के लिए मनन, पठन, सत्संग इत्यादि का सहारा लेता है। नकली अहंकार टूटने लगता है लेकिन अहंकार गिरने का (अहंकार न होने का) अहंकार बना रहता है। इस अहंकार को सूक्ष्म अहंकार कहा जाता है। सत्संग में मिली साधना में पकने के बाद उसे सूक्ष्म अहंकार भी दिखाई देने लगता है। इस अवस्था के बाद ही वह नकली अहंकार से पूर्ण मुक्ति पाता है। इस अवस्था के बाद ही वह सदा जागृत रहकर मशीनी जीवन से मुक्ति पाता है। अब वह स्वयं अनुभव पर स्थापित होने लगता है। (स्वयं अनुभव होना और स्वयं बोध में स्थापित होना दो अलग-अलग चीजें हैं।) इस अवस्था के बाद ही असली अहंकार से मुक्ति मिलती है।

सत्वगुणी का अहंकार

अपने अनुभव पर जाने के लिए सत्वगुणी बनना बहुत जरूरी है। मगर कोई इंसान सत्वगुणी बनने को ही महत्व दे कि 'मैं सत्वगुणी बन गया' तो उसका अहंकार और बढ़

जाता है। वह कहेगा, 'मैं तो सत्वगुणी हूँ... किसी को सताता नहीं... किसी को परेशान नहीं करता... सबकी सेवा ही करता हूँ...।' तो इससे उसे क्या नुकसान होगा? अब वह आगे सुनना ही नहीं चाहता। उसे जो अहंकार हो गया है कि 'मैं जानता हूँ', यह उसके लिए बाधा बन जाएगा। यानी कोई विकास होने के बावजूद भी अटक सकता है। विकास होते हुए भी फिर पतन के रास्ते पर जा सकता है। उसे तो लग रहा है कि पतन नहीं हो रहा है, विकास हो रहा है। मगर वह पतन है, यह बात वह समझ नहीं पाता है क्योंकि अगर रास्ते में ही कोई इंसान रुक जाए तो उसे नहीं लगता कि 'मैं रास्ते में अटक गया हूँ।' उसे लगता है कि 'यहाँ तक मैं पहुँचा हूँ, इस मंजिल पर लोग पहुँचते ही नहीं हैं इसलिए मेरा तो विकास ही हुआ है।'

बिना अहंकार के घटे, सत्य प्रकट नहीं होता। इसी अहंकार को झुकाने के लिए ईश्वर की मूर्तियाँ बनीं। इसी अहंकार को गिराने के लिए गुरु की जिंदा मूर्ति आवश्यक है।

अहंकार की सेवा बंद हो

जब भी मन परेशान करता है तो मन को कैसे चुप करवाएँ? जो वह माँगता है, उसे वह दे दें? कोई उसे शराब दे देता है, कोई उसे जुआ दे देता है। कोई उसके मनमुताबिक दूसरों से झगड़े करवाता है। जो वह माँगता है, उसे वह दे दिया जाता है। इसे कहते हैं, 'अहंकार की सेवा।'

किसी ने कहा, 'फलाँ ने मुझे गाली दी है। बहुत परेशानी महसूस हो रही है। अब फिलहाल क्या करें?' 'फिलहाल तुम भी गाली दे दो। तुमने भी गाली दे दी। अब शांति महसूस हो रही है।' यह हुई अहंकार की सेवा। अहंकार चाहता है, मेरी सेवा हो और उसकी सेवा होती रहती है वरना फिलहाल अशांति कैसे दूर करें?

अहंकार उठता है। परेशानी होती है तो लगता है कि 'फिलहाल' जो वह माँगता है उसे दे दो। इस तरह अहंकार की सेवा खूब चलती है। सुबह से लेकर रात तक अलग-अलग परिस्थितियों में परेशानी जागृत होती है। वह परेशानी, अशांति हम नहीं चाहते। हम तुरंत उस अशांति को रोकना चाहते हैं, जिसका एक मात्र इलाज हर एक के पास है 'फिलहाल।' फिलहाल हम कुछ करें ताकि वह शांत हो जाए, बाद में देखेंगे। बाद में कोई देखता नहीं है।

अहंकार चाहता है कि मेरी सेवा हो। 'अगर मेरी सेवा नहीं करेंगे तो मैं बहुत परेशान करूँगा, आपके यज्ञ में विघ्न डालूँगा' तो फिलहाल उसे चुप करवाओ। मन विचार लाएगा, 'मैं आत्महत्या करूँगा, मैं यह करूँगा, मैं वह करूँगा।' तोलू मन

कहेगा, 'अच्छा आत्महत्या करने जा रहा है। इससे अच्छा तो शराब पी... इससे अच्छा तो जुआ खेल... इससे अच्छा तो ये कर... उससे अच्छा तो वह कर...', ऐसा कहकर उसे 'फिलहाल' चुप किया जाता है। 'फिलहाल' से बाहर आना है।

छोटी-छोटी घटनाओं में सुबह से लेकर रात तक देखें कि अहंकार कैसी सेवा चाहता है। उदाहरण - एक बच्चा घर गया और मम्मी ने पूछा, 'खाना परोस दूँ।' वह कहता है, 'नहीं।' थोड़ी देर के बाद मम्मी ने फिर पूछा, 'खाना लगा दूँ?' वह बच्चा चिल्लाता है, 'नहीं कहा न।' फिर मम्मी ने कहा, 'खाना खा ही लो।' तो वह बड़ा गुस्सा हो गया, 'खाना नहीं खाना है, बोला न।' फिर मम्मी यह सोचकर चुप बैठ गई कि शायद किसी के साथ बाहर झगड़ा हुआ होगा। अभी ज्यादा न बोलना ही अच्छा है। फिर उसे थोड़ी देर के बाद भूख लगने लगी। अब वह सोच रहा है, 'मम्मी से कैसे कहूँ?' अब जब तक मम्मी पूछे, बोल नहीं सकता। अहंकार बोलेगा, 'अब मैं कैसे बोलूँ? मम्मी पूछ क्यों नहीं रही? जल्दी से पूछे तो मैं हाँ कहूँ, जल्दी खाना खाऊँ।' मगर अहंकार कहता है, 'जब तक मम्मी नहीं पूछेगी तब तक हम नहीं बोलेंगे।' इसलिए घंटों भूखा रहा यानी किसकी सेवा की? अहंकार की सेवा चल रही थी। मेरी इमेज का क्या होगा? कोई कहेगा कि 'अभी कैसे भूख लगी? पहले खाना परोसने के लिए कहा तो मना कर रहे थे।' बड़ी ठेस पहुँचती है, बड़ा बुरा लगता है।

अहंकार की सेवा से बच्चा जब बड़ा हो जाएगा तो वह कैसा होगा? अपने आस-पास में आपने कुछ बच्चों को देखा होगा, जिनके माँ-बाप ने इस तरह से अहंकार की सेवा की है और 'फिलहाल... फिलहाल' करके उनकी सब जिद पूरी की है। बड़े होकर वे क्या कर रहे हैं? उनके बड़े होने पर जब तक कोई उनमें तेजप्रेम नहीं जगाता और वे सभी पॅटर्न तोड़ने को तैयार नहीं होते तब तक ना तो उनमें भक्ति जागती है, न कोई संभावना होती है। वे ऐसे ही अहंकार की सेवा करेंगे और मशीनी मौत मरेंगे। मगर जिसने बेहतरीन चुनाव को जाना वह कहेगा, 'यह बदतर मौत है, ऐसी मौत न मिले।'

इस उदाहरण से समझें कि अहंकार की सेवा कैसे होती है और अगर यह सेवा बंद हो जाए तो आपका जीवन कैसा होगा? प्रश्न उठते हैं कि ऐसा क्यों होता है? वैसा क्यों होता है? ये बंद होगा और आप बेहतर चुनाव कर पाएँगे। अहंकार की सेवा न करना, बेहतर चुनाव है। यही मोक्ष की तरफ ले जाता है। आज तक जो भी चुनाव किए, अच्छे चुनाव तो हुए मगर अब बेहतर चुनाव शुरू हो जाए। हर घटना में देखेंगे कि यह अहंकार की सेवा है या सत्य की सेवा है। दोनों में से कौन सी सेवा करनी है? अपने आपसे पूछें कि 'किसकी सेवा करनी है?' अहंकार की सेवा तो बहुत हो गई, बचपन से लेकर अब तक की घटनाएँ याद करेंगे तो सब याद आएगा क्या-क्या किया था। सिर्फ अहंकार को

पसंद नहीं आ रहा था तो वह वैसे ही बरताव कर रहा था। अहंकार की सेवा करके कहाँ पहुँचेंगे? इसलिए 'अंडरस्टैण्डिंग' महत्त्वपूर्ण है।

पाँचवाँ पत्थर – लोभ (Greed)

लोभ अर्थात लालच। माँगना मन का स्वभाव है। इस जगत में सबसे बड़ा भिखारी है मन, जिसकी माँग लगातार जारी ही रहती है कि और मिले... और मिले। यही नहीं, उसे जब मिलने लगे तो सोने के अंडों के लिए वह मुर्गी को भी काट डालने को दौड़ता है। जहाँ मन है, वहाँ लोभ का निवास होता है। यह लालच इंसान को खाई में डाल देती है। इसी लोभ के कारण ही तो इंसान चोरी, डकैती, लूट और जुए जैसी निरर्थक आदतों में गिर जाता है।

आज का मनोविज्ञान इस बात से चिंतित है कि आनेवाली पीढ़ी का जिस आदत से विनाश होगा वह है 'जुआ' कैसे उसे इस आदत से बचाया जाए? और जुए का सबसे बड़ा कारण है 'लालच की वृत्ति', जो बिना कुछ किए 'धन मिल जाने' की अपेक्षा करती है। चाहती है कि रातों-रात मैं करोड़पति बन जाऊँ। इस तरह लोभ से जो मिलता है, उसके प्रति मोह जगता है कि कैसे उसे सुरक्षित रखूँ... कहीं छिन न जाए! धन के प्रति मोह, कार के प्रति मोह, बच्चों के प्रति मोह, वस्तुओं के प्रति मोह इत्यादि।

छठवाँ पत्थर – द्वेष (Ill-will)

द्वेष अर्थात् जलन या नफरत, दूसरे का नुकसान करने की भावना। किसी की सफलता को देखकर द्वेष की दीमक कुछ लोगों के अंदर सरकने लगती है। किसी को धन मिले तो जलन होने लगती है। कोई कार खरीद ले, कोई सुंदर मकान बना ले, कोई परीक्षा में प्रथम आ जाए, किसी और का विकास हो तो मन में अज्ञान की वजह से द्वेष निर्माण होता है।

द्वेष के साथी हैं–ईर्ष्या और प्रतिस्पर्धा। ईर्ष्या के कारण लोग व्यर्थ परेशान होते हैं और जीवन में प्रतिस्पर्धा की निरर्थक दौड़ शुरू हो जाती है। वास्तव में किसी की सफलता देखकर, ईर्ष्या जगाकर परेशान होने की कोई आवश्यकता ही नहीं है। सफलता मिली है तो खुश होना है। उसके आनंद में सहभागी होना है। ईश्वर को धन्यवाद देना है क्योंकि यह निसर्ग का नियम है कि किसी का शुभ देखकर हम खुश होते हैं तो हमारे जीवन में भी शुभ होने लगता है। दूसरे की सफलता से प्रेरणा लें, न कि ईर्ष्या और द्वेष करें।

सातवाँ पत्थर – भ्रम (Illusion)

कहावत है कि भ्रम का इलाज लुकमान हकीम के पास भी नहीं था। 'भ्रम' मन

का एक विनाशक हथियार है। 'जो है नहीं', भ्रम मान लेता है कि 'वह है'। जैसे किसी ने रस्सी को साँप समझ लिया, रस्सी साँप नहीं है फिर भी वह मानता है कि साँप है और डरकर भाग ही रहा है। जैसे किसी को बीमारी न हो फिर भी वह समझें कि 'मैं बीमार हूँ', ऐसे व्यक्ति के लिए कोई औषधि नहीं है। सारे डॉक्टर हार जाएँगे मगर वह कभी ठीक नहीं हो सकता।

इस भ्रम का दूसरा रूप है 'शंका'। शंका के कारण कोई किसी पर विश्वास नहीं करता। वह इंसान शत्रु पर ही नहीं बल्कि मित्र पर भी शंका करता है। उसे अपनी पत्नी पर शक होता है, बच्चों पर शंका होती है। ऐसा व्यक्ति न केवल अपना जीवन बल्कि औरों का जीवन भी जहर से भर देता है। न खुद शांति से जी पाता है, न औरों को सुख से रहने देता है। ऐसे इंसान को भ्रम जहाँ ले जाएगा, वहाँ वह परेशानियाँ ही पैदा करेगा।

भ्रमित जीवन जीनेवाला व्यक्ति न केवल स्वयं के व्यवहारिक जगत में अपनी हानि करता है बल्कि उसका आध्यात्मिक जीवन भी हानिग्रस्त हो जाता है। वह भ्रम की नजरों से ही अपने गुरु को भी देखता है। इसी भ्रम के कारण उसके हृदय में अपने गुरु के प्रति श्रद्धा नहीं जग पाती, वह गुरु पर भी शक करता है। जिसके हृदय में श्रद्धा नहीं, उसका तेज विकास (आध्यात्मिक विकास) नहीं हो सकता। अविश्वास और अनुमान के कारण वह अपने गुरु से भी कपट करेगा। कपट (झूठ) आध्यात्मिक यात्रा में सबसे बड़ी रुकावट है। इसलिए जरूरी है कि जितनी जल्दी हो सके, इस भ्रम व शंकालु वृत्ति से मुक्ति पाएँ।

आठवाँ पत्थर - ग्लानि, अपराध बोध (Guilt)

ग्लानि की वृत्ति (आदत) छोटी दिखती है परंतु बड़े विनाश का कारण बन सकती है। ग्लानि यानी मन में अपराध बोध की भावना बनी रहना। इतिहास गवाह है कि हिटलर, जो जर्मनी का तानाशाह सम्राट (डिक्टेटर) था, वही जिम्मेदार था पिछली सदी के दोनों महायुद्धों के लिए। मनोवैज्ञानिक कहते हैं कि वह आत्म-ग्लानि व हीनता (इन्फिरियारिटी कॉम्प्लेक्स) से पीड़ित था। इसी बीमारी के कारण उसने यह सिद्ध करना चाहा कि 'मैं उत्कृष्ट हूँ।' परिणाम, दो महायुद्ध हुए। लाखों बेकसूर मारे गए। निर्दोष बच्चों की हत्याएँ हुईं।

इस ग्लानि का मिटना जरूरी है। आज की मनुष्यता ग्लानि से परेशान है। इसके कारण कितने ही लोग मानसिक रोगों से पीड़ित हैं। तनाव, मानसिक अस्थिरता, अनिद्रा इसके परिणाम हैं।

नौआँ पत्थर - तुलना (Comparison)

तुलना करनेवाला मन हर घटना को, हर वस्तु को दो भागों में विभाजित करता है। कोई घटना घटी नहीं कि तुरंत मन आकर कहता है, 'यह अच्छा हुआ', 'यह बुरा हुआ' तुलना करनेवाला मन दीवार घड़ी के पेंड्यूलम की तरह एक अति से, दूसरी अति तक डोलता रहता है। मन की चंचलता इस तुलना का ही परिणाम है। यदि अपनी तुलना करनी ही हो तो उन लोगों से करें जिनका लक्ष्य भी वही है, जो आपका है। इससे प्रेरणा मिलेगी और आपका विकास होगा। अज्ञान में की गई तुलना दुःख का कारण बनती है।

दसवाँ पत्थर - व्यसन व बुरी आदतें (Bad habits)

विकास के रास्ते में ग्यारहवाँ पत्थर है बुरे व्यसन और बुरी आदतें। बुरे व्यसन यानी सिगरेट, शराब पीना, तमाखू खाना, रेसकोर्स जाना, जुआ खेलना इत्यादि। नीचे लिखी गई सात आदतों का निर्मूलन करें: (१) बहस करना व वादविवाद में समय बरबाद करना (२) लापरवाही से काम करना (३) आलोचना व व्यंग करना (४) दूसरों पर इल्ज़ाम लगाना (५) काम न करने का बहाना ढूँढ़ना (६) इंद्रिय सुख की लालसा में फँसना (७) निरुद्देश्य होकर टी. वी. के सारे कार्यक्रम देखना।

सारे पत्थर हटाने के लिए, मानसिक शक्ति बढ़ाएँ

एकाग्रता प्रयोग - पहला

१. आँखें बंद करके सहज आसन में (जमीन या कुर्सी पर) बैठें।

२. आँखें बंद करके आप अपनी आँखों के सामने कुछ नंबर्स लाएँ। आपस में इन नंबर्स को गुणा (मल्टीप्लाय) करें और उनका जवाब याद रखें।

३. जब गुणा करें तो कोई भी मॅथमॅटिक्स की ट्रिक (गणित की शॉर्टकट), मेमरी तकनीक इस्तेमाल न करें। जैसे आप कागज पर गणित करते हैं, वैसे ही करें लेकिन मन में करें।

४. आँखें बंद करें। अपनी आँखों के सामने दो अंक (डिजिट) के नंबर लाएँ, उदा. ४७ ✖ २२

५. जवाब आ जाए तब आँखें खोलें। इसी गणित को कागज पर कर अपना जवाब जाँच लें। इस गणित में २२ रखे थे यानी २ और २, दोनों एक जैसे ही बताए गए थे।

६. यह करते हुए आपने क्या महसूस किया? मन में अंक स्थिर रहकर छूट रहे थे लेकिन आप उन्हें फिर से पकड़ने का प्रयास कर रहे थे। इस तरह की मानसिक

कसरत से आप एकाग्रता और मानसिक शक्ति बढ़ाते हैं, जो ध्यान की शुरुआत के लिए सहायक है।

यह मानसिक व्यायाम करते हुए आपके विचार कैसे थे? विचार कहाँ थे? उस वक्त बाकी विचार गायब थे। यही तो महत्व है इसका! वर्तमान में रहने का महत्व, एकाग्रित होने का महत्व वरना विचार या तो भविष्य में रहते हैं या भूतकाल में। ध्यान से वर्तमान में रहने की कला जानेंगे और जानेंगे मन को कैसे आराम दिया जाए। मन दिनभर भाग-दौड़ करे, विचार कर कर थक जाता है। अगर आप ध्यान की कला जान जाएँ तो यह रहस्य जान गए कि हम कैसे हरदम तरोताज़ा (फ्रेश) रहें।

७. पहला प्रयोग आपको शायद समझ में न आया हो तो इसी का दूसरा प्रयोग करेंगे -४७ × ४७ कितने हुए? आँखें बंद करके करेंगे।

४७ और ४७ समान अंक (सेम नंबर) थे इसलिए भूलने की संभावना कम थी।

८. अब ४७ × २९ का जवाब मन में ढूँढेंगे। इसे ठीक से समझें। कोई यह न समझ ले कि इसका सही जवाब आना ही महत्त्वपूर्ण है। इस प्रयोग से मानसिक दक्षता बढ़नी चाहिए। पहले आप एक अंक (सिंगल डिजिट) के नंबरों को आपस में गुणा कर पाए। अब आप दो अंक (डबल डिजिट) के नंबर का गुणा कर पा रहे हैं।

९. जो यह आसानी से कर पा रहा है, उसे तीन डिजिट के अंक लेने चाहिए। जो दो अंक के नहीं कर पा रहा है, उसे शुरुआत करनी है एक डिजिट से। आसानी से जब यह होने लगे तब आप अंक बढ़ाएँ।

एकाग्रता प्रयोग - दूसरा

१. अपनी आँखें बंद करके कुर्सी या जमीन पर बिना तनाव बैठें।

२. शरीर को स्थिर रखते हुए अपने चारों तरफ जो आवाजें चल रही हैं, उन्हें सुनें। अलग-अलग तरह की पाँच आवाजों को जानें, पहचानें।

३. पंखा चलने की आवाज है तो उसमें भी अलग-अलग तरह की आवाजें हो सकती हैं, जिन्हें ध्यान से सुनना है। अलग-अलग तरह की आवाजों में लोगों का वार्तालाप, बर्तनों के टकराने की आवाज, बच्चों के खेलने, अलग-अलग वाहनों के हॉर्न व मोटर की आवाजें हो सकती हैं। किसी चीज के गिरने की आवाज, किसी के चलने की आवाज, टी.वी., टेप, रेडियो की आवाज,

पक्षियों की आवाज, भौंकने, झगड़ने की आवाजें हो सकती हैं। पानी के बहने की आवाज, सीटी की आवाज, हँसने, रोने की आवाजें हो सकती हैं। जब कोई आवाज न हो तब मौन की आवाज को जानने का प्रयास करें। सन्नाटे का एहसास करें।

४. अपने चारों तरफ हर तरह की आवाज पकड़ने की कोशिश करें। हवाई जहाज की आवाज है तो उसमें भी विभिन्नता है इसलिए सूक्ष्म से सूक्ष्म आवाज को पहचानें। पाँच आवाजें अलग-अलग तरह की पहचान लेने के बाद आँखें खोलें।

५. हर हफ्ते के बाद आवाजों की संख्या बढ़ाएँ। विस्तार से जानने के लिए पढ़ें पुस्तक 'ध्यान – आरंभ करने वालों के लिए।'

इस खंड में दिए सभी मानसिक विकार दूर करें और हर दिन एकाग्रता प्रयोग करें, जिससे आपकी मानसिक दक्षता बढ़ेगी।

जीवन का हर कदम या तो विकास की ओर ले जाता है या तो अविकास (पतन) की ओर ले जाता है। हर अतेज कदम खाई में ले जाता है और हर तेज कदम ऊँचाइयों पर ले जाता है।
शिखर पर पहुँचने पर होती है तेज उड़ान।

नोट : आर्थिक विकास के लिए अगला खंड पढ़ें

चौथा खंड
आर्थिक विकास

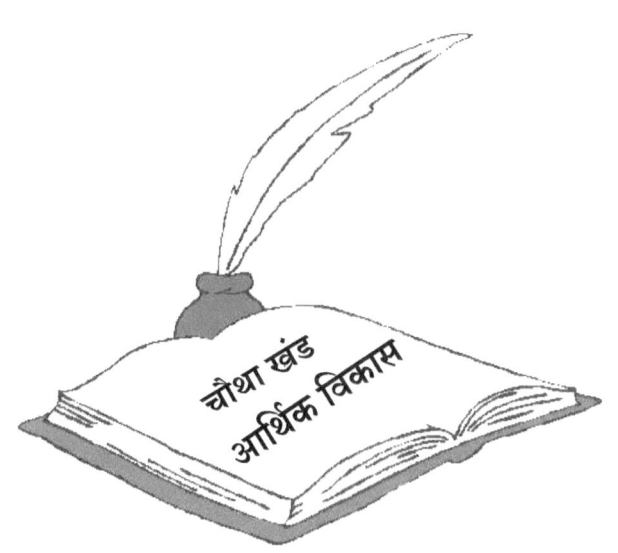

भाग १

समृद्धि का रहस्य

पैसा रास्ता है, लक्ष्य नहीं

पैसा : तीन भ्रम, तेरह मान्यताएँ, तेरह नुस्खे

जिस तर हर इंसान के धर्म की, कर्म की, देश की परिभाषा अलग है, उसी तरह हर एक के लिए पैसे की परिभाषा व समझ अलग-अलग है।

एक किसान से जब पूछा जाए, 'आपका काम (कर्म) कैसा चल रहा है?' तब वह कहता है, 'इट इज ग्रोईंग (It is growing) यानी वह बढ़ रहा है।' यह किसान की भाषा है। जैसे फूल, पौधे बढ़ते हैं, वैसे ही यह काम बढ़ रहा है।

एक लेखक से पूछा जाए, 'आपका काम कैसा चल रहा है?' तो वह कहता है, 'ऑल राईट' क्योंकि यह लेखक की भाषा है। राईट यानी उसने राइटिंग की है तो वह कहता है, 'ऑल राईट... (all write).'

किसी ज्योतिषी से, जो सितारों को देखकर भविष्य बताते हैं, उनसे पूछा गया कि 'आपका काम कैसा चल रहा है?' उसका जवाब था, 'काफी ऊपर तारों को छू रहा है...।' किसी इलेक्ट्रिशियन से, जो बिजली का काम करता है, उससे जब यही सवाल पूछा गया तब उसका जवाब था, 'काफी लाईट (Light) है।' जब दर्जी से पूछा गया तो दर्जी ने कहा, 'थोड़ा टाइट है।' और लिफ्टमॅन से जब पूछा गया तो उसका जवाब था, 'बहुत ऊपर-नीचे होता रहता है।'

हर एक की भाषा, परिभाषा अलग है इसलिए लोग पैसे की चर्चा लगातार अपने तरीके से अलग-अलग कर रहे हैं। दो व्यापारी मिलते हैं तो वे आपस में व्यापार की ही बातें कर रहे होते हैं। उनका व्यापार कितना भी अच्छा क्यों न हो, वे यही कहते फिरते हैं कि कुछ तो ऊपर नीचे हो रहा है... मंदी चल रही है... इस तरह हर तरफ व्यापार

में मंदी छा रही है। लोगों के विचारों और परिभाषा का असर पैसे पर होता रहता है।

पैसे के बारे में तीन तरह के भ्रम

१. **पैसे को ही 'सब कुछ' मानते हैं**

कुछ लोग पैसे को ही सब कुछ मानते हैं इसलिए उसे दबाकर, छिपाकर रखना चाहते हैं। ऐसे लोगों के लिए पैसा ही सब कुछ होता है, वे पैसे को ही ईश्वर समझते हैं। उनके लिए रिश्ते-नातों का कोई मोल नहीं होता।

२. **पैसे को 'कुछ भी नहीं' मानते हैं**

कुछ लोग पैसे को कुछ नहीं समझते और मिट्टी समझकर उड़ाते रहते हैं। ये लोग लापरवाह और नासमझ होते हैं। उन्होंने कभी भी पैसे पर मनन नहीं किया होता है। जैसे एक इंसान ने एक भिखारी को कहा, 'यह १०० रुपये लो और बताओ कि तुम्हारी यह हालत कैसे हुई?' भिखारी ने कहा, 'पहले मैं भी बहुत अमीर था और आप ही की तरह दूसरों से सवाल पूछकर पैसे दिया करता था।' इस तरह वह इंसान पैसे को उड़ा रहा है, फिजूल खर्ची कर रहा है।

३. **पैसे से दूर भागते हैं**

कुछ लोग पैसे को साँप समझकर उससे दूर भागते हैं। पैसे के बारे में गलत मान्यता रखते हैं, इस वजह से पैसा उनके लिए शैतान होता है। पैसे का स्पर्श भी उनका धर्म भ्रष्ट कर देता है।

इसलिए न पैसे को भगवान मानें, न शैतान। न उसे फिजूल खर्च करें, न दबाकर रखें। न उससे चिपके रहें, न दूर भागें, जागें। पैसा, पैसा है। इस्तेमाल करें और भूल जाएँ। कुर्सी इस्तेमाल कर लेने के बाद आप दिनभर कुर्सी के बारे में सोचते नहीं रहते। पैसा हम इस्तेमाल करें, न कि पैसा हमें इस्तेमाल करे।

पैसे के बारे में तेरह मान्यताएँ

(१) पैसा कमाना कठिन है, (२) पैसा लेकर लोग वापस नहीं करते हैं, (३) पैसा हाथों का मैल है, (४) ज्यादा पैसा, ज्यादा समस्या, (५) पैसा शैतान है... पैसा भगवान है, (६) पैसा आता है मगर चला जाता है, (७) लक्ष्मी पूजन के दिन दूसरों को पैसे नहीं देने चाहिए, (८) पैसा आते ही दोस्त दुश्मन बन जाते हैं, (९) ज्यादा कमानेवाले अमीर होते हैं, (१०) हाथ में खुजली होने से पैसा मिलता है, (११) पैसा,

आनंद, समय इत्यादि कम हैं, बाँट नहीं सकते, (१२) जिसके पास ज्यादा पैसा होगा वह कम आध्यात्मिक होगा, (१३) पैसे से सब कुछ खरीद सकते हैं।

पैसे के साथ लोगों की अलग-अलग मान्यताएँ हैं। मगर यह मजेदार नियम है कि जिस चीज को आप मानते हैं, उसके सबूत आपको मिलते हैं और जब सबूत मिलते हैं तो मान्यता और बढ़ जाती है। मान्यता और बढ़ जाए तो और बड़े सबूत मिलते हैं... बड़े सबूत मिलने पर मान्यता और गहरी होते जाती है। यही दुष्चक्र चलता रहता है और मान्यता इतनी पक्की हो जाती है कि पैसा आ रहा होता है मगर उसके साथ समस्या भी आ रही होती है।

- कुछ लोगों की यह समस्या है कि पैसा आता है मगर चला जाता है। इस मान्यता के पीछे असली कारण समझें। किसी की कम-ज्यादा कमाई से यह मत समझना कि वह इंसान अमीर है कि गरीब। एक की कमाई बहुत है मगर वह कुछ बचाकर नहीं रखता। सब खर्च हो जाता है। हकीकत में वह गरीब है। एक की कमाई कम है पर उसके पास कुछ टिकता भी है। वह १०% बचा पाता है, हकीकत में वह अमीर है।

- पैसे के बारे में एक और मान्यता यह भी है कि 'ज्यादा पैसा-कम अध्यात्म।' यानी जो ज्यादा पैसा कमाता है, उनका ध्यान अध्यात्म से छूट जाता है या वे यह सोचते हैं कि अध्यात्म में जाएँगे तो हमारा पैसा कम हो जाएगा मगर ऐसा नहीं है बल्कि असली अध्यात्म की समझ द्वारा आप पैसे का सही इस्तेमाल करना सीखते हैं। पैसे का आदर करते हैं। पैसे के बहाव में रूकावट (ब्लॉक्स) नहीं डालते हैं। पैसे के प्रति मिलकियत की भावना से, चिपकाव से मुक्त होते हैं। आप पैसे के चौकीदार नहीं, मालिक बनते हैं।

- लोगों में यह भी मान्यता है कि पैसा आते ही दोस्त, दोस्त नहीं रहते। रिश्ते बिगड़ जाते हैं। कुछ लोग पैसे को ईश्वर मानते हैं... कुछ लोग शैतान समझते हैं... कुछ लोग हाथ का मैल समझते हैं इत्यादि। ये सब गलत धारणाएँ हैं। जो हाथों का मैल कह रहे हैं, वे भी गलत कह रहे हैं। जो भगवान या शैतान मान रहे हैं, वे भी गलत हैं। सभी अधूरे ज्ञान से, अज्ञान से कह रहे हैं।

पूर्ण ज्ञान यह समझ देता है कि पैसा रास्ता है, मंजिल नहीं। इसके द्वारा हमें कहीं पहुँचना है। एक मिनट के लिए हर कोई यह सोचकर देखे कि उसके जीवन में पैसा रास्ता है या मंज़िल ? रास्ता यानी उसका इस्तेमाल करते हुए हमें कहीं

पहुँचना है। पैसे को मंज़िल मान लेना यानी सिर्फ पैसा कमाना ही अंतिम लक्ष्य मानना है मगर अपने आपसे ईमानदारी से पूछें कि हमारा लक्ष्य क्या है? जिन लोगों को लगता है कि पैसा रास्ता है, मंज़िल नहीं वे अपनी मंज़िल के लिए अवश्य काम करें और जिन्हें पता अभी यह पक्का नहीं है, वे इस पर अवश्य सोचें। यह आपके जीवन का एक महत्त्वपूर्ण निर्णय होगा।

- कुछ लोंगों की यह मान्यता है कि हाथ में खुजली होने से पैसा मिलता है तो इसे समझें कि ९० प्रतिशत से ज्यादा क्रियाएँ हाथों द्वारा होती है। पैसा कमाना हाथों की मेहनत से जोड़ा गया है। काम करनेवाले हाथ जब खाली रहते हैं तो उनमें पीड़ा अथवा अप्रिय संवेदना महसूस होती है, जिसे हाथ की खुजली कहा गया है। ऐसे हाथ जल्द से जल्द किसी काम से जुड़ना चाहते हैं और काम होने से पैसा मिलना स्वाभाविक है इसलिए ऊपर दी गई मान्यता बन गई।

पुराने समय में आधुनिक मशीनें न होने की वजह से हाथों द्वारा ज्यादा काम हुआ करता था लेकिन आज के युग में हाथों की मेहनत कम हो चुकी है। कड़ी मेहनत करनेवाले हाथों में ही ऐसी संवेदना उत्पन्न होती है इसलिए मान्यताओं को समझें, गले का फंदा न बनने दें।

पैसा अपने आप में कोई गलत चीज नहीं है। जिस तरह आपके रसोईघर में छुरी होती है तो आप यह नहीं कहते हैं कि यह छुरी अच्छी है... या बुरी है... उससे सब्जी काटते हैं। सब्जी कट जाने पर उसे एक तरफ रख देते हैं, न कि जेब में लेकर घूमते हैं। छुरी के बारे में हम यह नहीं कहते कि यह रसोईघर की मैल है।

उसी तरह पैसे का उपयोग है। पैसा हाथों का मैल है, भगवान है या शैतान है, यह कहने की जरूरत नहीं है बल्कि उसका सही इस्तेमाल करने की जरूरत है। सभी लोगों ने अपने चारों तरफ मर्यादा डाल दी है कि यह मेरा है... यह तेरा है... यह मेरा देश... यह तेरा देश... यह मेरा पेड़... यह आपका पेड़...। यह कहकर सब कुछ भरपूर होते हुए भी कम लगता है। जितने फल हैं उतने अगर बाँट दिए जाए तो किसी को खाने की कमी नहीं होगी। सिर्फ उस चीज पर जो मालकियत है, वह टूटे। ईश्वर ने सब कुछ भरपूर बनाया है।

पैसे का सही इस्तेमाल करने के तेरह नुस्खे : समृद्धि का रहस्य

१. बचत करने की आदत डालें

एक इंसान हर दिन मूँगफली लेने जाता था और मूँगफलीवाले से हमेशा कहता

रहता था, 'मेरे साथ पैसों की समस्या है, पैसा टिकता ही नहीं।' एक दिन मूँगफलीवाले ने उसे थैला भरकर मूँगफलियाँ दीं। उसने मूँगफलीवाले से कहा, 'भाई साहब, क्या कर रहे हो? मुझे इतनी नहीं चाहिए।' मूँगफलीवाले ने बताया, 'यह आपका थैला है।' वह कहने लगा, 'पागल हो गए हो क्या? मैं रोज चवन्नी की मूँगफली लेकर जाता हूँ, थैला भरकर नहीं।' तब मूँगफलीवाले ने उसे समझाया कि यह थैला आपका ही है, जब भी आप चवन्नी की मूँगफली लेते थे तो उनमें से मैं एक-दो दाने निकालकर रखता था। आपको पता भी नहीं चलता था। उसी एक-दो दानों से आपका यह थैला भर गया है।

उस इंसान को बहुत आश्चर्य हुआ, खुशी हुई और उसे एक झटका भी लगा कि अरे! एक-दो दाने इतना बड़ा काम कर सकते हैं। उस दिन वह समझ गया कि पैसा तो बहुत आ रहा है मगर एक-दो दाने (पैसे) भी नहीं बच रहे हैं तो फिर आगे बड़ी तकलीफ होगी। बचत करने की आदत, खर्च करने की समझ, धन की समस्या को ८० प्रतिशत कम कर सकती है। आप कितने भी गरीब क्यों न हों, यदि चाहें तो कुछ पैसा बचाने की आदत डाल ही सकते हैं। बूँद-बूँद से तालाब भर सकता है इसलिए हर छोटी बचत को छोटा न समझें। आपका पैसा आपके लिए और पैसा कमाए, ऐसी योजना बनाइए। सिर्फ खर्च करते रहने से खज़ाने भी खाली हो जाते हैं। दिनभर में आपके पास आए छोटे-छोटे सिक्के भी यदि जमा किए जाएँ तो आगे चलकर वे आश्चर्यजनकवाली संपत्ती बन सकते हैं। कंजूसी करने व बचत करने के बीच के फर्क को समझें और बचत करने की अच्छी आदत अपनाएँ।

२. पैसा जरूरत बने, चाहत नहीं

लोग केवल तुलना की वजह से, दूसरों के पास कुछ चीजें देखकर, स्वयं के लिए वे चीजें खरीदते हैं, जो खरीदना उनके लिए जरूरी न भी हो। ऐसे समय में आपको अपने आपसे सिर्फ एक सवाल पूछना है, 'यह चीज खरीदना मेरी जरूरत है या चाहत है?' जरूरत यानी वाकई उस चीज की आपको आवश्यकता है। चाहत का अर्थ है वह चीज सिर्फ मन को अच्छी लग रही है या किसी ने खरीदी है इसलिए खरीदनी है। सिर्फ तुलना की वजह से लोग वे चीजें खरीदते हैं, जिसकी उन्हें उस वक्त आवश्यकता नहीं होती।

जब भी आप कोई चीज खरीदने जाए तो अपने आपसे एक ही सवाल पूछें, 'ज या च?' जरूरत या चाहत? अगर जवाब आए, 'च' (चाहत) तो दूसरा सवाल पूछें, 'मेरी जो भी जरूरतें हैं, बच्चों को कोई चीज चाहिए, पुस्तक चाहिए या घर में किसी को दवाई चाहिए, क्या वे पूरी हो चुकी हैं?' पहले जरूरतें पूरी करें, फिर चाहत सोचेंगे। ऐसा नहीं, कि चाहत पूरी नहीं करेंगे मगर पहले जरूरत पूरी हो जाए।

इस तरह 'ज या च' पूछने से आपको आश्चर्य होगा कि एक ही सवाल से पैसे के बारे में आपकी आधी समस्या हल हो जाएगी। 'ज' 'च' के कारण सही खरीददारी होगी।

टी.जी.एफ. के एक विद्यार्थी, जो यह तकनीक जानते थे, विदेश से इंडिया वापस आ रहे थे। सभी जानते हैं, विदेश से आनेवाले इंसान के बारे में, उसके परिवार, मित्रों, सगे-संबंधियों की बहुत सारी अपेक्षाएँ होती हैं कि वह फलाँ डेक लेकर आएगा... वह अमुक-अमुक वस्तु तो लेकर ही आएगा...।

वह जब विदेश में खरीदारी करने गया तो उसे यह पंक्ति याद आई कि क्या यह मेरी जरूरत है या चाहत? जिसका उत्तर उसे मिल रहा था। अपने आपसे ईमानदारी से पूछेंगे तो उत्तर आएगा ही। तब उसने वे चीजें नहीं लीं जो केवल चाहत थीं। वह इंसान आज भी खुश है, यह सोचकर कि अच्छा हुआ, उस वक्त मैंने सही निर्णय लिया।

जब अपने आपसे ईमानदारी से पूछें कि 'मेरा पड़ोसी फलाँ-फलाँ चीज खरीदकर लाया है और भी हजार चीजें कर रहा है इसलिए मैं भी कर रहा हूँ या वाकई मेरी जरूरत पूरी होने के बाद मैं कर रहा हूँ?' तो जवाब अवश्य आएगा कि 'शायद उसकी जरूरत पूरी हो चुकी है, अब वह अपनी चाहत पूर्ण कर रहा है मगर क्या मेरी जरूरत पूरी हुई है? तो ही मैं अपनी चाहत पूरी करूँगा।'

इस तरह एक छोटा सा और सीधा सवाल 'ज' या 'च' आपको जागृत कर सकता है वरना ऐसा न हो कि आपके निर्णय नासमझी से हो रहे हों। यदि दूसरों को देखकर आप निर्णय लेते हैं और खरीदारी करते हैं तो आपके लिए दिवाली दिवाला बन सकती है। इस तरह के लोग दूसरो को देखकर पैसे उड़ा रहे होते हैं। जिस तरह दिवाली और शादी ब्याह में लोग बहुत सारी खरीदारी दूसरों को देखकर करते हैं और बाद में पछताते हैं। ऐसा हमारी जिंदगी में कभी न हो।

३. पैसे का बहाव (फ्लो) हो

जो लोग पैसे को दबाते हैं, छिपाते हैं, पैसे के बारे में बिलकुल नहीं सोच पाते हैं, उनके जीवन में पैसे का बहाव रुक जाता है। जिस तरह तालाब में बहते पानी में दुर्गंध नहीं होती। बहाव रुक जाने से, उसमें दुर्गंध आती है उसी तरह पैसा जब बहता है तो वह ताजा (फ्रेश) रहता है। पैसे का बहाव होना यानी सिर्फ खर्च करना नहीं है। बल्कि पैसा ऐसी जगह पर खर्च (Invest) हो, जहाँ से वह बढ़कर आए। ऐसा हो तो यह धनचक्र पूर्ण होता है।

इसका अर्थ कोई यह भी न सोचे कि पैसे का बहाव होना, फ्लो होना यानी वह पैसा गया तो वह वापस भी आता है। निसर्ग का नियम यह है, 'जो चीज आप देते हैं, वह बढ़कर आपके पास वापस आती ही है' तभी यह प्रक्रिया पूर्ण होती है।

किसी भी क्षेत्र में देखेंगे तो यही नियम काम कर रहा है। आज तक जो भी आप देते आए हैं, वह आपको वापस मिला है। आपने अच्छे शब्द दिए तो आपकी तरफ अच्छे शब्द लौटकर आए। आपने दूसरों को प्रेम दिया तो आपको प्रेम मिला, आपने किसी की मदद की तो आपको मदद मिली। आपने किसी के लिए प्रार्थना की तो उसका फल आपको भी मिला। किसी ने, किसी को गाली दी तो उसे वापस गाली ही मिलती है। जिस तरह इको पॉईंट पर लोग आवाजें लगाते हैं और वही आवाज लौटकर आती है या बूमरँग (एक हथियार) फेंका तो वह वापस लौटकर आता है, वैसे ही जीवन का यह नियम है- जो आप देंगे आपको वही मिलेगा। आप शुभ विचार (हॅपी थॉट्स), सु-विचार देते हैं तो वे ही विचार लौटकर आपकी तरफ आते हैं। ऐसा होता ही है, यही हकीकत है।

एक बाजार में अलग-अलग तरह की दुकानें हैं, दुकानदार बैठे हुए हैं। एक दिन उस बाजार में कोई भी ग्राहक नहीं आया। अचानक एक दुकानदार के मन में विचार आया। वह उठकर दूसरी दुकान पर गया। वहाँ से उसने अपने लिए कोई चीज खरीद ली। दूसरे दुकानदार का बिजनेस हो गया। जिसका बिजनेस हुआ उसने सोचा, 'क्यों न मैं भी अपने घर के लिए कोई चीज खरीदूँ।' वह किसी और दुकानदार के पास गया और कोई चीज खरीद ली। इस तरह सभी दुकानदारों ने एक-दूसरे की दुकान पर जाकर खरीददारी की। शाम को सभी खुशी-खुशी घर गए। बिना किसी ग्राहक के भी सिर्फ पैसे के बहाव के कारण हर एक के साथ–पैसे पाना–पैसे देना–फिर से पैसे पाना हुआ। धनचक्र (सर्किट) पूर्ण हुई और हर इंसान खुश था।

जिस समाज में पैसा रुक जाता है वह आगे नहीं बढ़ पाता, जिस समाज में पैसा बहता (सर्क्युलेट) रहता है, वह आगे बढ़ता है। जो लोग यह नियम जानते हैं, वे ही पैसे का सही इस्तेमाल करते हैं, जो लोग नहीं जानते, वे उसे दबाकर, छिपाकर रखते हैं।

४. पैसे में रुकावट (ब्लॉक्स) न डालें

पैसे के बहाव में सबसे बड़ी रुकावट है पैसे के बारे में चिंता। पैसे के बारे में चिंतन जब चिंता में बदल जाता है तब चिंता का विचार हमारे पास आनेवाली दौलत के बीच में रुकावट बनता है।

जीवन में पैसे का बहाव जितना जरूरी है, उतना ही नुकसानकारक रुका हुआ पैसा है, जो ब्लॉक है, क्लॉट है। जिस प्रकार हमारे शरीर में रक्त प्रवाह (सर्क्युलेट) होता है तो रक्त शुद्ध होता है, साफ होता है। मगर जैसे ही रक्त में गाँठ (क्लॉट) आ जाती है तो पूरे शरीर पर उसका असर होता है। जिससे अनेक बीमारियाँ होती हैं, हार्ट अटॅक होता है। पैसा भी उसी तरह है। रक्त और पैसा एक समान ही हैं, दोनों को बहते रहना चाहिए। एक कंजूस इंसान इसी प्रकार की रुकावट है, क्लॉट है, जो पैसे के प्रवाह को रोककर रखता है। जैसे किसी ने रेडियो पर गाने सुनने के लिए विविध भारती ट्यून्ड किया हो और कोई आकर कहे, 'गाना क्यों नहीं सुनाई दे रहा है' और बटन घुमाना शुरू कर दे तो आप उससे यही कहेंगे, 'वह रेडियो पहले से ही ट्यून्ड था, आपने घुमा कर उसे मिस-ट्यून्ड कर दिया। वैसे ही हर एक के पास पैसा आ ही रहा है मगर लोग मिस-ट्यून कर रहे हैं यानी ब्लॉक्स डाल रहे हैं। पैसे में किस तरह से रुकावट डाली जाती है, इसे नीचे दिए गए उदाहरणों से समझें।

- एक इंसान अपने मित्र को बताता है, 'आज मैं एक दुकान में गया था। दुकानदार को ५० रुपये का नोट दिया। उसे लगा कि मैंने १०० रुपये दिए। उसने ४० रुपये की चीज दी और ऊपर से ६० रुपये भी वापस दिए। फिर मैं वहाँ से खिसक गया यह सोचकर कि कहीं उसके ध्यान में यह बात न आ जाए।'

- एक इंसान अपने मित्रों को मजे से बता रहा था, 'कल मैं सिनेमा देखने गया था। गलती से दो टिकट दे दी गई तो एक टिकट मैने ब्लॅक में बेची। मुफ्त में सिनेमा देखा और साथ में समोसा और चाय का बंदोबस्त भी हो गया। बहुत मजा आया।'

- एक इंसान जो बस से सफर कर रहा था, कहता है, 'कंडक्टर आने से पहले मेरा स्टॉप आ गया, मैं उतर गया और मेरे तीन रुपये बच गए।' यानी उसने तीन रुपये का ब्लॉक, तीन रुपये का कंकर, तीन रुपये की रुकावट अपने जीवन में डाली। अब उसे पता नहीं कि उसकी यह तीन रुपये की रुकावट उसके ३० रुपये रोकेगी, ३,००० रुपये रोकेगी या ३०,००० रुपये रोकेगी। यह छोटा सा कंकर भी बड़ी रुकावट डालनेवाला है।

- एक इंसान को बिझनेस में बहुत बड़ा नुकसान हुआ। उस पर लाखों रुपयों का कर्जा हो गया। उसके वकील ने उसे सलाह दी, 'आप मुझे ५०,००० रुपये दें। मैं आपके लिए केस लड़ूँगा और आपको सभी कर्जों से मुक्त करूँगा।' तो उस इंसान ने कहा, 'नहीं, मैं ऐसा नहीं करूँगा। चूँकि मैंने लोगों से पैसे लिए हैं तो वह मैं चुकानेवाला हूँ। ५०,००० रुपये देकर मैं छूट सकता हूँ मगर हकीकत

में तो मैंने पैसे लिए ही हैं। मुझे ब्लॉक्स नहीं डालने हैं।' और वह इंसान आगे चलकर सारा पैसा चुका पाता है क्योंकि उसे पैसे की समझ है।

- एक विद्यार्थी ने आकर बताया, 'कुछ महीने पहले मैंने अपने एक मित्र को २०,००० रुपयों की मदद की थी। आज मैं उससे माँग रहा हूँ तो वह नहीं दे रहा है। चार महीने हो गए मैं रोज चक्कर लगा रहा हूँ, वह मेरे पैसे नहीं दे रहा है।' तब उसे बताया गया, अपने मित्र को इस तरह जाकर समझाओ। उसने जाकर समझाया। फिर से आकर बताया कि समझाने पर भी वह मित्र पैसे नहीं दे रहा है, फिर भी चक्कर ही लगवा रहा है। हर तरीके से उसे बताने के बाद उससे एक सवाल पूछा गया, 'क्या तुमने कभी किसी और से पैसे लिए थे और लौटाए न हों... ऐसी कोई बात है क्या? जरा सोचकर देखो।' उसने सोचा और कहा, 'हाँ, मैंने एक कोर्स किया था, जिसकी पूरी फीस अभी तक नहीं भरी है।' उसे बताया गया कि उस फीस के थोड़े-थोड़े पैसे देना शुरू कर दो। यदि ५० रुपये भी किसी तरह से दे सकते हो तो शुरू कर दो यानी तुम अपनी तरफ से यह संकेत दो कि मैं किसी के पैसे रोक नहीं रहा। मैं देने के लिए तैयार हूँ तब ही यह धनचक्र पूर्ण होता है क्योंकि पैसा एक तरफ से नहीं बहता। दोनों तरफ से बहना चाहिए।

उस विद्यार्थी ने जब उसके द्वारा रोके गए पैसे लौटाना शुरू किया तो उसे आश्चर्य हुआ कि उसके मित्र ने भी आकर बताया कि 'मैं फलाँ-फलाँ तारीख को तुम्हारे पैसे लौटाऊँगा' क्योंकि उस विद्यार्थी ने एक छोटा सा प्रयोग किया, किसी और के पैसे जो उसने रोककर रखे थे, उसमें से सिर्फ थोड़ा देना शुरू कर दिया तो रिजल्ट आना शुरू हुआ। इससे समझें कि हम जब दूसरों के पैसे अटकाते हैं तो हमारे भी पैसे अटकते हैं।

हमें भी इन नियमों पर काम करना है, अपनी जिंदगी में इस तरह के ब्लॉक्स (रोड़े) नहीं डालने हैं। यदि गलती से भी ऐसा हुआ हो तो आज से ही ऐसे ब्लॉक्स डालना बंद कर दें। जिस तरह एक छोटा सा पत्थर भी पाइप लाइन में आ जाए तो पानी की धारा कम हो जाती है, उसी तरह पैसे के बहाव में एक छोटा सा ब्लॉक भी आनेवाले पैसे के बहाव को रोक सकता है।

५. पैसेवालों के प्रति ईर्ष्या, द्वेष न हो

पैसे के मामले में इंसान अक्सर यह गलती करता है कि अमीर को देखकर उसे जलन होती है। आप पैसेवाले बनना चाहते हैं और पैसेवाले से नफरत कर रहे हैं तो पैसेवाले कैसे बनेंगे? यह नफरत समझ से बंद हो जाए तो आप लक्ष्मी का स्वागत कर

रहे हैं। आप जब पैसे के लिए खुले हैं, ओपन हैं तब लक्ष्मी आपके पास आती है वरना किसी अमीर को देखकर आपके मन में उसके प्रति ईर्ष्या, जलन हो रही है तो आप अज्ञान में अपने ही पैरों पर कुल्हाड़ी मार रहे हैं, आनेवाली लक्ष्मी को ठोकर मार रहे हैं। ऐसा न करके दूसरों की उन्नति पर सदा उन्हें बधाई दें। किसी की लॉटरी लगी हो तो खुश हो, उसे बधाई दें। उससे कहें, 'हमें पता बताएँ।' वह कहेगा, 'किसका पता बताऊँ? आपको तो मालूम ही है कि मैं कहाँ रहता हूँ।' तब उससे कहें, 'पुराने घर का पता नहीं माँग रहे। अब आप जो नया बंगला लेंगे, उसका पता बताइए।' यह सुनकर सामनेवाला भी कितना खुश होगा कि 'मैं नया बंगला ले रहा हूँ तो आपको भी उसकी खुशी हो रही है।'

खुश होने का कारण यह है कि यदि आपके अड़ोस-पड़ोस में किसी की लॉटरी लग सकती है तो आपकी भी संभावना बनती है। यदि आपके अड़ोस-पड़ोस में भी कोई अमीर हो रहा है तो कल आप भी हो सकते हैं। इसलिए सामनेवाले के पास फलाँ-फलाँ चीज है, मेरे पास नहीं है कहने के बजाय, उससे प्रेरणा लें वरना उसके लिए जलन है, द्वेष है तब आप ब्लॉक डाल रहे हैं। इस तरह के छोटे-छोटे ब्लॉक डालना बंद कीजिए।

६. **पैसे का आदर करें**

दिवाली में हर एक घर में लक्ष्मी पूजन होता है, जो इस बात का प्रतीक है कि आप पैसे का आदर (रिस्पेक्ट) कर रहे हैं। आप उस पैसे के लिए खुले हो रहे हैं। लक्ष्मी के प्रति आदर संकेत है कि पैसा आपकी जिंदगी में आए। रुपयों को यदि कागज की पुड़िया समझकर जेब में ठूस रहे हैं तो आप उसका निरादर कर रहे हैं, रिस्पेक्ट नहीं कर रहे हैं। पैसा संभालकर, ढंग से (पर्स में) रखते हैं तो उसकी रिस्पेक्ट कर रहे हैं। इस तरह पैसे की तरंग और आपकी तरंग एक हो रही है, ट्यूनिंग हो रही है। जिस चीज से हम ट्यून होते हैं, वह चीज हमारे पास आती ही है।

उदा. आप बस में जा रहे हैं, टिकट निकालते हैं और कंडक्टर कहता है, 'छूट्टे पैसे नहीं है। अठन्नी बाद में देता हूँ' मगर कंडक्टर बाद में देता ही नहीं। आप भी सोचते हैं, 'जाने दो... ५० पैसे हैं, २५ पैसे हैं, छोड़ दो' तो आप पैसे का आदर नहीं कर रहे हैं। हालाँकि ५० पैसे आपके लिए बड़ी कीमत नहीं है मगर वे आपके हक के पैसे हैं, जो आपको उस कंडक्टर से वापस माँगने चाहिए। माँगने में शरमाना नहीं चाहिए। वही अठन्नी लेकर किसी भिखारी को दे दें मगर उस कंडक्टर से ले लें। जो इस बात का संकेत है कि आपको उस पैसे के प्रति आदर है, आप उसके लिए गैर जिम्मेदार नहीं हैं। वरना कुछ लोग सोचते हैं, '२५-५० पैसे से क्या फर्क पड़ता है, हम तो बहुत अमीर

हैं।' नहीं, आप यहाँ पर गलती कर रहे हैं। आप अपने पैसों के लिए माँग करते हैं कि 'मेरे हक के ५० पैसे दो।' किसी कारणवश सामनेवाला नहीं दे पाता है तो ठीक है परंतु अपनी तरफ से आप प्रयास जरूर करें। अपनी तरफ से उससे पूछें। इसका अर्थ सामनेवाले से झगड़ा करना नहीं है। मगर अपनी ओर से जरूर कहें कि छूट्टे आ गए हों तो देना, मेरा स्टॉप आ रहा है। आपको पैसे न फेंकना है, न छिपाना है। उसे सही ढंग से, अंडरस्टैन्डिंग के साथ इस्तेमाल करना है।

७. **पैसे के साथ नकारात्मक सोच न रखें, 'क्या गया' न कहें, 'क्या पाया' यह कहें**

अधिकतर लोगों को इस तरह कहते हुए सुनते हैं कि आज इतना खर्च हुआ... आज १०० रुपये खर्च कर आए... आज २०० रुपये खर्च हो गए... आज १००० रुपये गए...। लोग जब भी बाजार जाते हैं, चीजें खरीदते हैं तब ऊपर लिखी गई बातें कहते हैं। यह हुई नकारात्मक सोच। यह इस तरह है कि आप १०० रुपये देकर तो आए मगर कभी आपने यह नहीं कहा कि क्या लेकर आए? शर्ट लाए, साइकिल लाए, पर्स लाए, पुस्तक लाए.. लेकर आने की बात कोई नहीं करता। जो दाँत टूट गया हो, जुबान बार-बार वहीं जाती है। इंसान अकसर उसी का जिक्र करता है, जो गँवाया है। मगर जो पाया है उसका जिक्र ही नहीं होता इस नकारात्मक सोच की वजह से पैसा कम होता जाता है।

पैसे के साथ बहुत कुछ आ रहा है मगर यह नकारात्मक सोच पहले बंद कर दें। अपने आपको आधा सत्य बताना बंद कर, पूरा सत्य बताएँ। हालाँकि आधा, अधूरा बताना मन को अच्छा लगता है। मन तो अपना ही आधा चेहरा छिपाता है।

आज के बाद जब भी कोई चीज लेकर आएँ तो स्वयं को और दूसरों को आधा सत्य मत बताइए। पूर्ण सत्य बताइए कि फलाँ-फलाँ चीज आई। वरना कोई रिक्शा से सफर करके आए और कहे कि 'इतना खर्च हो गया' तो उसे बताया जाएगा कि 'कृपया ऐसा कहना बंद करें। आपने खर्च किया सही बात है मगर उससे आप बहुत सारी दिक्कतों से बच गए, बस की लंबी कतार में रुकने से बच गए। कड़ी धूप की गरमाहट से बच गए। समय पर पहुँचे।'

हम अपने आंतरिक (अर्धचेतन) मन को जो जानकारी देते हैं, उस आधार पर वह काम करता है। जब भी आप यह कहते हैं कि 'ये गया... वो गया...' तो आपके अर्धचेतन (सबकॉन्शस) मन को आप यह जानकारी दे रहे हैं कि मेरा तो सब जाता ही रहता है। जिसके परिणाम भी आपको वैसे ही मिलते हैं। जो इंसान यह कह रहा है कि ये

आया... ये आया... आज ये प्राप्त किया... तो मन वह चीजें आपकी तरफ आकर्षित करता है।

इस तरह के विचार को कहा जाता है, पैसे के साथ जुड़ी भावना। पैसे की समस्या नहीं है बल्कि इमोशन की, भावना की, विचारों की समस्या है। पैसे के साथ जो भावना होती है कि यह गया, इस से सब कुछ भरपूर होते हुए भी कमी महसूस होती है। इसलिए आप जब भी कुछ लेकर आएँ तो क्या प्राप्त किया वह भी कहें।

८. मनी मंत्र इस्तेमाल करें, पैसे को समृद्धि के लिए स्पर्श करें

जब भी आप किसी को पैसे दें तो एक क्षण के लिए अपने अंदर उसका स्पर्श महसूस करें, उसकी तरंग महसूस करें। आपके हाथ में पैसा, नोट, सिक्का जो भी है, उसे जब किसी को दें तो एक क्षण अपना ध्यान वहाँ देकर, देते वक्त अपने मन में यह कहें कि 'यह पैसा कई गुना बढ़कर वापस मेरे पास आनेवाला है... सब भरपूर है... There is enough', यह है मनी मंत्र। सिर्फ पैसा देते वक्त अपना ध्यान हाथ और नोट के बीच के स्पर्श की तरफ ले जाएँ। यहाँ पर भावना, इमोशन, चिपकाव नहीं लाना है। जो सिक्का दिया जा रहा है, जो नोट दिया जा रहा है एक सेकण्ड अगर आपने उस वक्त स्पर्श की तरफ ध्यान दिया तो वह स्पर्श आपको अलग महसूस होगा। आपने आज तक कभी ऐसा किया नहीं। मगर अब ऐसा करके देखें कि आपका ध्यान हाथ के पैसे की तरफ है, आपने उसे छुआ है, आपने मन में मंत्र दोहराया है तो यह बढ़कर आपके पास आएगा ही।

९. लक्ष्मी से प्रार्थना करें

माया का, पैसे का चक्र तो चल ही रहा है। मगर इस माया के चक्र से निकलने की चाहत है तो माया से हम यह प्रार्थना करें कि कृपा करो, माया, खुद से हमें मुक्त करो। लक्ष्मीपूजन करें तो लक्ष्मी से यही प्रार्थना है कि अब अपनी माया के चक्र से हमें छुटकारा दिलवाओ। प्रार्थना कर रहे हैं तो भाव, श्रद्धा और विश्वास के साथ हो। वाकई माया से बाहर आना चाहते हैं तो माया प्रसन्न हो जाए... लक्ष्मी प्रसन्न हो जाए और हमें उससे बाहर निकाले। सत्यनारायणी अगर प्रसन्न हो जाए तो सत्यनारायण यानी सत्य, प्रकट होने में समय नहीं लगेगा।

लक्ष्मी जब प्रसन्न होती है तब पैसे की याद नहीं आती है। जो लोग दिनभर पैसे के बारे में सोचते रहते हैं, लक्ष्मी उनसे अप्रसन्न होती है चाहे वे करोड़पति ही क्यों न हों। जिन पर लक्ष्मी प्रसन्न होती है उनके लिए जरूरत पड़ने पर पैसा कहीं न कहीं से आ जाता

है। इसलिए लक्ष्मी से सही प्रार्थना करें और हमेशा ऐश्वर्य (ईश्वरीय विचारों) में रहें।

१०. 'पैसा नहीं है' यह समस्या नहीं है, 'सही सोच नहीं है', यह समस्या है

पैसा हमारे जीवन में बढ़े मगर अध्यात्म से दूर न ले जाए। अध्यात्म में हमें मदद करे। यदि आपने पैसे को मंज़िल समझ लिया हो तो पैसा आपकी मदद नहीं करेगा। यदि रास्ता समझा है तो बहुत मदद करेगा। जब पैसा लक्ष्य बन जाता है तब उसके साथ इमोशन (आसक्ति) जुड़ जाती है इसलिए इसे इमोशनल प्रॉब्लेम नहीं बनाना है। लोग पैसे से आसक्त होकर सही सोच, नई तरकीबें, सृजनात्मक विचार खो देते हैं। इसलिए यह समझना अति आवश्यक है कि There is no money problem, there is only an emotional problem. There is only ideas problem. यह समझ सदा ध्यान में रखें क्योंकि नया विचार, नई सोच इंसान जल्दी नहीं समझ पाता। हालाँकि चारों तरफ नई चीजों की, नवनिर्माण की इतनी जरूरत है कि कोई बनाए, कोई बेच पाए तो पैसे की कभी कमी नहीं होगी। मगर कोई सोचने के लिए तैयार नहीं क्योंकि सोचने की कला नहीं सिखाई गई है। हमारी शिक्षण पद्धति में यदि यह प्रॅक्टिस, यह कला होती तो 'पैसे की समस्या' नहीं होती।

११. पैसे के मालिक बनें, चौकीदार नहीं

कुछ लोग पैसे के मालिक होते हैं और कुछ लोगों का पैसा मालिक होता है। एक राज्य के राजा ने जब यह खबर सुनी कि राज्य में एक महाकंजूस है तो राजा ने ऐलान करवाया कि सबसे बड़े कंजूस को ईनाम दिया जाएगा। ईनाम में राजा की आधी दौलत दी जाएगी। उस महाकंजूस ने भी भाग लिया और वह जीत गया। राजा ने उसे बुलाकर बताया कि 'आज से मेरी आधी दौलत तुम्हारी मगर तुम राज्य का इतना बड़ा खजाना घर पर क्यों ले जाते हो? तुम्हारी सारी दौलत लेकर आओ। उसे राज्य के खजाने के साथ रखो, उसे तुम ही सँभालो। मेरी जो आधी दौलत है, उसमें से मुझे जब-जब जरूरत होगी मैं ले लूँगा। तुम्हें बना बनाया खजाने का घर मिल जाएगा।' वह इंसान बड़ा खुश हुआ। उसने राजा के खजाने के साथ अपनी दौलत भी लाकर रख दी।

मंत्री ने राजा से पूछा, 'आपने ऐसा क्यों किया? आपने पूरा खजाना ही उसे दे दिया।' तब राजा ने भेद खोला, 'हाँ, हमें जब भी जरूरत पड़ेगी हम अपने आधे खजाने से लेते जाएँगे। वैसे भी यह इंसान और कितने साल जीनेवाला है और हमें अच्छे चौकीदार की भी जरूरत है, जिसके लिए यह इंसान बिलकुल लायक है। यह एक पैसा भी खर्च नहीं करेगा। तुम्हें ऐसे लगता है कि हमने आधा खजाना उसे दे दिया है? ऐसा

नहीं है बल्कि हमें मुफ्त में चौकीदार मिला है, जिसे तनख्वाह भी देने की जरूरत नहीं। वरना खजाने की चौकीदारी के लिए चौकीदार को तनख्वाह देनी पड़ेगी और उस पर किसी को चौकीदारी करनी पड़ेगी कि कहीं उसकी नीयत खराब न हो जाए। यहाँ तो नीयत भी अच्छी है और बेचारा रात भर जागता रहता है। उठकर बीच-बीच में देखता है कहीं कोई चोर तो नहीं आया। मुफ्त में इतना अच्छा चौकीदार हमें मिल गया।'

जो मालिक होता है वही दे सकता है, चौकीदार सिर्फ चौकीदारी ही करता है। जैसे आपको किसी ने अमानत के तौर पर पेन दी हो तो वह पेन आप किसी और को नहीं देते क्योंकि आप उसके मालिक नहीं हैं। मगर आपका पेन हो तो आप दे सकते हैं क्योंकि आप उसके मालिक हैं। आप अपने जीवन के मालिक हैं? या चौकीदार? जब आप जीवन दूसरों के लिए जीते हैं तब आप जीवन के मालिक होते हैं।

१२. लापरवाही + सुस्ती + गलत आदतें – समझ = पैसे की समस्या

३०० रुपये कमानेवाला इंसान सोचता है कि 'यदि मैं ४०० रुपये कमा पाऊँ तो मेरी पैसे की समस्या सुलझ जाएगी।' लेकिन ४००० रुपये कमानेवाला भी यही सोच रहा होता है कि 'यदि मैं ५००० रुपये कमाऊँ तो मेरी पैसे की समस्या सुलझ जाएगी।' इसका अर्थ समस्या, धन से नहीं सुलझती है, समझ से सुलझती है।

पैसे की समझ कि पैसे को हम कैसे इस्तेमाल करें और कैसे खर्च करें, हमें अमीर बनाती है। पैसा कमाकर भी पैसा टिकता नहीं क्योंकि शरीर को कुछ गलत आदतें लगा दी हैं। आगे दी गई आदतों से बचें।

१) लापरवाही : फिजूल खर्च करने की आदत की वजह से पैसे की समस्या बढ़ती रहती है। लापरवाही से पैसे खर्च करना जहाज में बने छोटे छेद के समान है, जो जहाज को डुबो सकता है। छोटे खर्चों (छोटे छेद) के प्रति सदा सजग रहें।

२) सुस्ती : सुस्ती के कारण (कल करेंगे) पैसा जमा करने बैंक जाने की आनाकानी की वजह से... उस पर मिलनेवाला ब्याज नहीं मिला, आनेवाला पैसा भी रोक दिया।

३) गलत आदतें : (अ) दूसरों से उधार माँगने व दूसरों को उधार देने की आदत (ब) उधार माँगने पर किसी को भी 'नहीं' न कह सकने की कमजोरी। जो भी पैसे माँगे उसे देते रहना, बिना यह जाने कि वाकई उसे जरूरत है या नहीं। (क) खरीदारी करते वक्त मोल-भाव करने में शर्म महसूस करने की आदत कि मैं

यहाँ पर पैसे कैसे कम करवा सकता हूँ? लोग क्या कहेंगे? यह सोचने की वजह से हर बार ज्यादा पैसे देकर चीजें खरीदने की आदत (ड) कर्जदारों की संख्या बढ़ाते रहने की आदत।

१३. बजट बनाएँ

अपने आपसे सवाल पूछें कि जो पैसे आपके पास आए, उनका निश्चित (एग्जैक्टली) क्या हुआ? वे पैसे कहाँ-कहाँ और कैसे-कैसे खर्च हुए? इस सवाल के जवाब में जो-जो आए वह आप एक कागज या हो सके तो एक अकाऊंट बुक (डायरी) में लिख लें। यह कदम आपको एक नया दृष्टिकोण देगा। आपका पैसा आगे कहाँ जाए, यह आप निश्चय कर पाएँगे। आप भी अपने पैसे का बजट बनाएँ। पैसा निश्चित तौर पर कहाँ जा रहा है वह देखें और पुस्तक में दी गई जानकारी अनुसार आर्थिक विकास करें वरना आप एक दिन अचानक चौंक पड़ेंगे कि जितना पैसा कमाया वह आखिर गया कहाँ?

१४. पैसे का अहंकार न हो, सही इंसान को दान दें

दान देना बीज है, जो जमीन में डालने पर फसल देता है। आपके द्वारा दिया गया दान कई गुना बढ़कर आपके पास सही समय पर लौटता है। किसी अभिमानी इंसान को पैसा देंगे तो वह और अभिमानी बनेगा। किसी गुंडे को देंगे तो वह गुंडागिरी ही करेगा। एक आनंदित इंसान को पैसा देंगे तो वह सभी के आनंद को बढ़ाने में सहयोग करेगा। कर्ज, कर्तव्य या मजबूरी में दान न किया जाए। दान समझ और खुशी से किया जाए।

१५ पैसे का इस्तेमाल स्वास्थ्य और आनंद बढ़ाने के लिए हो

पहले लोग पैसा कमाने के लिए अपना स्वास्थ्य बिगाड़ देते हैं, फिर स्वास्थ्य पाने के लिए पैसा गँवाते हैं। पहले वे दिन-रात काम करते हैं, शरीर को तकलीफ देते हैं। पैसा कमाने के लिए उनका स्वास्थ्य खराब हो रहा होता है। फिर उन्हें स्वास्थ्य बनाने के लिए पैसा खर्च करना पड़ता है, डॉक्टरों के चक्कर लगाने पड़ते हैं, पैसे देने पड़ते हैं।

सारांश

पैसे को अपना इस्तेमाल न करने दें, पैसे को रास्ता बनाएँ। जरूरत और चाहत को ध्यान में रखकर खरीददारी करें और बचत करने की आदत डालें। मनी ब्लॉक्स न डालें। पैसे से जो पाया उसे देखें, न कि पैसा गया, पैसा गया, कहते फिरें। 'सब भरपूर है' का मंत्र व समझ दोहराते हुए लक्ष्मी से प्रार्थना करें। जो लोग काम करने से जी नहीं

चुराते, किसी काम को छोटा नहीं समझते, वे लोग कभी भी बेरोजगार नहीं होते। जो लोग सीखने में रुचि रखते हैं तथा अपनी नज़र लोगों की बुद्धि (ज्ञान) पर रखते हैं, वे लोग सही हिसाब-किताब (अकाउंट) जानते हैं।

अपनी रचनात्मक सोच व सृजनात्मक विचार शक्ति द्वारा कुछ ऐसी चीजों का निर्माण करें जो लोगों की जरूरत हैं। ऐसा करने से आपको पैसे की कमी कभी महसूस नहीं होगी ... ये हैं समृद्धि के रहस्य।

नोट :सामाजिक विकास के लिए अगला खंड पढ़ें

पाँचवाँ खंड
सामाजिक
विकास

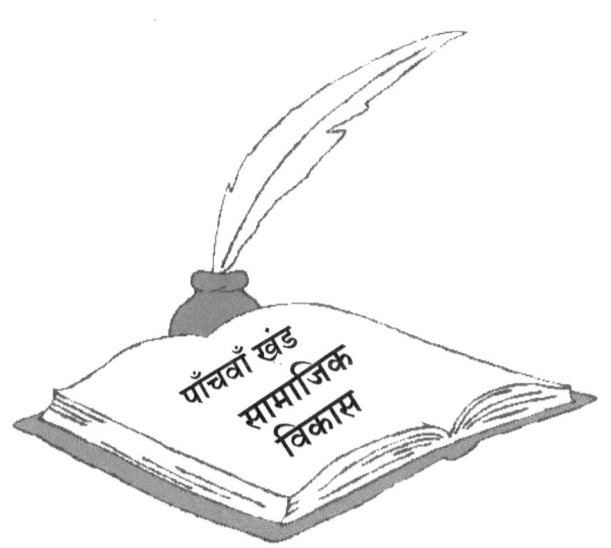

भाग १

लोगों से व्यवहार कैसे करें

तीन जादुई कदम, एक सुनहरा नियम

लोगों से काम कराने के दो तरीके इस्तेमाल किए जाते हैं :

१. बलपूर्वक, जबरदस्ती से काम करवाना या

२. प्रेमपूर्वक काम करवाना

वर्षों से मनुष्य का बरताव जंगली कानून की तरह ताकत द्वारा दिशा और गति पाता रहा है। किन्तु अब समय आ गया है कि हम मानवीय विकास के लिए कुछ समय व्यतीत करें, जिसके बिना सफलता नहीं मिल सकती। इसलिए हम सीखें और जानें कि लोगों से कैसे व्यवहार किया जाए, लोगों से कैसे काम लिया जाए और कैसे हम दूसरों की प्रेरणा बढ़ाने में सहायक बनें।

जो लोग आत्मविश्वास नहीं रखते और लोकव्यवहार नहीं जानते, वे जीवन में असफल होते हैं। इसलिए सामाजिक विकास करना आवश्यक है यानी लोगों के साथ कैसे उठें, बैठें, कैसे बातें करें तथा कैसे काम करें। यह करने के लिए तीन जादुई कदम सीखें।

जादुई कदम क्रमांक १ — निरीक्षण व गौर (ऑब्जर्वेशन) करें – अपने लिए

जादुई कदम क्रमांक २ — संवाद व संप्रेषण (कम्युनिकेट) करें – दूसरों के लिए

जादुई कदम क्रमांक ३ — सु-समाचार देनेवाला जी.एन.आर. (गुड न्यूज रिपोर्टर) बनें – सबके लिए

पहला जादुई कदम – हम वही बनते हैं, जिस पर गौर करते हैं

सभी लोग गौर कर रहे हैं, प्रत्येक दिन गौर कर रहे हैं किन्तु उनसे पूछें कि वे क्या गौर कर रहे हैं? तो देखेंगे कि अधिकतर लोग दूसरों की त्रुटियों पर ही गौर करते

हैं। वे बड़ी आसानी से दूसरों की समस्याएँ बता सकते हैं। जिन लोगों को वे जानते हैं, उनमें कौन से दुर्गुण हैं, ये उन्हें बहुत अच्छी तरह पता होता है। दूसरों के दुर्गुणों पर गौर करके उन्हें आनंद प्राप्त होता है। वे सदा बुरी चीजों पर गौर करने में अपने आपको व्यस्त रखते हैं।

एक नन्हा बच्चा भी कैसे चलना चाहिए, कैसे बोलना चाहिए, कैसे नमन करना है, कैसे मुस्कराना है, वस्तुओं को कैसे रखना है इत्यादि पर गौर करके ही सारी चीजें स्कूल गए बिना ही आसानी से सीख लेता है इसलिए गौर करने का गणित समझिए।

गौर करने का गणित

एक आश्चर्यजनक तथ्य यह है कि साधारण मनुष्य अपने गौर करने की कुशलता का हजारवाँ हिस्सा ही उपयोग करता है। फिर भी वह सीखने में सक्षम होता है। जो चीज वह चाहता है, उसकी नकल करने में समर्थ होता है। यदि आपको अपने गौर करने की कुशलता आंकने में दिलचस्पी है तो यहाँ विराम लीजिए और नीचे दिया गया बहुत ही सरल मगर महत्त्वपूर्ण प्रयोग कीजिए। यहाँ दिए गए सवाल पूछें, अपने आपसे जल्द ही आपको अपने गौर करने के स्तर का ज्ञान हो जाएगा :–

१. एक सादा कागज लीजिए। दस या पंद्रह साल से इस्तेमाल होनेवाली अपनी कलाई में बँधी घड़ी के बारे में लिखना शुरू कीजिए। इस क्षण आपको अपनी घड़ी देखनी नहीं है। घड़ी के डायल का रंग लिखें। डायल के अंकों के रंग और छपाई की शैली लिखें। कितने ज्वेल्स हैं? घड़ी का निर्माता कौन है? डायल पर बॉर्डर इत्यादि कैसे हैं? लिखें। इस तरह देखिए आप अपने घड़ी का कितना सही-सही वर्णन करते हैं। आपको अपने गौर करने के विषय में जानकारी मिल जाएगी।

२. अब उस गली पर गौर करें जिससे आप लंबे अर्से से गुजरते हैं। इस विचार को मन में रखकर गौर करें कि आपको गली की प्रत्येक दुकान और हर कोना देखना है। आपको आश्चर्य होगा कि आप गली में अनेकों चीजें पाएँगे, जिन्हें आपने कभी देखा ही नहीं था।

गौर करना (ऑब्जर्वेशन) सबसे बड़ा औजार है

मनुष्य जाति को उपहार स्वरूप गौर करने का सबसे बड़ा औजार प्राप्त हुआ है, जो सदैव कार्यरत होता है। आप इसे आसानी से बंद नहीं कर सकते। आपका गौर करना आपकी स्मृति-कोशिकाओं में आपके इस्तेमाल के लिए संदर्भ दर्ज कराता रहेगा और जो कुछ आपकी स्मृति कोशिकाओं में आपके पास है, उसे इस्तेमाल करने के लिए आप

बाध्य हैं। इसे विस्तार से समझने के लिए नीचे दिए गए पहलुओं पर गौर करें।

१. आपका मित्र कोई गीत गा रहा है और कुछ क्षणों के बाद आप देखेंगे कि अचानक आप भी वही गीत गाना शुरू कर देते हैं।

२. कॉलेज में आप किसी मित्र के संपर्क में आते हैं, जो होंठ फैलाकर मुस्कराता है, जिसे बार-बार गौर करने पर अनजाने में आप भी उसी तरह मुस्कराने की वृत्ति विकसित करने लगते हैं।

३. आप अपने प्रिय फिल्मी कलाकार के चलने के तरीके से प्रभावित हैं तो आप पाएँगे कि आपके अंदर भी उसी तरह से चलने का तरीका प्रकट हो रहा है। आपको उस तरह से चलने का तरीका सीखने की कोई आवश्यकता ही नहीं पड़ती, कोई प्रयास नहीं करना पड़ता।

४. आपके मित्र को चुटकुले सुनाने की आदत है तो कुछ समय बाद आप भी चुटकुले सुनाना शुरू कर देते हैं।

५. खाना खाते समय आपके मित्र चम्मच से आवाज करते हैं तो आप भी कुछ समय बाद उसी तरह से खाने का तरीका अपना लेते हैं।

६. आपकी माँ बात करते समय उंगलियाँ हिलाती रहती है तो आप भी वैसी ही आदत बना लेते हैं।

इन उदाहरणों से समझें कि इंसान किस प्रकार इन आदतों को विकसित करता है। किस प्रकार वह अनेक गुणों का आयात करता है। यानी जिन चीजों को, आदतों पर आप गौर कर रहे हैं, उन्हें अपने आपमें ढालने की संभावना है, भले आप उन्हें पसंद न भी करते हों इसलिए गौर करते समय सावधान रहें। जो आप चाहते हैं, सिर्फ उसी पर गौर करें तथा जो आप नहीं चाहते हैं उस पर गौर न करें। अपनी जरूरत के अनुसार आप अपनी संगत बदल दीजिए क्योंकि उचित संगत में ही अपनी पसंद की चीजें गौर करने योग्य बनेंगी। यदि आप व्यवसायी बनना चाहते हैं तो आप व्यवसायी लोगों की संगत में रहें। यदि आप वकील बनना चाहते हैं तो वकील की संगत में रहें, डॉक्टरों की संगत में नहीं। यदि आप संगीतज्ञ बनना चाहते हैं तो खिलाड़ियों की संगति में न रहें। यदि आप शिक्षक बनना चाहते हैं तो आप शिक्षकों की संगत में रहिए, जो आपकी मदद करेंगे। यदि आप विश्वविख्यात खिलाड़ी बनना चाहते हैं तो राजनीतिज्ञों की संगति का कोई उपयोग नहीं।

ऐसा करने से ही आपकी सफलता, जो आपने सोच रखी है, आपको प्राप्त हो सकती है। यदि आप पहाड़ पर चढ़ रहे हैं तो इस बात की सावधानी रखें कि नीचे आनेवालों के साथ हाथ न मिलाएँ वरना ऊपर चढ़ने की बजाय, आपके नीचे आने की

संभावना है। पहाड़ पर ऊपर चढ़ना कष्टदायक है किंतु नीचे उतरना आरामदेह है। यह इंसान का स्वभाव है कि वह सुगम कार्यों का शिकार बन जाता है। इसलिए अपना ध्यान हमेशा वहाँ रखें, जहाँ आपको पहुँचना है। पहला कदम उठाते ही आपके अंदर आसानी से कई गुण निर्माण हो जाएँगे तथा आप दूसरों में रुचि लेने की कला सीख जाएँगे। इसके बाद आप दूसरा जादुई कदम इस्तेमाल करेंगे।

दूसरा जादुई कदम – तहे दिल से दूसरों की प्रशंसा करें, क्रिटीसाईज (व्यंग) नहीं, क्रिटीगाइड (मार्गदर्शन) करें :

इस कदम में दूसरों को लाभान्वित करना है। दूसरों को देने से डरिए नहीं, इसमें आपका कुछ भी खर्च होनेवाला नहीं है। आपको क्या देना है? आपको हृदय और विश्वास से प्रशंसा करनी है, प्रशंसा देनी है। मगर किसे? आपके चारों तरफ अनेकों लोग किसी न किसी गुण से संपन्न हैं। किसी की लिखावट सुंदर है, कोई अच्छा खिलाड़ी है, कोई अच्छा संगीतकार है। कुछ लोग सामाजिक कामों के विशेषज्ञ हैं। आपको इनके अच्छे गुणों की सराहना करनी है, प्रशंसा करनी है। ऐसा करने से आप अपनी नज़र की दिशा बदल देते हैं और सकारात्मक चीजों पर ही गौर करने लगते हैं तो नि:संदेह अच्छे गुणों की खोज में आपके गौर करने की कुशलता में भी अभिवृद्धि होगी। इसलिए जब भी आप किसी इंसान के संपर्क में आएँ तो यह सोचना शुरू कर दें कि 'मैं इस इंसान को पसंद करता हूँ, जिसका कारण है – इसकी मुस्कराहट, साफ सुथरापन, स्मार्टनेस, अच्छा बरताव, अच्छी पोशाक, स्पष्टवादिता इत्यादि।'

जब आप किसी अन्य इंसान से बातचीत के दौरान उसे बतलाते हैं कि आप इन विशेष गुणों की वजह से उस व्यक्ति को पसंद करते हैं तो आप यह दर्शाते हैं कि आपको उस इंसान में रुचि है। निश्चित रूप से वह भी आप में रुचि लेगा और आपके लोकव्यवहार में वृद्धि होगी। इस तरह सिर्फ एक छोटी-सी आंतरिक प्रशंसा से आप उस इंसान की गुणवत्ता में वृद्धि करते हैं और ठोस जनसंपर्क विकसित करते हैं। प्रशंसा का औजार एक जादुई औजार है। किंतु सर्वसाधारण लोग इस औजार का बहुत ही कंजूसी से इस्तेमाल करते हैं। वे लोग ऐसा सोचते हैं कि दूसरों की गुणवत्ता पर प्रकाश डालकर वे अपना महत्व कम कर रहे हैं। इसके विपरीत वे हमेशा दूसरों की गलतियाँ ढूँढ़ने में लगे रहते हैं। बिना किसी झिझक के वे गलतियों का सविस्तार वर्णन करके वादविवाद का मंच तैयार करते हैं, जो आपके लोक व्यवहार में संपर्क बिगाड़ देता है।

इसलिए प्रशंसा करने में कभी भी कंजूसी न करें। जब भी मौका मिले, यदि सामनेवाला प्रशंसा का अधिकारी है तो बिना चूके उसकी प्रशंसा करें। यदि किसी रोज आपके खाने में नमक कम है या चाय में शक्कर ज्यादा है तो क्या फर्क पड़ता है, यदि

आप वह गलती तुरंत नहीं बताते क्योंकि आपकी पत्नी भी वही खाना खानेवाली है या वही चाय पीनेवाली है। यदि कुछ कहना ही है तो खाने के कुछ अच्छे पहलुओं की प्रशंसा करें और आनेवाले दिनों में होनेवाले सुधार देखें। यह कुछ नहीं कहने का एक तरीका, खुद सब कुछ कह देता है इसलिए दूसरों से कहे गए शब्दों पर हमेशा ध्यान दें। दूसरों से कहे गए अपशब्द या प्रशंसा के शब्द उनकी याददाश्त में हमेशा बने रहते हैं, जो आपको एक अच्छा इंसान या बुरा इंसान होना साबित करते हैं।

यदि आप समझते हैं कि दूसरों की आलोचना करके आप उन्हें सुधार सकते हैं तो आप गलती कर रहे हैं। आलोचना के इस औजार से कोई सुधरता नहीं है बल्कि ऐसा भी हो सकता है कि वह और बिगड़ता चला जाए। साधारणतया हम हमेशा दूसरों की गलतियों की तरफ ही इशारा करते रहते हैं, नकारात्मक गुणों को ही बताते हैं। इस तरह से हम उनकी आदतें सुधारने की बजाय खराब करते हैं। इस प्रकार हम दूसरों को बदनसीबी की तरफ ले जाते हैं और अपने लिए सबसे खराब काम करते हैं।

- आप जानते होंगे कि हिटलर को बचपन से हमेशा आलोचनाएँ ही प्राप्त हुई थीं। वही हिटलर बड़ा होकर सिर्फ लड़ाई ही दे पाया क्योंकि उसे बचपन से जो मिला था, वह वही दे पाया।

- जिस बहू को सास से सिर्फ गालियाँ ही मिलती है, वह अपनी बहू को भी गालियाँ ही देती है।

- जिस छात्र को उसके शिक्षक ने छड़ी मारकर पढ़ाया है, वह यदि शिक्षक बन जाए तो वह भी अपने छात्रों के साथ वैसा ही व्यवहार करेगा, जो उसके साथ किया गया था।

- जो बच्चा अपने सख्त पिता की देखरेख में बड़ा होता है, वह बड़ा होकर पिता बनने पर अपने बच्चों को भी वही सख्ती व सजा देता है।

इसलिए अब आपको यह आलोचना का चक्र रोकना होगा, जो इंसान की जिंदगी में खो-खो के खेल की तरह चलता ही आ रहा है। इस दुनिया में सभी अपने आपको महत्त्वपूर्ण व्यक्ति मानते हैं और आलोचना की उम्मीद नहीं करते हैं बल्कि हमेशा प्रशंसा का स्वागत करते हैं। यदि आप शांतिपूर्वक जीना चाहते हैं तो दूसरों की प्रशंसा कीजिए और दूसरों से अच्छे गुण प्राप्त कीजिए।

क्रिटीगाईड

एक इंसान कुछ गलत काम कर रहा है और आपको उसे उसकी गलती बताना जरूरी है, अन्यथा वह अपनी गलती कैसे सुधार सकता है? इसके लिए आप उसे

क्रिटीगाइड करें। क्रिटीगाइड- रास्ता दिखाते हुए आलोचना करने का वह तरीका है, जिसके द्वारा आप उन लोगों को बता सकते हैं कि वे क्या गलती कर रहे हैं। जैसे आपकी स्टेनो ने टाइपिंग में कुछ गलतियाँ की हों तो आप उसकी आलोचना करने की बजाय ऐसा कह सकते हैं कि उसने अच्छा काम किया है किन्तु कुछ मामूली गलतियाँ हो गई हैं, जिन्हें सुधारा जा सकता है। इस तरह आपने उसके काम की तारीफ भी की और उसकी गलती पर प्रकाश भी डाला।

जीवन में सफलता पाने के लिए यह समझना जरूरी है कि 'आप दूसरों की मदद के बिना सफलता हासिल नहीं कर सकते।' यदि आपको ऊँचाई पर पहुँचना है तो आपको ज्यादा मददगार हाथों की जरूरत पड़ेगी। आपके काम करने के लिए हजारों हाथों की जरूरत पड़ेगी। जिन्हें आप आलोचना द्वारा नहीं, प्रशंसा द्वारा प्राप्त कर सकते हैं। यदि आपको शहद से इच्छित नतीजा मिल सकता है तो विष की क्या जरूरत है। आलोचना करना खुजली करने के बराबर है, जो बढ़ते ही जाती है।

आलोचक न बनें परंतु आलोचकों का स्वागत करें

आलोचना का यह दूसरा पहलू है, जो बहुत ही महत्त्वपूर्ण है। आप सब कुछ जानते हुए जागरूक हैं और आपके मन में अच्छी तरह से स्पष्ट है कि आप दूसरों की आलोचना नहीं करनेवाले हैं। मगर यदि आपको कोई आलोचक मिलता है, जो आपकी गलतियाँ गिनना शुरू करता है तो आप उससे बहस मत कीजिए बल्कि उसे ध्यानपूर्वक, धीरज के साथ सुनें क्योंकि आपकी गलतियाँ बताकर वह आपको सुधारने में मदद कर रहा है।

एक चित्रकार अपने दूसरे चित्रकार मित्र को उसकी बनाई एक तस्वीर दिखाता है तो उसका मित्र उस तस्वीर में हजार गलतियाँ बताता है। जिसकी तस्वीर है, उसे बिलकुल बुरा नहीं लगता। वह उन सब गलतियों को सुनकर अपनी तस्वीर और भी खूबसूरत बनाता है। फिर उसी मित्र को दिखाता है, वह फिर उस तस्वीर में गलतियाँ ढूँढ़कर निकालता है और यह उन गलतियों पर काम करके अपनी तस्वीर को और भी सुंदर बनाते जाता है। इस तरह कुछ ही वर्षों में वह विश्वविख्यात कलाकार बन जाता है। अब पहला मित्र यह सोचता है कि 'यदि मैंने यह सारा काम अपने चित्रों से गलतियाँ निकालने में किया होता तो खुद बड़ा चित्रकार बन गया होता।' इस तरह आप भी अपने फायदे के लिए आलोचना सुनते हैं और आलोचकों का स्वागत करते हैं तो आप अपनी सहायता करते हैं।

बिना कुछ कहे, सब कुछ कह देने की कला सीखें

एक माँ अपने बच्चे का रिपोर्ट कार्ड देख रही थी, उसकी एक सहेली साथ बैठी

थी। माँ ने बेटे से कहा, 'बेटे, आपको हिंदी में ५५ प्रतिशत मिला है, अच्छा है। अंग्रेजी में ६० प्रतिशत अच्छा है। गणित में ८० प्रतिशत बहुत अच्छा है। विज्ञान में ६५ प्रतिशत अच्छा है। इतिहास में ६० प्रतिशत अच्छा है।' भूगोल में बच्चे को ३५ प्रतिशत मिला था किंतु माँ ने इसके लिए कुछ कहे बिना रिपोर्ट कार्ड पर अपने हस्ताक्षर कर दिए। बच्चा चला गया तो सहेली ने पूछा कि जिन विषयों में बच्चे ने अच्छा किया है, वहाँ तो आपने अच्छा, बहुत अच्छा कहा, किन्तु भूगोल में बच्चा कमजोर है, इसके लिए आपने कुछ भी नहीं कहा। इस पर उस महिला ने जवाब दिया कि पिछली बार बच्चा गणित में कमजोर था लेकिन उसने इस तरफ कुछ भी इशारा नहीं किया। इसका नतीजा यह हुआ कि बच्चे ने इस बार गणित में ८० प्रतिशत प्राप्त किया है। यदि माँ ने भूगोल के कम प्रतिशत के बारे में कुछ नहीं कहा है तो वह बच्चा जानता है कि माँ ने उस तरफ अनदेखी नहीं की है बल्कि माँ नाखुश है। अब बच्चा भूगोल में भी सुधार लाने का जरूर प्रयास करेगा। यही बिना कुछ कहे सब कुछ कह देने की कला है।

क्रिटीगाईड करने के बहुत से तरीके हैं, जिन पर आप मास्टरी हासिल कर सकते हैं

एक डॉक्टर अपने मरीज के साथ कैसे पेश आते हैं? मरीज की बातें वे धैर्यपूर्वक सुनते हैं। उसके बाद प्रेम पूर्वक, बड़ी नरमी से कहते हैं कि 'चिंता की कोई बात नहीं है। आप जल्द ही अच्छे हो जाएँगे। यह मामूली सी तकलीफ है। कोई घबराने की बात नहीं है।' आप कुछ ही दिनों में बिलकुल अच्छे हो जाते हैं। डॉक्टर का यह बरताव बिना किसी इलाज के ही मरीज को ५० प्रतिशत तक ठीक कर देता है। जिस तरह शक्कर की ऊपरी परतवाली कड़वी दवा, डॉक्टर जरूरत के मुताबिक मरीजों को देते हैं, जिससे मरीज ठीक हो जाता है, उसी तरह आपको किसी से कुछ कड़वी बातें कहनी हैं तो पहले उसके बारे में शहद मिली कुछ अच्छी बातें जरूर कहें। यदि आपको किसी से फटकार लगानी हो तो डाँटने से पहले उस व्यक्ति के अच्छे गुणों की प्रशंसा करके डाँट-फटकार लगाएँ। तब वह आपके कड़वे शब्दों को भी हजम कर लेगा। अगर आप यह तरीका अपनाएँगे तो आप पाएँगे कि लोग आपके साथ कितनी अच्छी तरह से पेश आते हैं। वे आपको हर तरह से पसंद करेंगे। जरूरत पड़ने पर आपके लिए अपने प्राण देने के लिए भी तैयार होंगे।

प्रोत्साहन तेजी से काम करता है

आप लोगों को प्रोत्साहन देने योग्य बनें। आपके लिए लोग क्यों काम करें, इसकी जानकारी आपको होनी चाहिए। सब कुछ इस बात पर निर्भर करता है कि आप उन्हें किस तरह से प्रोत्साहन देते हैं। आपके व्यक्तिगत लाभ के लिए आपकी बात सुनने

में उन्हें कोई रुचि नहीं होगी। अतः उन्हें क्या लाभ मिलनेवाला है, यह बात उन्हें अच्छी तरह बताइए।

तीसरा जादुई कदम - 'सु-समाचार' देने वाला जी.एन.आर (गुड न्यूज रिपोर्टर) बनें

पहले कदम से आपका फायदा हुआ, दूसरे कदम से दूसरों का फायदा हुआ, तीसरे कदम से सबका फायदा होगा। जी.एन.आर. का अर्थ है गुड न्यूज रिपोर्टर - सु-समाचार संवाददाता। प्रत्येक सुबह आप अख़बार पढ़ते हैं। पूरे विश्व का समाचार आपके टेबल पर आ जाता है। हत्या, डकैती, स्मगलिंग, अपहरण, जेब कटना इत्यादि। आप समाचार देखते हैं, आप समाचार लेकर चलते हैं और आप इन समाचारों के बारे में बातें भी करते हैं। संवाद करते हैं। इसके बदले में आपको भी वैसे ही समाचार अपने सहकर्मियों से मिलते हैं और आप बरबादी के सामान का भंडार बढ़ाते हैं।

लेकिन अब इस कदम में आपको एक छोटा-सा परिवर्तन करना है। अख़बार मिलते ही आप अच्छी खबरों पर ध्यान केंद्रित करें। जैसे कोई विद्यार्थी विश्वविद्यालय में सर्वप्रथम आया है... किसी अल्पवयीन व्यक्ति ने किसी अच्छी उपयोगी वस्तु का आविष्कार किया है... किसी को खेल में स्वर्णपदक प्राप्त हुआ है... किसी ने चेरिटेबल ट्रस्ट स्थापित किया है... या किसी ने आँखों के इलाज के लिए कैम्प लगाया है... इत्यादि।

इस प्रकार की अच्छी खबरें आप अपने मित्रों के बीच कहें और इसके बदले में आपको भी ऐसी ही अच्छी खबरें, सु-समाचार, शुभविचार, हॅपी थॉट्स अपने मित्रों से मिलेंगे। क्योंकि जिस तरह की बातें हम सुनते हैं, उसी से संबंधित बातें हमें याद आती हैं।

यह नियम इस प्रकार काम करता है कि आपने एक सु-समाचार दिया तो आपको दो सु-समाचार प्राप्त होंगे और यह कई गुना बढ़ते जाते हैं। इस प्रकार के समाचार से लोगों में खुशी की लहर आ जाती है। बल्कि वे आपकी हमेशा प्रतीक्षा करते रहते हैं कि सु-समाचार मिले क्योंकि आप ही उनका जी बहलाते हैं और उन्हें आनंद महसूस कराते हैं। इसी तरह आप खुश मिजाज रहें तो आपके परिवार के लोग भी आपके द्वारा अच्छे समाचार के पुलिंदे का इंतजार करेंगे। मनोरंजक चुटकुले और कहानियों का इंतजार करेंगे। यदि आप इस प्रकार से अपने आपको पेश करते हैं तो आप सारी दुनिया बदल सकते हैं और सबको खुश कर सकते हैं। अतः आप ऐसा न सोचें कि आप अकेले तो ऐसा नहीं कर सकते बल्कि आप जी.एन.आर., सु-समाचार संवाहक, हॅपी थॉट्स विचारक बन जाए तो इसमें संदेह नहीं कि आप सारी दुनिया बदल देंगे।

एक अच्छा समाचार दो लोग सुनते हैं तो वह चार लोगों में फैलता है। चार लोग

उन्हें आठ लोगों में और आठ, सोलह में फैलाते होते हैं। इस तरह दिन के अंत में वह समाचार करोड़ों के बीच में फैल चुका होता है। आपकी सारी चिंताएँ और दुःख इन तीन कदमों से गायब हो जाएँगे। आप स्वयं के लाभ के लिए और इस संसार में दूसरों के लाभ के लिए इन तीन कदमों का उपयोग अवश्य करें।

आप हँसेंगे तो दुनिया हँसेगी

हँसता हुआ इंसान मिलनसार होता है, सबको पसंद आता है। रोता हुआ इंसान अकेले रोता है। लोगों का दिल यदि जीतना हो तो हँसना सीखें। दो बातें इंसान को जानवरों से अलग रखती हैं : १) सोचना- इंसान सोच सकता है, जानवर नहीं। २) हँसना- इंसान हँस सकता है, जानवर नहीं।

आज, इंसान हँसने के लिए कारणों की खोज कर रहा है। जैसे कुछ लोग तोहफा मिलने पर हँसते हैं, कोई कैलेंडर देखकर यानी जन्मदिन, नव वर्ष या त्यौहारों के दिनों पर ही खुश होना जानते हैं। कोई नौकरी मिलने पर हँसता है। लेकिन जिस तरह पानी, किसी बाहरी वजह से गीला नहीं रहता, गीलापन पानी का स्वभाव है, उसी तरह 'हँसना' इंसान का स्वभाव है। क्या हमने आज तक कभी सूखा पानी देखा है? लेकिन बिना हँसते इंसान कई बार देखे होंगे। हँसने का हक सभी को है, हास्य विश्व की भाषा है। हर भाषा, हर प्रांत, हर देश, हर समाज में हास्य भरपूर उपलब्ध है। किसी भी उम्र, जाति, वर्ण, लिंग के इंसान को हँसने का हक है, फिर चाहे वह विद्यार्थी हो, मजदूर हो, व्यवसायी हो या गृहिणी हो। हंस की भांति हँसना हमारा स्वभाव है। छह प्रकार से हँसना होता है।

पहला प्रकार - होठों से हँसना

इस प्रकार में इंसान दूसरों को परेशान करके या तकलीफ देकर हँसता है। किसी पत्र द्वारा, फोन द्वारा, चिढ़ाकर, किसी की नकल करके, किसी की बुराई करके हँसने का आनंद उठाता है। उदा. जैसे एक इंसान किसी के घर फोन करके पूछता है, 'मि. कुमार हैं क्या?' उसे जवाब मिलता है, 'राँग नंबर।' वह दोबारा फोन करता है, 'मि. कुमार घर पर हैं क्या?' फिर वही जवाब मिलता है। अब वह तीसरी बार फोन करके पूछता है कि 'मि. कुमार हैं क्या?' इस बार सामनेवाला बहुत गुस्से में होता है और वह फोन पटक देता है। इस तरह वह नकली चीजों से आनंद प्राप्त कर रहा है, किसी को चिढ़ाकर। फिर भी न रुकते हुए, वह इंसान चौथी बार फोन करता है और चिढ़ाने के लिए कहता है, 'मैं कुमार बोल रहा हूँ। मेरा कोई फोन आया था क्या?' इस तरह लोग झूठी हँसी का सहारा लेते हैं क्योंकि असली हास्य खो गया है।

दूसरा प्रकार - हेड (बुद्धि) से हँसना

इसमें इंसान कल्पना करके हँसता है। जैसे शेखचिल्ली अलग-अलग विचार करके भविष्य की बातों पर खुश होकर हँसता है। लोग हँसने के लिए हास्य क्लब में जाते हैं क्योंकि बुद्धि बताती है कि हँसने से सेहत बनी रहेगी। यह हँसी फायदा और नुकसान सोचकर आई है। या कभी-कभी लोग एक ही विनोद पर कम या कुछ ज्यादा हँसते हैं। वे लोग ज्यादा हँसते हैं, जो हास्य (चुटकुले) की हेड से कल्पना करते हैं।

तीसरा प्रकार - पेट से हँसना

लोग जब होंठो से या हेड से झूठी हँसी, हँसते हैं तब वे खुलकर नहीं हँस पाते। जब लोग खुलकर हँसते हैं तब उस हँसी को पेट से हँसना कहा जाता है। इस हँसी में इंसान के मन में कोई हिचकिचाहट नहीं होती, कोई डर नहीं होता, वह कम्फर्टेबल होता है पूर्ण सहज होता है। 'लोग क्या कहेंगे?', यह विचार नहीं रहता।

चौथा प्रकार - विवेक (समझ) से हँसना

विवेक की हँसी समझ (अंडरस्टैण्डिंग) द्वारा आती है। इस हँसी में किसी को नाराज किए बिना सभी हँस सकते हैं। यह हँसी किसी भी वस्तु, व्यक्ति, वातावरण, व्यापार पर निर्भर नहीं है। यदि ये चीजें अपना रूप बदलें तो भी हँसी कायम रहती है। अपनी गलतियों पर, अपने भय पर हँसना सीखें। जो अपनी गलतियों पर हँसना सीख जाता है उसी को अधिकार है, दूसरों की गलतियों पर हँसने का।

पाँचवां प्रकार - आँखों से हँसना

आँखें कभी झूठ नहीं बोलतीं, आँखें सब कुछ सच बताती हैं कि सामनेवाले की हँसी कैसी है? सच्ची है, झूठी है? होठों से, बुद्धि से, कल्पना से, याददाश्त से, विवेक से या हृदय से आई है? जिसके द्वारा हम अपने अंदर की हँसी को पहचानें ताकि अपनी हँसी हम स्वयं सुन पाएँ।

छठा प्रकार - हृदय से हँसना

दिन में कम से कम तीन बार बिना कारण हँसें व अपनी हँसी सुनें। तथा अपने आप से सवाल पूछें कि ईश्वर इस (मेरे) शरीर से हँसने के लिए जुड़ा है या रोने के लिए जुड़ा है? अगर जवाब आए कि हँसने के लिए तब एक और सवाल पूछें कि फिर किसकी इच्छा पूर्ण हो? ईश्वर की या इंसान की?' तब यह ज्ञात होगा कि अज्ञान की वजह से इंसान रो रहा है। ईश्वर इंसान से जुड़ा है- आनंद (हँसने) के लिए। फिर जो हास्य निकलेगा, यह हास्य हृदय से निकलेगा, न कि बुद्धि, कल्पना, शब्द या याददाश्त से।

यह समझ (तेजज्ञान) द्वारा हास्य होगा।

हास्य प्रयोग - स्वयं की 'हँसी' सुनना

आज तक हम कई बार हँसते आए हैं लेकिन हमने कभी अपनी हँसी नहीं सुनी है। एक मिनट के लिए पुस्तक पढ़ना बंद करें और एक मिनट जोर से हँसें (यदि आप अकेले हैं तो)। हँसते हुए अपनी हँसी सुनें। अपनी हँसी पर ध्यान दें। जब भी कहीं हँसने का मौका आए तब अपनी हँसी खुद भी सुनें। यह कुदरत का कानून है कि जिस चीज पर ध्यान देंगे वह चीज बढ़ेगी। हम जितना अपनी हँसी पर ध्यान देंगे, उतना ही हास्य बढ़नेवाला है। 'जैसा यकीन आप रखते हैं, वैसे सबूत आपको मिलेंगे।' कोई यकीन रखता है कि जीवन हँसने के लिए है तो उसे वैसे ही प्रमाण मिलेंगे। कोई यकीन रखता है कि जीवन दुःख का सागर है तो उसे वैसे ही प्रमाण मिलते हैं।

हास्य के नियम जरूर ध्यान में रखें

(१) हास्य में सबसे महत्त्वपूर्ण है सामान्य ज्ञान (common sense) का इस्तेमाल करना।

(२) हँसते वक्त वातावरण और परिस्थिति को जरूर ध्यान में रखें। हमारी हँसी किसी को व्यंग या आलोचना न लगे। 'अंत तक वही हँस सकता है, जिसने जाना कि कोई अंत नहीं।'

सुनहरा नियम

'लोगों के साथ ऐसा व्यवहार करें, जैसा आप चाहते हैं कि लोग आपसे (शरीर और मन के परे वास्तव में जो आप हैं), वैसा व्यवहार करें।' यह *सुनहरा नियम है।*

हर धर्म, हर मज़हब, हर संत, हर महापुरुष का यह पहला संदेश है। दूसरों में सदा गुण देखें क्योंकि जिस चीज पर आप ध्यान देते हैं, वह आपमें आने लगती है। अपना विकास करने के लिए ध्यान को सही दिशा दें। जितना बड़ा आपका लक्ष्य, उतनी ज्यादा लोगों की सहायता आपको चाहिए। इसलिए लोगों के साथ सही व्यवहार करना सीखें। दूसरों को क्षमा करना सीखें तथा स्वयं को भी क्षमा करें। दूसरों को माफ करते हैं तो क्या आप उन पर एहसान करते हैं? यह एहसान आपका अपने आप पर है। अपने आप पर एहसान करें, माफ करना सीखें।

सुनहरा नियम

	Treat not others in ways that you yourself would find hurtful. **The Buddha**
	This is the sum of duty : Do not do to others what would cause pain if done to you. **Mahabharata**
	I am a stranger to no one : and no one is stranger to me. Indeed I am a friend to all. **Guru Granth Saheb**
	Not one of you truly believes until you wish for others what you wish for yourself. **The Prophet Mohammad**
	One should treat all creatures in the world as one would like to be treated. **Mahavir Sutrakritanga**
	In everything, do to others as you would have them done to you; for this is the law and the prophets. **Jesus, Mathew**
	'लोगों के साथ ऐसा व्यवहार करें, जैसा आप चाहते हैं कि लोग आपसे (शरीर और मन के परे वास्तव में जो आप हैं), वैसा व्यवहार करें।' *सरश्री*

नोट :आध्यात्मिक विकास के लिए अगला खंड पढ़ें

छठा खंड
आध्यात्मिक
विकास

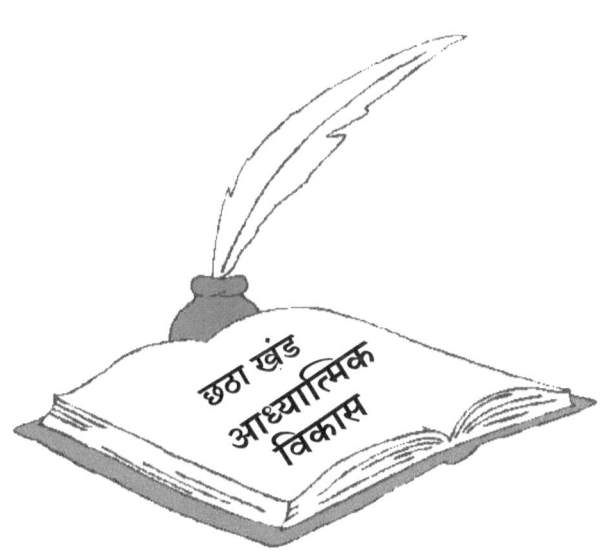

भाग १

तेज आनंद को अपना लक्ष्य बनाएँ

सात कदम

तेज विकास तभी हो सकता है जब हम संसार की हर चीज को सत्य के लिए निमित्त बना सकें। हमारा आकर्षण माया की तरफ न होते हुए, सत्य की तरफ हो। जो चीजें माया की तरफ खींच रही हों, जो माया में उलझा रही हों, उन्हें ही सीढ़ी बनाया जाए। जो काँटे फूलों से तुम्हें दूर ले जा रहे हों, वे ही काँटे फूलों तक पहुँचने के लिए सीढ़ी बनें। प्रज्ञा (समझ) नहीं है तो रास्ते में अनेक रुकावटें आएँगी और यदि प्रज्ञा है तो वे ही रुकावटें (साँप) सहयोगी (सीढ़ी) बन जाएँगी। उदा. कोई बहुत ऊपर, मंजिल पाने के लिए सीढ़ी चढ़ रहा हो और अचानक कोई ऊपर से पानी डाले तो वह फिसलने लगता है यानी जीवन की घटनाओं से परेशान, पीड़ित होता है। यदि प्रज्ञा है तो वही पानी वह बोतल में भर लेगा, जो आगे रास्ते में उनके काम आएगा।

फिर थोड़ा ऊपर चढ़ने पर कोई ऊपर से पत्थर फेंक रहा हो तो वह उन पत्थरों को मील का पत्थर (माईल स्टोन-जिस पर कि.मी. लिखा होता है) बनाएगा ताकि पीछे आनेवालों का भी फायदा हो। कोई ऊपर से चूहे छोड़ रहा हो तो उन्हीं चूहों से वह अपने पैरो में बंधी हुई रस्सियाँ कुतरवा लेगा। कोई ऊपर से लकड़ियाँ फेंक रहा हो तो वह उन लकड़ियों पर चलने की कला सीखकर बड़े-बड़े कदम उठाएगा और जल्दी मंजिल तक पहुँचेगा। इस तरह वह हर समस्या को अपने फायदे के लिए इस्तेमाल करेगा। इसी कला को 'साँप को सीढ़ी बनाने का ज्ञान' कहा गया है।

इस ज्ञान के कारण माया ही असली चीज की याद दिलाएगी। जो माया उलझा रही थी, वही तेज विकास की सीढ़ी बनेगी। योग्यता बढ़ते ही गुरु से यह ज्ञान, प्रज्ञा (समझ) मिलती है और जैसे ही प्रज्ञा जागृत होती है तब पूर्ण तेज विकास होता है।

इंसान का संपूर्ण लक्ष्य

हर इंसान को आनंद चाहिए। गहरी नींद में किस तरह का आनंद प्राप्त होता है? कितना भी आनंद पाएँ, कम ही क्यों लगता है? थोड़ा भी दुःख, ज्यादा लगता है, ऐसा क्यों? आनंद हमारा स्वभाव है। खुशी हमारी अभिव्यक्ति है।

हर इंसान खुशी चाहता है इसलिए खुशी का कारण ढूँढ़ता है। असली खुशी की तलाश में रहता है। जब तक असली आनंद नहीं मिलता तब तक झूठी खुशी में जीता है। झूठी खुशी क्या है?

- झूठी खुशी, तारीफ मिलने में है, नए साल के उत्सव मनाने में है।
- झूठी खुशी, लॉटरी लग जाने में है। कोई रोग था, उसके ठीक हो जाने में है।
- झूठी खुशी, कोई हमारी बात मानने लगे, उसमें है अथवा प्रमोशन मिल जाने में है।
- झूठी खुशी, मनमुताबिक काम हो जाने में है या काम में आनेवाली बाधा हट जाने में है।
- झूठी खुशी, कोई मज़ेदार चुटकुला सुनने व सुनाने में है। दुश्मन को चोट पहुँचाने में है।
- झूठी खुशी, बाग-बगीचे में घूमने में है। होटल में अलग-अलग व्यंजन खाने में है।
- झूठी खुशी, नई-नई चीजों की खरीददारी में है। फैशन करने व नए परिधानों में है।
- झूठी खुशी, पुरस्कार मिलने और सजाने में है। जन्म दिन मनाने और तोहफे पाने में है।
- झूठी खुशी, गहने मिलने व बच्चे पाने में है। रुठे मित्र के मान जाने में है।
- झूठी खुशी, झूठा आनंद, तेज विकास के रास्ते में पहला अतेज कदम है। इस कदम को तेज कदम बनाना, तेज विकास का दूसरा माइल स्टोन् (मील का पत्थर) है।

पहला आनंद - नकली आनंद

पहला आनंद जो लोग समझ बैठे हैं, वह है नकली आनंद, असत्य आनंद,

झूठा आनंद। झूठे आनंद में लोग उलझे हुए हैं। झूठा आनंद यानी क्या, इसे नीचे दिए उदाहरणों से समझें।

(अ) एक इंसान ने किसी को मूर्ख बनाया हो और उसे बहुत खुशी हुई हो तो यह है नकली आनंद।

ब) एक इंसान बस से कहीं जा रहा है और कंडक्टर उसके पास पहुँचने से पहले ही उसका स्टॉप आ गया, वह उतर गया। अब वह यह सोचकर बड़ा खुश हो रहा है कि, मेरे टिकट के तीन रुपये बच गए। यह है झूठा आनंद। हालाँकि उस वक्त लगता है कि यही असली आनंद है। मगर उसे पता ही नहीं कि उसके झूठे आनंद की वजह से, जो तीन रुपये बच गए हैं, उससे उसके पास आनेवाले ३०० रुपये रुक गए हों... पता नहीं ३,००० रुपये... ३०,००० रुपये... या ३,००,००० रुपये रुक गए हों। इसका अर्थ एक छोटा सा कंकर, जो पाइप लाइन में आ गया हो, वह पानी का बहना कम कर सकता है। हमारी जिंदगी में भी पैसा आ रहा था, खुशियाँ आ रही थीं मगर किसी ऐसी रुकावट (ब्लॉक) की वजह से, ऐसे झूठे आनंद की वजह से, हम तक नहीं पहुँच रही थी।

क) एक इंसान फिल्म देखने गया। उसने टिकट लिया और गलती से टिकट देनेवाले ने, उसे एक की जगह दो टिकटें दीं। कभी-कभी ऐसी गलती हो जाती है कि टिकटें चिपकी हुई हों तो एक साथ दो आ जाती हैं। अब वह बड़ा खुश है कि दो टिकटें एक के मूल्य में मिल गईं तो वह एक टिकट ब्लॅक में बेचता है। फिल्म देखकर आता है। कहता है, 'आज तो बड़ा मजा आया। मुफ्त में फिल्म भी देख आए... समोसा भी खा आए... मजा आया।'

ड) किसी इंसान ने अपने मित्र से पैसे लिए हैं। लौटाने का नाम ही नहीं ले रहा हो और जब मित्र पूछे, 'भई, मेरे पैसे कब लौटा रहे हो?' तो वह कहता है, 'मुझे कहाँ पता है? मैं क्या ज्योतिषी हूँ, जो मुझसे पूछते हो?'

यह झूठा आनंद, नकली आनंद, असत्य आनंद है। कई लोग इस तरह के आनंद में उलझे हुए हैं। इससे बाहर वे कभी आ ही नहीं पाते हैं। उस वक्त भले ही लगे कि आनंद है मगर वह धोखा है। जिस तरह रेगिस्तान में पानी दिखता है पर नज़दीक जाने से पता चलता है कि वह धोखा है। उसी तरह यह आनंद जैसा लगता है मगर होता नहीं है।

नकली आनंद में हम क्यों उलझ रहे हैं? क्योंकि असली आनंद पता नहीं है... मगर जब असली आनंद अंदर ही मिले तो बाहर किसी पर निर्भर नहीं होंगे कि यह इंसान

आनंद दे, वह इंसान आनंद दे...।

दूसरा आनंद - द्वितीय आनंद (सेकण्ड हॅण्ड हॅपीनेस)

जिस तरह कुछ लोग सेकण्ड हॅण्ड (पुरानी) चीजें लेने को उत्सुक होते हैं मगर ऐसी चीजों का इस्तेमाल ज्यादा दिनों तक नहीं होता है, उसी तरह सेकण्ड हॅण्ड हॅपीनेस (द्वितीय खुशी) होती है। इसमें इंसान सामनेवाले को चिढ़ाकर, सताकर आनंद लेता है, उसे अच्छा लगता है। किसी को कालिया कहा... किसी को ठिगना कहा... पता नहीं क्या-क्या शब्द कहे... उसे अच्छा लगता है। किसी का मजाक उड़ाने से उसे गुदगुदी होती है।

अ) जैसे चार मित्र मिलकर एक इंसान को सताते हैं, उन्हें अच्छा लगता है। हर स्कूल, कॉलेज में इस तरह के दृश्य (रैगिंग) देखने को मिलते हैं... यह सेकण्ड हॅण्ड हॅपीनेस है। लोग उसी में लगे हुए हैं। उदा. एक इंसान अपने गधों को लेकर रास्ते से जा रहा है। कोई हवलदार वहाँ खड़ा है तो अब वह सेकण्ड हॅण्ड हॅपीनेस कैसे चाहता है? हवलदार उस इंसान से कहता है कि अपने भाइयों को सँभालो...! जो इंसान गधों को लेकर जा रहा है, वह अपने गधों से कहता है, 'सीधे लाइन में चलो वरना तुम्हें भी पुलिस में भरती करूँगा।' तो यह उसे चिढ़ा रहा है, वह इसे चिढ़ा रहा है। आप देखेंगे कि यह तो चारों तरफ हो ही रहा है।

ब) पति-पत्नी कहीं जा रहे हैं। किसी वृक्ष पर बंदर बैठा हुआ है, जिसे देख पति अपने पत्नी से कहता है, 'देखो, तुम्हारा रिश्तेदार बैठा है।' यह सुनकर पत्नी जवाब देती है, 'मैं भी क्या करूँ, रिश्तेदार तो है मगर शादी के बाद हुआ है।' तो यह किस तरह का आनंद है?

क) दो मित्र मिल जाए तो वे एक-दूसरे का मज़ाक उड़ाने के लिए कुछ न कुछ कहते रहते हैं। एक मित्र, दूसरे मित्र से कहेगा, 'अरे! एक ऐसी बात है, जो कभी भी पागलों को नहीं बतानी चाहिए और अगर कोई पागल वह बात पूछे तो उसे टाल देना चाहिए।' तो दूसरा मित्र पूछता है, 'वह क्या बात है?' पहला कहता है, 'अच्छा, मैं कल बताऊँगा।' यानी वह उसे दिखा रहा है कि 'तुम पागल हो।' इससे उसे मजा आता है। किसी को चिढ़ाया तो अच्छा लगा। यह सेकण्ड हॅण्ड हॅपीनेस है।

तीसरा आनंद - उत्तेजनात्मक आनंद

उत्तेजनात्मक आनंद यानी जैसे कोई पार्टी में जाता है, वहाँ धूम-धड़ाका होता है

तो उत्तेजना (एक्साइटमेन्ट) होती है। उदा.

अ) कोई टी.वी. पर नए साल का प्रोग्राम देख रहा हो तो उसे एक्साइटमेन्ट होती है, उत्तेजना मिलती है।

ब) क्रिकेट मैच चल रहा है और अंत पर है... तो वहाँ एक एक्साइटमेन्ट तैयार होती है, अरे!... क्या होने जा रहा है?... खेल का रोमांच, उत्तेजना तैयार करता है।

क) किसी को सस्पेन्स फिल्म देखते हुए, उत्तेजना होती है। जब तक राज नहीं खुलता तब तक मन रोमांचित रहता है।

ड) पार्टीज, पिकनिक, दिवाली, जन्मदिन, शादी इत्यादि सब उत्तेजनात्मक (एक्साइटमेन्ट) आनंद हैं। इस तरह की उत्तेजनाओं में लोग लगे हुए हैं, जो दिन-ब-दिन बढ़ती जा रही है। उत्तेजनाओं के साथ क्या होता है? अगर इस वक्त कोई पार्टी की जाए और आप बहुत खुश होकर घर जाते हैं, बड़ा मजा आता है मगर क्या होता है? दूसरे दिन... चौथे दिन... अचानक आप अपने आपको बोर महसूस करते हैं, डल महसूस करते हैं। आपको आश्चर्य हुआ होगा, अचानक किसी दिन आप डल क्यों हो जाते हैं? निराश क्यों हो जाते हैं? मगर आपको पता नहीं है, तीन दिन पहले जो पार्टी हुई थी, उसका फल आज मिल रहा है। चूँकि शरीर को जो एक्साइटमेन्ट मिली, हमारे शरीर की हर नब्ज उत्तेजनात्मक हो गई थी, जिसकी वजह से हम अपने आपको जिंदा महसूस कर पाए कि अरे !... कुछ तो नया लग रहा है... something new । मगर फिर दो, चार दिनों के बाद पूरी उत्तेजना खत्म हो गई। अब कैसा लग रहा है? डल... बोझ... अकेले-अकेले... लोनलीनेस कैसा जीवन?... निराश।

मगर जो इंसान यह जान जाता है कि यह बोरडम आया तो कहाँ से आया? तो वह असली आनंद की तलाश करेगा, तहकीकात करेगा। मगर जिन्हें असली आनंद पता ही न हो, वे क्या करेंगे? 'अरे ! बोरडम आया है... तो उस दिन जो पार्टी में मजा आया था, वह वापस कैसे आए? तो फिर से एक नई एक्साइटमेन्ट ढूँढ़ेंगे?... फिर किसी को फोन करेंगे, 'इस दिन पार्टी करें... या इस दिन मिलें... ये करें... वो करें... यानी एक एक्साइटमेन्ट खत्म हुई नहीं कि दूसरी की चाहत जगती है। अगर कुछ न भी हो... कोई त्यौहार भी नहीं है... कोई पार्टी भी नहीं है... कोई पिकनिक भी नहीं है... तो फिर क्या करेंगे? फिर कल्पनाएँ करेंगे। बहुत से लोगों को देखेंगे, वे उत्तेजनाओं की कल्पनाएँ करते रहते हैं ताकि फिर से वे एक्साइट हो सकें। परंतु ऐसा आनंद कुछ क्षणों के लिए ही होता है, फिर वह शराबखाने में हो या जुआ घर में हो या रेसकोर्स पर हो। मगर वो क्षण खत्म

होने के बाद फिर से वही अवस्था आती है–बोरियत, डलनेस की । और इंसान यह कभी जान नहीं पाता कि जिसे दूर करने के लिए उत्तेजना पैदा करता है, वही सब (बोरियत, दुःख, परेशानी, डलनेस) ज्यादा बढ़ाने का काम उत्तेजना करती है ।

चौथा आनंद - फॉर्म्युला आनंद

यह आनंद फॉर्म्युला से बना हुआ आनंद है । फॉर्म्युला का अर्थ क्या है? जब हम दो चीजें जोड़ते हैं द+ध=न यह है फॉर्म्युला । स्कूल में ऐसे फॉर्म्युले बच्चों को सिखाए जाते हैं । हर एक इंसान अपने जीवन में आनंद का कोई न कोई फॉर्म्युला बनाकर बैठा है । उदा.

अ) बच्चों के लिए फॉर्म्युला– आनंद क्या है? रविवार (छुट्टी) का दिन आनंद का दिन होता है और उसके साथ अप्पूघर जाना हो तो यह और भी ज्यादा आनंद (बेस्ट फॉर्म्युला) सनडे + अप्पूघर = आनंद । जिस दिन यह फॉर्म्युला होता है, उस दिन बच्चे बहुत खुश होते हैं । इसे कहते हैं फॉर्म्युला आनंद ।

ब) किशोरों के लिए आनंद क्या है? फलाँ फलाँ फिल्म हो और उसमें फलाँ एक्टर (हीरो) या एक्ट्रेस भी (हीरोइन) हो तथा शुक्रवार फिल्म का पहला शो देखने को मिले तो उनके लिए यह एक आनंद का फॉर्म्युला है कि यह बहुत अच्छा हुआ, अब इससे और भी ज्यादा मजा आएगा ।

क) कोई अगर बिजनेसमॅन है तो उसका क्या फॉर्म्युला है? दिनभर तो वह बेचारा परेशान है ही । थककर घर आया तो उसके लिए एक ही खुशी का फॉर्म्युला है– रात को वह शराब लेकर बैठेगा, बिअर (दारू) + काजू, चिवड़ा = आनंद । चार भाई बिजनेस में है तो वे सभी एक साथ बैठेंगे या मित्र हैं तो वे बैठेंगे या पिताजी और बेटा है तो वे दुकान से आकर बैठेंगे । उनके लिए वही खुशी है, कोई और खुशी नहीं है । क्या करें बेचारे?

ड) किसी महिला के लिए आनंद क्या है? क्या फॉर्म्युला हो सकता है? तोहफा । तोहफा मिले तो उसके लिए बड़ा आनंद है । तोहफे में यदि सोने के गहने हों तो यह उसके लिए आनंद की बात है । तोहफा + सोना = आनंद ।

इ) अधिकांश लोगों के लिए आनंद क्या है? अधिकतर लोग कामकाज से निपटकर खाली समय टी.वी. के सामने गुज़ारते हैं । उनके लिए आनंद का फॉर्म्युला क्या है? टी.वी. + रात का खाना (डिनर) = आनंद ।

ये सब फॉर्मूला आनंद हैं । यह गलत है... ऐसा नहीं है । बल्कि यह इसलिए

बताया जा रहा है कि लोगों को असली आनंद मालूम ही नहीं है तो वे इस तरह के आनंद में बह जाते हैं।

पाँचवाँ आनंद - सेवा का आनंद

आनंद का विकास जब होता है तब इंसान अपने आनंद के साथ औरों के आनंद का भी कारण बनता है। वह दूसरों की खुशी के लिए निमित्त बनता है। जीवन का एक नियम है कि 'जिस चीज के लिए आप निमित्त बनते हैं, वह आपके जीवन में बढ़ती है।' इस तरह दूसरों के लिए निमित्त बनने की वजह से उसकी जिंदगी में आनंद और बढ़ता है। जिससे वह दूसरों में और आनंद बाँटता है। इस तरह यह आनंद ऊँचाइयों की तरफ जा रहा है। इसमें दूसरों की सेवा से मिलनेवाला आनंद प्राप्त होता है यानी दूसरों को आनंद पहुँचाकर, खुद आनंदित होता है। इस तरह के सेवा आनंद में, अहंकार की मौत होती है तथा सत्य का दरवाजा खुलता है।

छठवाँ आनंद - ईश्वरीय आनंद

इस तरह के आनंद में इंसान को विश्व निर्माता से प्रेम होता है। ईश्वर के द्वारा बनाई गई हर चीज की सराहना होती है और आनंद से भजन निकलते हैं। कोई कहे कि फलाँ-फलाँ घटना होना ईश्वर की इच्छा है तो यही मेरी भी इच्छा है। उसे ईश्वर की इच्छा से प्रेम हो जाता है। वह कहता है, 'अच्छा ईश्वर की यह इच्छा है कि मैं इस तरह रहूँ... तो मैं इसमें खुश हूँ...।' छठे आनंद में इंसान यह सोचता है कि ईश्वर की अगर यही इच्छा है तो हमें कोई दिक्कत नहीं... अगर ईश्वर हमें रुला रहा है तो खुशी से रोएँगे...। तो वह खुशी से रोना भी जानता है वरना लोगों के लिए रोना यानी क्या? खून के आँसू रोना। मगर इसके आँसू खुशी के हैं क्योंकि ईश्वर की इच्छा वह जान गया है। वह ज्ञान उसे मिला है। यह छठा ईश्वरीय आनंद है, जिसमें प्रार्थनाएँ निकलती हैं, भक्ति होती है, धन्यवाद के भाव निकलते हैं और जो लोग ईश्वर से प्रेम कर रहे हैं, वह उनसे प्रेम करता है। यह तेज प्रेम का आनंद है, ईश्वरीय आनंद है।

सातवाँ आनंद - महाआनंद

आश्चर्य की बात है कि महाआनंद सभी के अंदर है मगर किसी को मालूम नहीं है। जब आप रात को सोते हैं तब गहरी नींद में क्या होता है?... और हर इंसान गहरी नींद में क्यों जाना चाहता है?... नींद न आए तो कितना परेशान होता है। गोलियाँ खाकर नींद में जाना चाहता है। नींद में उसे क्या मिलता है?... नींद में शरीर का एहसास गायब हो जाता है। शरीर में कितना भी दर्द हो, कितनी भी तकलीफें हों, पीड़ा हो, वे

सब गायब हो जाती हैं। वहाँ हम ऐसी चीज के साथ जुड़े, जिसके साथ जुड़ते ही, सब दु:ख खत्म हो जाते हैं, दु:खों से मुक्त हो जाते हैं। मगर सुबह उठते ही सब कुछ वैसे का वैसा ही हो पाता है। फिर दु:ख चिपक जाते हैं।

नींद में हमें जो चीज मिलती है, उसका अनुभव जागृत अवस्था में भी कायम रहे तो उसे 'महाआनंद' कहा गया है। तीन साल का होने से पहले, बच्चा उस अनुभव में, महाआनंद की अवस्था में होता है क्योंकि वहाँ वह अपने आपको शरीर नहीं समझ रहा है। यदि आप बच्चों का निरीक्षण करें तो वे उस अनुभव में ही हैं। बच्चा जब झूले में है, पालने में है और आप उसकी तरफ देख रहे होते हैं तो क्या वह आपकी तरफ देख रहा होता है?... क्या उसे मालूम होता है कि सामने एक शरीर है और इस (बच्चे की) तरफ भी शरीर है? नहीं, उसे यह नहीं मालूम। उसे तो हमेशा लगता है कि शरीर तो सामने है, इस तरफ (अपनी तरफ) कोई शरीर नहीं है। वह एक अलग अनुभव है और एक समय था जब हम सभी को वह अनुभव था (ऐसा कोई नहीं कहेगा कि हमें तो नहीं था)...उस वक्त हम कैसे जी रहे थे?... शरीर सब सामने हैं और इस तरफ कोई शरीर नहीं है... इस तरफ कोई देखनेवाला नहीं है... इस तरफ कोई ऐसी चीज (अनुभव) है... जो जान रही है, साक्षी है। उसी अनुभव की अवस्था, 'महाआनंद' की अवस्था है।

हमें भी यह महाआनंद फिर से प्राप्त करना है, जो बच्चों में है। हमें भी फिर से बच्चा बनना है। फिर से बच्चा बनना यानी तोतली भाषा में बोलना... बच्चों की तरह छिपना... छिपाना है... ऐसा नहीं है बल्कि वह अनुभव प्राप्त करना, जिसमें बच्चे रहते हैं। जिसके लिए हमें बुद्धि (हेड) से हृदय (हार्ट) की तरफ यात्रा करनी है, तेजविकास करना है। वहीं पर ही है महाआनंद। मगर अब हम बड़े हो गए हैं तो लगता है कि फिर से बच्चा क्यों बनें? पर महाआनंद की यात्रा यहीं से शुरू होती है। शुरुआत बच्चे से और अंत भी बच्चे पर। जिसके जीवन में यह हुआ, उसका ही तेजविकास हुआ।

सच्ची खुशी - सच्चा आनंद

एक खुशी ऐसी है जो अकारण है। न कुछ खोने की वजह से है, न कुछ पाने की वजह से है। एक खुशी ऐसी है, जो समय के साथ कम नहीं होती, एक खुशी ऐसी है, जो समय के साथ बढ़ती जाती है। कारणोंवाली खुशी, कारण हटते ही खत्म हो जाएगी। अपने पीछे दु:ख छोड़ जाएगी। अकारण मिलनेवाली खुशी, कैसे हट पाएगी? न कहीं जाएगी, न ही दु:ख लाएगी। यही खुशी पाना इंसान का लक्ष्य है। यही सच्चा तेजविकास है।

भाग २

अपने सवालों को विकसित करें

सवालों का विकास- आपका विकास है

विकास की यात्रा में (यह जानने के लिए कि यात्रा सही चल रही है या नहीं) पहला माइल स्टोन् (मील का पत्थर) है - पूछताछ करना, सवाल पूछना, सवालों का विकास। हमारे सवाल, हमारी अवस्था बयान करते हैं। अवस्था बदलते ही, सवाल बदल जाते हैं। प्रार्थनाएँ बदल जाती हैं, वाणी बदल जाती है। भाव और विचार बदल जाते हैं। हमारे आज के सवाल, हमारी आज की समझ से निकलते हैं। इसलिए अपने आपसे पूछें कि हमारे सवाल किस समझ, भाव और दृष्टिकोण से निकले हैं?

तेज विकास की समझ से सवाल बदलते हैं

चेतना के अलग-अलग स्तर पर मन की दशा बदलती है। मन में कई सवाल उठते हैं। जितनी गहराई सवालों में होती है, उतने ही गहरे जवाब प्रकट होते हैं। पाँच तरह के सवाल चेतना के अलग-अलग स्तर को दर्शाते हैं। जो इस प्रकार हैं :

१. सवाली- सवाल (तोता रटंत)

पहले प्रकार में कोई इंसान सिर्फ पूछने के लिए सवाल पूछता है, उसे जवाब जानने में कोई रुचि नहीं होती। ऐसे सवाल को कहा जाता है, 'सवाली-सवाल।' उस सवाल के बदले उसे किसी जवाब की जरूरत नहीं है। उदा. एक बच्चा अपने पिताजी के साथ ट्रेन से कहीं जा रहा है। तो वह पिताजी से सवाल पूछता. है, 'पिताजी यह क्या है?' पिताजी उसे उत्तर देते हैं। फिर कौआ देखकर बेटा पूछता है, 'यह क्या है?' पिताजी बताते हैं, 'यह कौआ है।' फिर से पूछता है कि 'यह क्या है?' जवाब मिलता, 'यह कौआ है।' वह फिर से पूछता है, 'यह क्या है?' पिताजी अब परेशान हैं। बार-बार वही सवाल क्यों पूछ रहा है? मगर पिताजी को पता नहीं कि बच्चा सवाल पूछने की सिर्फ प्रैक्टिस कर रहा है। बच्चा जब नई-नई भाषा सीखता है तो वह उसकी प्रैक्टिस

करता है।

जैसे किसी घर में पिंजरे में तोता हो और कोई दरवाजा खटखटाए तो तोता पूछे 'कौन है?' तोते को यह पूछने का प्रशिक्षण दिया गया है। मगर क्या वाकई तोता जानना चाहता है कि कौन आया है? तोता यह नहीं जानना चाहता है, वह सिर्फ आदत के अनुसार सवाल रट रहा होता है। तोता जो सीखता है उसकी दिन भर प्रैक्टिस करता रहता है। तो सवाल पूछनेवाले पहले प्रकार के जो लोग होते हैं, उनके सवाल ऐसे ही होते हैं- सवाली-सवाल, जिनके उन्हें जवाब नहीं चाहिए।

२. टाइमपास सवाल

दूसरे प्रकार के लोग टाइमपास सवाल पूछते हैं यानी अब आप बैठे ही हैं तो चलिए, आपसे एक सवाल पूछते हैं। इनके सवाल किस तरह के सवाल हैं? उदा. यात्रा में दो लोग इस प्रकार बात कर रहे थे।

पहला : आप कहाँ से हैं?

दूसरा : हम पूना से हैं।

पहला : अरे !... मैं भी पूना से हूँ। पूना में कहाँ रहते हैं?

दूसरा : फलाँ मोहल्ले में।

पहला : मैं भी उसी मोहल्ले में रहता हूँ, किस बिल्डिंग में?

दूसरा : फलाँ बिल्डिंग में।

पहला : अरे !... मैं भी उसी बिल्डिंग में रहता हूँ वहाँ किस घर में?

दूसरा : फलाँ घर में।

पहला : मैं भी उसी घर में तो रहता हूँ।

इस तरह उनका वार्तालाप चल रहा है। फिर बगल में बैठा तीसरा इंसान पूछता है कि अरे ! क्या कर रहे हो? एक ही जगह रहते हो और एक-दूसरे को नहीं जानते हो? तब वे कहते हैं, 'जानते तो हैं सिर्फ टाईमपास कर रहे थे। असल में हम चाचा-भतीजे हैं। समय गुज़ारने के लिए बातचीत कर रहे हैं।' तो इन्हें पता नहीं है कि ये टाइम को पास कर रहे हैं या टाइम इन्हें पास कर रहा है?

एक समय था जो गुज़र गया और एक समय आज है। तो देखते-ही-देखते समय कितनी तेज़ी से बीता जा रहा है। यह अमूल्य जीवन है, जिसमें हमें इंसान का जन्म मिला

है। इसमें तेजविकास हो सकता था। महाआनंद प्राप्त करने की बात हो सकती थी मगर वह न होते हुए, अज्ञान में इंसान अपना समय बरबाद कर लेता है। उसे लगता है कि मैं टाइम पास कर रहा हूँ पर समय उसे पास कर देता है।

बहुत सारे लोग अज्ञान में ही जीवन बिता देते हैं, अज्ञान में ही मृत्यु होती है क्योंकि समय ने उन्हें पास कर दिया। हर मनोशरीरी यंत्र को समय पास कर रहा है। जिनके अंदर एक जिज्ञासु सवाल जागा कि क्या है सत्य, उनकी आगे की यात्रा शुरू होती है। पहले और दूसरे तरह के सवाल, विकास में कोई सहायता नहीं करते।

३. टाईम खास सवाल

इस प्रकार में लोग समय का सदुपयोग (अच्छा) उपयोग होने के लिए सवाल पूछते हैं। जैसे रास्ते में कोई जान-पहचानवाला मिल जाए तो उससे दो-चार सवाल पूछते हैं, जिससे कुछ जानकारी, कुछ सूचनाएँ उन्हें मिल जाएँ। वे यहाँ-वहाँ के निरुद्देश्य सवाल नहीं पूछते। वे उस समय का अच्छा उपयोग करते हैं। इस तरह के सवाल पूछने के लिए आप कहीं गए नहीं हैं। कोई रास्ते में मिल गया है तो पूछ लेते हैं। कोई खोजी मिल गया तो पूछते हैं, 'अरे! शिविर कब है?' तो आप समझ जाते हैं यह टाईम खास सवाल पूछ रहा है कि अब मिले ही हैं तो पूछ रहा है वरना कभी नहीं पूछनेवाला था। कोई पूछता है, 'प्रवचन कब है?' वह पूछ लेता है। यानी अब मिल ही गए हो तो कुछ खास (विशेष) पूछ लेता है वरना कभी पूछता ही नहीं तो यह है- टाईम खास सवाल।

४. जिज्ञासु सवाल

इस तरह के सवाल हर कोई, हर वक्त नहीं पूछता। इस तरह के सवाल पूछने से पहले इंसान को उस विषय पर काफी मनन करना पड़ता है। बिना मनन के जिज्ञासु सवाल उत्पन्न नहीं होते। इस तरह के सवाल पूछनेवाले जिज्ञासु कहलाते हैं, जिसके अंदर उत्सुकता होती है, जिज्ञासा होती है। इस तरह के सवाल पूछनेवालों का बहुत विकास होता है।

५. खोजी का सवाल

खोजी सिर्फ जिज्ञासा या उत्सुकता के कारण सवाल नहीं पूछता है। उसके अंदर कुछ जानने की प्यास होती है कि वाकई महाआनंद है क्या?... अगर है तो प्राप्त हो सकता है क्या?... अगर प्राप्त हो सकता है तो कैसे?... यह मेरे लिए जीवन-मृत्यु का सवाल है... यह मैं जानूँगा ही और तेजविकास करूँगा... ये खोजी के सवाल होते हैं।

आपके अंदर अगर खोजी के सवाल उठे हैं कि... क्या है तेजविकास?... क्या है

जीवन?... क्या है इसका लक्ष्य?... मैं कौन हूँ?... अभी खुशी तो है मगर यह अस्थाई (टेंम्परी) है... स्थाई (परमानेन्ट) खुशी भी है क्या?... इत्यादि-इत्यादि। इन सवालों के साथ खोजी की यात्रा शुरू होती है। फिर उसे आगे का ज्ञान बताया जाता है, जिससे महाआनंद की ओर उसकी यात्रा शुरू होती है।

पाँचवीं तरह के सवाल चेतना की उच्चतम अवस्था में ले जाने में सहायक हैं। इन्हीं सवालों से होता है 'आत्मविकास'... 'तेजविकास'। इंसानों के विकास के साथ, सवालों का विकास भी होता है।

पक्षी को आज़ाद कैसे करें? झेन मास्टर का सवाल

एक झेन मास्टर है। वह अपने शिष्यों से एक सवाल पूछता है कि एक शीशी (बॉटल) के अंदर एक पक्षी का अंडा रखा है। शीशी का मुँह अंडे के नाप का है। उसके अंदर ही बच्चे को पाला गया, खाना दिया गया। अंदर ही वह बच्चा बड़ा होने लगा। फिर एक समय ऐसा आया कि वह पक्षी बड़ा हो गया। बॉटल के आकार का हो गया। झेन मास्टर के शिष्यों को वही प्रश्न दिया गया कि बिना बॉटल तोड़े इस पक्षी को कैसे आज़ाद करें? सारे शिष्य इस अनोखे सवाल पर दिन-रात सोचते हैं।

झेन मास्टर्स ये सवाल क्यों पूछते हैं? क्योंकि वे आखिरी कदमों पर बात कर रहे हैं। शब्दों से जब परे जाएँगे तो वे बातें पकड़ में आ सकती हैं। तब यह पहेली सुलझ पाएगी वरना नहीं। शिष्य यही सोचेगा कि हमें यह क्या बता रहे हैं, हमें तो समझ में ही नहीं आ रहा है। अब कैसे पक्षी बाहर निकले? शिष्य बहुत सारे जवाब बताते हैं - ऐसा करें... वैसा करें... बॉटल गरम करें... शायद नाप बड़ी हो जाए... ये हो जाए... शायद वो हो जाए... ऐसे कई जवाब आते हैं। जो भी जवाब लेकर आता है, उससे झेन मास्टर (गुरु) कहते हैं, 'गलत जवाब है, फिर से कोशिश करो।'

एक दिन एक शिष्य नाचता हुए आता है और कहता है, 'पक्षी उड़ गया..! पक्षी बॉटल में था ही नहीं।' उसे वह पहेली समझ में आ गई। ऐसी पुस्तकें बनी हैं, जिनमें झेन मास्टर्स ने आज तक क्या सवाल पूछे हैं, उनके जवाब क्या दिए हैं, सब लिखा है। इन पहेलियों पर लेखकों ने बहुत सारे जवाब दिए हैं, पुस्तकें लिखी हैं। पहले आठ कदमों के हिसाब से जवाब दिए हैं मगर वे असली जवाब नहीं थे। जो लोग इन जवाबों

की पुस्तकें पढ़ेंगे, उन्हें कहाँ असली जवाब मालूम हैं? इसलिए उनकी (लेखकों की) पुस्तकें बिकती हैं। रेडीमेड मिल रही हों तो खोजी को और क्या चाहिए? लेकिन इससे कोई आत्मसाक्षात्कार होनेवाला नहीं है, रियलायजेशन होनेवाला नहीं है।

असली सवाल और असली जवाब

असली जवाब क्या है, जब अनुभव करोगे तब जानोगे कि क्या पूछा गया है?... बोतल क्या है - हमारा शरीर। और पक्षी क्या है- वह जिंदा चीज (चैतन्य, स्वसाक्षी), जो उस बोतल के पीछे छिप गई है, न कि बोतल के अंदर है। जैसे आप हिंदी फिल्मों में देखते हैं कि एक गाना चल रहा है और एक हीरो खड़ा है, उसके पीछे कतार में, एक-दूसरे के पीछे दस लोग और खड़े होते हैं मगर हमें वे दिखाई नहीं देते। फिर अचानक एक इधर से निकलता है... एक उधर से निकलता है, पूरी भीड़ प्रकट हो जाती है। एक ही इंसान के पीछे कई सारे लोग कहाँ से आ गए।

जो पक्षी है उसका आकार क्या है? उसका आकार तो बड़ा है लेकिन बॉटल का आकार तो बहुत छोटा है। गुरुजी बताना चाहते हैं कि जो अनुभव है, उसकी लिमिटेशन, सीमा (किनारा) नहीं है, वह अनलिमिटेड (असीम) है। अब यह असीम एक बॉटल के अंदर है, इसे कैसे आज़ाद करोगे? यानी असली सवाल है- कैसे रियलाइज्ड (बुद्ध) बनोगे? अनुभव तो असीम है। केवल इस शरीर के कारण महसूस हो रहा है। शरीर से पहले भी वही अनुभव था जो शरीर के खत्म होने के बाद तथा शरीर के रहते हुए भी भासित होता रहता है। बोतल में असीम कैसे समाएगा? जब वह अपने एहसास पर स्थापित हुआ तब उसे पता चला कि कोई कैद नहीं।

वह तो आईने के सामने अपना अनुभव (दर्शन) कर रहा है। वह आईने (शरीर) को निमित्त बना रहा है। जब अनलिमिटेड, लिमिटेड को निमित्त बनाता है तब यह भ्रम पैदा हो जाता है कि 'मैं कैद हूँ।' अगर आप एक छोटे आईने के सामने खड़े हो जाएँ तो भ्रम हो सकता है कि 'शायद मेरी साईज (नाप) छोटी है' लेकिन आईने से परे आपका आकार बहुत बड़ा है। पक्षी तो आज़ाद ही है... पक्षी तो उड़ चुका है... पक्षी कभी कैद में था ही नहीं। मगर बिना अनुभव के कैसे यह समझेंगे? बॉटल नहीं तोड़नी है यानी शरीर के जिंदा रहते हुए ही आज़ादी प्राप्त करनी है, अनुभव प्राप्त करना है। मरने के बाद आज़ादी मिलेगी, मोक्ष मिलेगा, ऐसा नहीं है।

परछाईंयों से यदि मन डरता है तो यह ज्ञान रखें कि नजदीक कहीं रौशनी है,
इसलिए परछाईं बन रही है, बिना रौशनी के परछाईं नहीं बनती।

भाग ३

उन्नति का रहस्य जानें

कुल मूल उद्‌देश्य-पहला निर्णय सबसे पहला निर्णय-निर्णय लेने का है

आज से ही यह फैसला करें कि अब हम फैसला करना शुरू करेंगे, जिससे आपकी निर्णय क्षमता बढ़ेगी। निर्णय लेते ही आपकी सारी शक्तियाँ एकाग्रित होकर उस पर काम करने लगती हैं। आज के निर्णय आपके कल का भविष्य हैं।

यदि आपको निर्णय न भी लेना हो तो सोचकर (सोचने से, मनन करने से मत घबराइए) निर्णय न लेने का निर्णय लें तब निर्णय न लेना भी निर्णय लेना होगा।

गलत फैसले लेने से मत घबराइए। निर्णय लेते-लेते ही निर्णय लेने की कला आ जाती है और बहुत जल्द ही आपको गलत हुए निर्णयों को भी अपनी सेवा में लगाने की कला आ जाएगी। गलत हुए फैसलों के परिणाम का फायदा भी आप अपनी चतुराई (प्रेझेन्स ऑफ माईंड) से ले पाएँगे। इसलिए जब गलती से कोई गलत फैसला हो भी जाए तो उसके परिणाम का अपनी समझ द्वारा अच्छा उपयोग किया जाए। जो लोग यह कला सीख गए दुनिया उनकी निर्णयक्षमता का लोहा मानेगी है।

जब कोई कहता है कि मुझे निर्णय लेना नहीं आता क्योंकि मुझे अनुभव नहीं है। तब वह यह नहीं जानता कि अनुभव आता है निर्णय लेकर काम करने से। गलत फैसले भी आपको अनुभव ही देते हैं इसलिए गलती करने से मत घबराइए। रोज गलती करें लेकिन नई-नई करें। आज से ही छोटे-छोटे निर्णय लेना शुरू करें। निर्णय चाहे गलत भी हो जाए तो भी फिक्र नहीं क्योंकि गलत निर्णय जो अनुभव देंगे वे सही निर्णय, सही फैसले करने की कला देंगे। परिस्थिति से भविष्य नहीं बनता। भविष्य बनता है आज के निर्णय से। जब आपने निर्णय लेने का निर्णय ले लिया तब कुल मूल उद्देश्य को प्राप्त करने का निर्णय लें। आज ही ठान लें कि हम अपना बचा हुआ जीवन कुल मूल उद्‌देश्य की प्राप्ति में लगाएँगे।

कुल मूल उद्देश्य

हमारे अंदर एक सेंटर है, एक केंद्र (तेजस्थान) है। बिना केंद्र के कोई चीज चलती नहीं है, वह हमारा कुल मूल उद्देश्य (Total aim) है। मजे की बात यह है कि केंद्र सदा स्थिर (फिक्स) होता है, वह हिलता नहीं है। जैसे घड़ी के घूम रहे दोनों काँटे जिस धुरी पर घूम रहे हैं, वह स्थिर है। पृथ्वी घूम रही है सूर्य के चारों तरफ। चाँद धरती के चारों तरफ घूम रहा है। सूर्य महासूर्यों के चारों तरफ घूम रहा है।

पंखा गोल घूम रहा है मगर उसमें भी कुछ स्थिर है। पंखे की डंडी फिक्स है और यदि वह भी घूम रही होती तो छत स्थिर है। अगर छत भी घूम रही होती तो हवा कैसे आएगी? कुछ तो स्थिर चाहिए वरना इंसान किसी काम का नहीं। हमारे अंदर भी ऐसी एक चीज है जो स्थाई है। वहीं पर स्थापित होना इंसान के कुल मूल उद्देश्य का पहला हिस्सा है। अगर हम वहाँ स्थिर हो जाएँ, स्थापित हो जाएँ, वहाँ पहुँच जाएँ, वहाँ से देखना शुरू करें तो पता चलेगा कि परम् आनंद वहीं पर ही है। अस्थाई (टेम्परेरी) जगह पर रुक कर अगर हम आनंद खोजते हैं तो वहाँ आनंद कैसे मिलेगा? क्योंकि टेम्परेरी चीजें थोड़े समय के साथ खत्म हो जाती हैं।

कुल मूल उद्देश्य का महत्व

मछलियों पर एक प्रयोग किया गया था। एक हौज में दीवार खड़ी करके, उसमें पानी भर दिया गया। कूएँ की तरह, सिमेंट और ईंटों के दो हौद बनाए गए। एक चौकोन हौज के बीच में एक खंभा खड़ा कर दिया गया और दूसरे में कुछ नहीं था। अब मछलियाँ घूम रही हैं। यह देखा गया कि जिस हौज में पानी भरा हुआ था और उसमें खंभा था, उन मछलियों की आयु ज्यादा थी और जहाँ खंभा नहीं था, उनका जीवन कम था... तो यह आश्चर्य की बात थी।

ऐसा क्यों हुआ? पहले हौज में जो मछलियाँ घूम रही हैं, वहाँ कोई सेंटर है... उन्हें तो जैसे उद्देश्य ही मिल गया हो कि उस खंभे के चारों तरफ ही घूमना है। उन्हें लगता है कि हमारे लिए बड़ी जगह है हालाँकि उतनी ही जगह थी। दूसरे हौज में बिना उद्देश्य, बिना केंद्र घूमना है। उन मछलियों को पता ही नहीं है कि किसके चारों तरफ घूमना है इसलिए उनकी उम्र कम हो गई।

इस तरह इंसान को भी पता चल जाए कि मेरे अंदर ऐसी क्या चीज है, जो स्थिर है। अगर वह उसके चारों तरफ केंद्रित हो जाए... तो उसे पता चलता है कि वहाँ जो आनंद है, उसे हम हर समय ले सकते हैं, जितना चाहें ले सकते हैं। वहाँ पहुँचना हमारा

परम लक्ष्य है। उस उद्‌देश्य पर स्थापित होना परम कर्तव्य है।

उन्नति, आत्मविकास, तेजविकास

बहुत तरह की उन्नतियाँ प्राप्त होने के बाद भी इंसान को लगता है कि जिंदगी में कुछ अधूरा है और भी कुछ होना चाहिए था। यदि थोड़े साल और मिलते, कुछ और समय होता तो पूरा विकास कर लेते। वह ऐसी क्या कमी महसूस करता है और क्यों? असली उन्नति क्या है? कहीं हम उन्नति के नाम पर गलत चीजों में तो नहीं फँस गए ?

तेजविकास यानी क्या? क्या इसके लिए स्कूल/कॉलेज हैं? बहुत तरह के स्कूल/कालेज हैं, जहाँ बच्चे जाते हैं, पढ़ाई करते हैं, उन्हें अंत में डिग्री मिलती है, उसका उपयोग क्या है, यह आप जानते हैं, उन्हें नौकरी मिलती है। वे उन्नति करते हैं लेकिन तेजविकास अंदर की डिग्री है।

तेजविकास अंदर की डिग्री है

इण्टरमिडिएट या हाईस्कूल के परिणाम के बाद विद्यार्थी यह सोचता है कि अब हम कहाँ जाएँ? कौन से कॉलेज जाएँ? सायन्स में जाएँ कि आर्टस् में जाएँ? कॉमर्स में जाएँ या कम्प्यूटर्स करें...? पता नहीं कहाँ नंबर लगेगा? आगरा में या बरेली में, वहाँ जीवन कैसा होगा? गाँव होगा, हॉस्टेल में रहना पड़ेगा? बहुत भटकना पड़ेगा? मगर अंदर (तेजविकास) की डिग्री के लिए कहीं जाने की जरूरत ही नहीं है क्योंकि वह आपके पास ही है। पास होते हुए भी पता नहीं है और पता है तो ढूँढ़ नहीं पाते क्योंकि हमें यह नहीं पता है कि उसे कैसे ढूँढ़ें, कैसे उसे देखें? और यदि उस डिग्री की प्यास हो तो कोई नौकरी नहीं मिलती बल्कि मिलता है, 'तेज आनंद' ब्राईट हॅपीनेस।

विकास से बाहर की खुशी, तेज विकास से अंदर की खुशी

एक आनंद जो इंसान को बाहर की चीजों से मिलता है। जैसे किसी को दस हजार, पचास हजार या एक लाख की लॉटरी जाए गई तो वह कितना खुश होगा। मगर एक महीने के बाद उससे वापस जाकर पूछें कि 'आपकी लॉटरी लगी थी। आज उतनी ही खुशी है, जितनी पहले थी?' तब वह क्या कहेगा? वह कहेगा, 'वह खुशी तो अब बहुत कम हो चुकी है।' एक विद्यार्थी का रिजल्ट आया हो, उसे ९० प्रतिशत अंक मिले हों। उससे कुछ दिनों बाद पूछें, 'आज भी उतनी ही खुशी है, क्या जितनी पहले हुई थी?' कितनी खुशी है? समय के साथ खुशी कम होती जा रही है। एक महीने के बाद पूछा जाए तो और कम हो गई होगी।

क्या ऐसी कोई खुशी है जो समय के साथ बढ़े, बढ़ती ही जाए? इस तेज विकास

की डिग्री के बाद तेज खुशी मिलती है। यह खुशी सुख-दुःख के परे है, जहाँ एक है, दो नहीं हैं। सुख-दुःख दो हैं, ऊपर-नीचे दो हैं, तुम-मैं दो हैं, यहाँ एक है। क्या ऐसी डिग्री हमारे पास होते हुए भी उसे हम खोज नहीं पा रहे हैं? क्या ऐसा संभव हो सकता है? मेरे पास है तो मुझे क्यों नहीं दिख रही है? खोजी कहेगा, 'क्या बात कर रहे हैं? मेरे पास है, मेरे अंदर ही है और मुझे नहीं मिल रही... ऐसा कैसे हो सकता है?' क्योंकि उस डिग्री के बीच में जो बाधा (एक्झामिनर) है, वह है हमारा तोलू मन। इस मन को नमन करना है। नमन यानी न- मन (नो माईंड)। मन को नमन करने के लिए तीन कदम आवश्यक है। जिसके लिए चाहिए 'समझ' (अंडरस्टैण्डिंग)।

पहला कदम : प्लस मन (प्लस माईंडेड - सकारात्मक विचारक) बनना है

हमेशा आशावादी दृष्टिकोण से कुल मूल उद्‌देश्य की ओर बढ़ना चाहिए। इस यात्रा में कई सारे नकारात्मक, असफलता के विचार आएँगे। हर नकारात्मक विचार को 'लेकिन' शब्द जोड़कर सकारात्मक बनाना है। उदा. जब विचार आए 'मैं दुःखी हूँ' तब इस विचार को तुरंत 'लेकिन' शब्द द्वारा सकारात्मक बनाना है 'मैं दुःखी हूँ... लेकिन मैं यदि चाहूँ तो आनंद का अनुभव अभी और यहीं कर सकता हूँ।' यदि आपके मन में विचार आए कि यह काम मैं नहीं कर सकता तब इस विचार को इस तरह कहें कि यह काम मैं नहीं कर सकता... लेकिन ईश्वर की मदद से यह संभव हो सकता है।

दूसरा कदम : वर्त मन (प्रेजेंट माईंड्ड - वर्तमान विचारक) बनना है

इस कदम में आस-पास में होनेवाली हर आवाज, हर घटना, हर विचार के प्रति हमें सजग रहना है। इस तरह आप अपने बारे में तथा अपने आस-पास के वातावरण के बारे में संवेदनशील बन जाएँगे। आपका भुलक्कड़पन भी दूर हो जाएगा। कौन सी चीज कहाँ रखी है, वह आपको याद रहेगी (आप एबसैन्ट माईंडेड नहीं रहेंगे)। वर्तमान के प्रति सजगता हमारे अंदर उठनेवाले विकार; जैसे कि घृणा, नफरत, क्रोध, अहंकार, तुलना, लालच के प्रति 'समझ' बढ़ाती है। हम अपने आपको ज्यादा बेहतर जानने लगते हैं। हमारे मन से सारे विकार दूर होने लगते हैं। मन शुभ और शुद्ध होने लगता है। मन शुभ विचारों (हॅप्पी थॉटस्) से आनंदित होने लगता है। हर रोज वर्तमान में रहने का प्रयोग, जैसे पुस्तक में बताया गया है, करना चाहिए। आगे चलकर यह प्रयोग मन को न-मन करने के लिए सहायक होगा।

तीसरा कदम : एक मन (सिंगल माईंड्ड - एकाग्रित) बनना है

तीसरे कदम में मन को अपने कुल मूल उद्‌देश्य की ओर एकाग्रित करना है।

उठते-बैठते, सोते-जागते, खाते-पीते, काम करते हुए अपने लक्ष्य को सदा अपने सामने रखना है। जीवन का यह नियम है कि जिस चीज के प्रति हम ग्रहणशील होते हैं, वह हमारे अंदर प्रवेश करती है। जिस चीज पर ध्यान लगाते हैं हम बिलकुल वैसे ही बन जाते हैं। रेडियो को जिस स्टेशन पर ट्यून किया जाता है रेडियो वही धुन पकड़कर प्रसारित (अभिव्यक्त) करता है। हमारा कुल मूल उद्देश्य अपने केंद्र पर स्थापित होना है, जहाँ पर परम आनंद है। इस प्रकार हमसे आनंद की ही अभिव्यक्ति होगी।

ये तीन कदम मन को अंदर ले जाते हैं। मन जब अंदर है तो यह शरीर मंदिर है, मन जब बाहर है तो यह शरीर बंदर है। मन जब नमन होकर अपने केंद्र में समर्पित होता है तब उस केंद्र से आनंद, मौन, प्रेम प्रसारित होता है। मन की इस न-मन अवस्था से ही देश और विश्व में अमन होता है।

विकास यानी साँप को सीढ़ी बनाने का ज्ञान

(निराशा को सीढ़ी बनाओ)

कुछ लोग जीवन में निराश होते हैं और दुःखी हो जाते हैं, 'मैं निराश क्यों हूँ?' पर उन्हें कहा जाए, 'अभिनंदन, बधाई हो', बधाई क्यों? क्योंकि जो लोग निराश होते हैं, वे खोज करते हैं। पता चलेगा कि तनाव (डिप्रेशन) आपको आगे ले जाता है। आप सत्य को जानने की कोशिश करते हैं। क्यों हम दुःखी होते हैं? क्या कारण है? क्या हम विचारों को बदल सकते हैं? क्या हमारे अंदर कोई स्थाई चीज है? हम कहाँ उसे देखें? किस दृष्टिकोण से जीवन को देखें?

तनाव आए तो कभी डरना मत। तनाव पर तनाव आता है, वह गलत है। कुछ लोग- 'मुझे तनाव क्यों आया है, इस की चिंता करते हैं... 'गुस्सा क्यों आया' इस पर उन्हें गुस्सा आता है। क्यों गुस्सा आया, गुस्सा नहीं आना चाहिए... ठीक है गुस्सा आया है तो चलो, आया है मगर गुस्से पर जो गुस्सा होता है वह हानिकारक होता है।

अगर आपने इतनी सी बात समझ ली कि गुस्से पर गुस्सा नहीं करना है बस! डिप्रेशन पर डिप्रेस नहीं होना है। डिप्रेशन आया है तो देखते हैं यह क्या करता है? यह कहाँ तक ले जाता है? और आगे चलकर कहेंगे, 'अरे ! कितना अच्छा हुआ, इस डिप्रेशन की वजह से तो मैं आगे बढ़ा, तेज विकास किया।' जो व्याकुल होते नहीं, वे जिंदगी में कुछ बड़ा काम कर ही नहीं सकते हैं। वे साधारण ही रहते हैं।

साँप को सीढ़ी बनाने की खोज हर जगह शुरू है

एक इंसान जब आध्यात्मिक उन्नति करना चाहता है तो वह मंदिरों में जाता है,

मस्जिदों में जाता है। गुरु द्वारों में जाता है। किसी सत्संग में जाता है या किसी गुरू के पास जाता है। जरा सोचकर देखें, लोग मंदिरों में जाते हैं तो क्या यह प्रार्थना करते हैं कि मुझे सत्य मिले, सच्चाई तुरंत पता चले या फिर इस बात के लिए जाते हैं कि मेरा यह काम हो जाए... मेरा रिजल्ट आनेवाला है... या मेरा यह प्रॉब्लेम है। इंटरव्यू के लिए जा रहा हूँ, वह ठीक हो जाए... बेटा हो जाए... उसकी पीठ का दर्द चला जाए। लोग मंदिरों में जाकर क्या बातें करते हैं? क्या कोई जाकर यह कहता है कि अध्यात्म में उन्नति कैसे हो? यह बताओ?

केवल दस प्रतिशत लोग ऐसे हैं जो मंदिरों में जाते हैं या सत्संग में जाते हैं, उनका उद्देश्य है, कैसे आध्यात्मिक उन्नति हो? वरना सत्संगों में लोग जाते हैं तो महाराज क्या करेंगे? एक आम देंगे? एक सेब देंगे? एक केला देंगे? जिससे हमारी समस्या हल होती है मगर सांसारिक समस्या को ही हल करना है क्या? नहीं, यह अध्यात्म नहीं है।

उन्नति (विकास) शब्द की शक्ति

शुरुआत में जो जंगल के आदिवासी लोग थे, उनके दिमाग में एक शब्द गूँजता रहा उन्नति... उन्नति... उन्नति... ढूँढ़ो... खोजो...। यह शब्द उन्हें बहुत परेशान करता रहा। उन्होंने सोचा शायद कोई उन्नति करनी चाहिए तो उन्होंने भाले बनाए और फिर शिकार करना आसान हो गया। बड़े खुश हुए क्योंकि उन्नति हो गई मगर फिर भी देखा वह शब्द गूँज ही रहा है, छूट नहीं रहा है। वह शब्द तो परेशान ही कर रहा है। फिर पहिए का आविष्कार हुआ। पहिए से हाथगाड़ियाँ बनीं। यहाँ से वहाँ चीजें पहुँचाना आसान हो गया। मशीनें बन गईं, कल-पुर्जे बनने लगे। बहुत सी चीजें बनने लगीं। पहिए के आविष्कार के बाद बहुत सारा बदलाव आया। बहुत सारा विकास हुआ।

मगर बहुत बड़ी उन्नति होने के बाद भी वह विचार गूँज ही रहा है - उन्नति... उन्नति...ढूँढ़ो, तलाश करो - अभी भी परेशानी है। अब क्या ढूँढ़ें? और फिर एक चीज का निर्माण हुआ-सिक्का। सिक्के का जब आविष्कार हुआ तो उन्नति और तीव्रता से बढ़ गई। मगर फिर भी देखा, बहुत पैसा आ जाने के बाद भी वह विचार उन्नति... उन्नति गूँज ही रहा है। इंसान चाँद पर पहुँच गया। उन्नति के शिखर पर पहुँच गया तो भी यह शब्द गूँज ही रहा है। हो सकता है कि कल कोई ऐसा आविष्कार करे कि जैसे साउंड ट्रान्समिट होता है, वैसे वातावरण भी ट्रान्समिट हो। यानी कहीं पर रसोईघर का दृश्य चल रहा है तो वह सुगंध हमारे घर में भी टी.वी. द्वारा आ जाए। अभी तो लगेगा, ऐसा नहीं हो सकता। काश्मीर के दृश्य के साथ वही ठंडक हमें लगनी चाहिए, कितना अच्छा होगा। रेगिस्तान की कैसेट चलाएँ तो गर्मी होती है और हिमालय की कैसेट चलाएँ तो

ठंडक मिलती है...! मगर आज नहीं लगता कि ऐसा कोई टी.वी. बन सकता है। आज जो चीजें असंभव लगती हैं, कल आसान हो जाएँगी।

आज जो चमत्कार लगते हैं, विज्ञान कल उन्हीं चीजों को सामने लाकर रखता है। वही चमत्कार फिर हर घर में होता है। मगर जो सबसे बड़ा चमत्कार होता है, वह जब तक नहीं होता तब तक इस 'उन्नति, विकास' शब्द से छुटकारा नहीं है। भले ऐसी टी.वी. आ जाए, कम्प्यूटर आ जाए, फिर भी उन्नति शब्द बाकी रहनेवाला है। वह आपको नहीं छोड़ता है।

तेज विकास में पहला हथियार है शरीर

जो शरीर हमें मिला है, यह पहली कृपा है। मगर कभी गौर से हमने देखा नहीं - क्या वाकई यह कृपा है? लगता नहीं। इसमें क्या है? सभी को शरीर मिला है। उसमें क्या बड़ी बात है। शरीर में साँस चल रही है यह बड़ी कृपा है। जब बच्चा पैदा होता है तो हर एक इंतजार कर रहा है, कब वह साँस लेना शुरू करे... कितना बड़ा आश्चर्य (मिरॅकल) है यह! और जब बूढ़ा मर रहा है तो लोग इंतजार कर रहे हैं कि कब साँस छोड़े, कब साँस बंद हो। वही चीज खुद-ब-खुद चल रही है, यह एक बड़ा चमत्कार है। कभी गौर करें तो पता चले कि इतना बड़ा चमत्कार इस वक्त भी चल रहा है, अपने आप चल रहा है। एक बड़ा हथियार पहले से ही दिया गया है।

जो मिला है उसके अंदर जाओ

उन आदिवासियों के लिए उन्नति शब्द इसलिए नहीं था कि हथियार बनाओ। उन्नति शब्द था- 'जो हथियार मिला है, उसके अंदर जाओ।' जो चीज मिली है। उसके अंदर जाओ। यह सुनकर शायद कुछ लोग अनुमान लगाएँगे कि हमें संन्यास लेना चाहिए मगर ऐसा कोई नहीं कह रहा है। आपको कुछ भी नहीं करना है, सिर्फ अपने आपमें एक अंडरस्टैण्डिंग (समझ) लानी है। जहाँ हैं वहीं रहें, सिर्फ उसके साथ अंडरस्टैण्डिंग जोड़ दें बस! बाहर की उन्नति तो होने ही वाली है। वह उन्नति तो करेंगे ही, उसे छोड़ने को कोई नहीं कह रहा।

अगर आप ज्ञान के लिए योग्य (पात्र) हो रहे हैं
तो आपका विकास हो रहा है।
अध्यात्म की परिभाषा में विकास यानी पात्र होना,
उच्च चीज के लिए पात्र (तैयार) होना।

भाग ४

अपनी दुनिया का ढाँचा तोड़ें

दुःख का अनुभव आनंद में बदलें, अभी और यहीं

हर पल, हर दिन आपके चारों तरफ घटनाएँ हो रही हैं। उन घटनाओं में या उन घटनाओं के बाद आपको अच्छा महसूस होता है या बुरा महसूस होता है।

हम सब अपने अंदर अच्छी भावना को महसूस करना चाहते हैं। अब प्रश्न यह उठता है कि हर दिन, हर घटना में हम अच्छा कैसे महसूस करें? तो आइए इस पर कुछ काम करें और इस बात पर कुछ प्रकाश डालें जिससे आपकी दुनिया खूबसूरत बन जाएगी, आपका दृष्टिकोण बदल जाएगा।

अपने आपसे सवाल पूछें कि घटना घट जाने के बाद जो आपको अच्छा लगता है या बुरा महसूस होता है, वह कहाँ महसूस होता है? आपके शरीर के अंदर या आपके पड़ोसी के शरीर के अंदर? यदि वह महसूस होना आपके पड़ोसी के शरीर के अंदर है तो आप कुछ नहीं कर सकते। यदि बुरा महसूस होना आपके शरीर के अंदर चल रहा है तो उसका जिम्मेदार कौन? यदि उस भावना को बदलना है तो उसे कौन आकर बदलेगा? भारत के प्रधान मंत्री? या आप खुद?

जब ऊपर दिए गए सवाल आप अपने आपसे पूछेंगे तब इस बात का ज्ञान होगा कि:

१) हर भावना हम अपने शरीर के अंदर महसूस करते हैं।

२) उस अनुभव (भावना) को महसूस करने के ज़िम्मेदार हम खुद हैं न कि यह दुनिया या हमारा पड़ोसी।

३) यदि बुरे अनुभव (फीलिंग्स) को बदलना है तो यह कोई और आकर नहीं करेगा।

४) यदि हम यह सब समझ चुके हैं तो इस वक्त हम कैसा महसूस कर रहे हैं? क्या

वही महसूस कर रहे हैं, जो महसूस करना चाहते हैं या कुछ और?

५) यदि बुरा महसूस कर रहे हैं तो क्या उसे बदलने को तैयार हैं?

६) यदि हाँ तो उसे कब बदलेंगे? अभी और यहीं (Here & Now)।

अनुभव (भावना) को बदलने में समय नहीं लगता। आप चाहें तो बुरे अनुभवों को तुरंत बदल सकते हैं जिससे आपकी दुनिया का ढाँचा ही बदल जाएगा। यदि हम अपने दुःख की भावना का कारण किसी और को समझ बैठे हैं तो यकीन मानें आप कभी भी खुश नहीं हो सकते हैं, कारण हर इंसान का दृष्टिकोण अलग है, हर इंसान का ढाँचा अलग है।

आज के बाद हर वक्त, हर घटना में अपने आपसे यह सवाल पूछें कि इस वक्त मैं कैसा महसूस कर रहा हूँ?' यदि बुरा महसूस कर रहा हूँ तो इसका जिम्मेदार कौन है? कौन इसे बदलेगा? और कब? तब आप देखेंगे कि आप आनंदित महसूस कर रहे हैं और उसके जिम्मेदार भी आप खुद होंगे।

आइए, अब देखें कैसे यह दुनिया का ढाँचा हर एक के अंदर अलग-अलग काम करता है।

विश्व में जितने लोग रहते हैं उतनी ही अलग-अलग दुनियाएँ होती हैं क्योंकि हर इंसान इस दुनिया को अपने दृष्टिकोण से देखता है। हर इंसान का दृष्टिकोण उसके दिमाग में एक ढाँचा (नक्शा) तैयार करता है। यही ढाँचा सुख-दुःख का कारण बनता है। अपनी दुनिया के ढाँचे से हर एक सही है यानी किसी के भी द्वारा जो कहा जा रहा है, वह सही कहा जा रहा है। हर एक अपने जीवन का, अपनी दुनिया का, एक ढाँचा (नक्शा) अपने दिमाग में रखता है और उस आधार पर वह कुछ कहता है और करता है। सामनेवाले को लगता है कि वह गलत कह रहा है, गलत कर रहा है मगर जब अर्थ समझ में आता है कि उसने ऐसा क्यों कहा और किया तब उसकी बात समझ में आती है और गलतफहमी दूर होती है।

जिस चीज की खोज चल रही है, वह पहले से ही आपको प्राप्त है। यह एक मजेदार तथ्य है। क्या आपने कोई ऐसी यात्रा की है जो मंज़िल से शुरू होती हो और मंज़िल पर ही खत्म होती हो? यानी आप अगर शिमला जाना चाहें और शिमला से ही शुरुआत करें। आत्मविकास एक ऐसी यात्रा है, जो मंज़िल से शुरू होती है और मंज़िल पर ही खत्म होती है। यह हमारे तर्क में नहीं बैठता, हमारी बुद्धि में नहीं बैठता क्योंकि यात्रा होती ही है मंज़िल की तरफ। हम मंज़िल से दूर होते हैं इसलिए ही यात्रा करते हैं। इस बात को एक-एक कदम करके समझ लें।

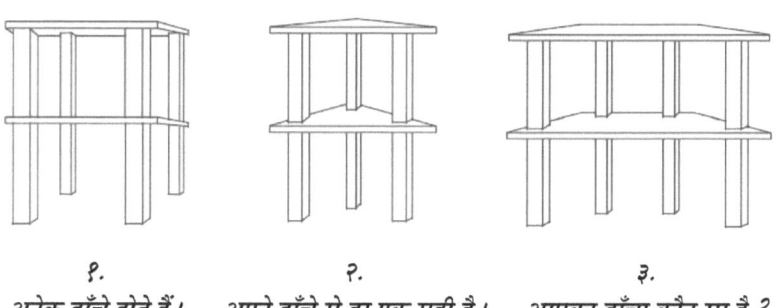

१. अनेक ढाँचे होते हैं।   २. अपने ढाँचे से हर एक सही है।   ३. आपका ढाँचा कौन सा है?

हर एक का ढाँचा अलग-अलग है

अपनी दुनिया के ढाँचे से हर एक सही है

हर इंसान अपना एक अस्तित्व रखता है। अपनी एक दुनिया रखता है। उसकी दुनिया का एक अलग ढाँचा है। उस ढाँचे से वह देखता है मगर हमें उसका वह ढाँचा दिखाई नहीं देता। हमें लगता है कि यह ऐसा क्यों बोल रहा है?... यह इंसान ऐसा क्यों करता है?...यह इतना डरपोक क्यों है? हमें यह नहीं देखना है कि सामनेवाला कैसे गलत है। हमें यह देखना है कि सामनेवाला कैसे सही है और हर एक सही है, फिर कोई भी हो, कोई अपराधी ही क्यों न हो क्योंकि उसकी दुनिया का भी एक ढाँचा (मॉडेल) है। उसकी एक दुनिया है, एक ढाँचा है और उस ढाँचे से वह देख रहा है। इसे उदाहरण से समझेंगे, जिससे लोगों के साथ हमारे संबंध ठीक होने लगेंगे।

उदा. टेरेस पर जब हम शाम को टहलते हैं तो बहुत सारे पक्षी दिखाई देते हैं, बादल होते हैं, सूरज डूबता हुआ दिखाई देता है, बहुत कुछ हम देखते हैं। फिर एक सवाल सामने आता है... कि आसमान में जो पक्षी उड़ रहे हैं, वे नीचे किस तरह देख रहे होंगे? यह आप उनके अंदर जाकर देखें। उन्हें दुनिया किस तरह दिखाई देती है और उनके मन में क्या सवाल उठते होंगे? यदि वहाँ सोचने की शक्ति होती तो वे क्या सोचते? हम इन पक्षियों को देखते हैं तो हम क्या सोच सकते हैं? हम यह सोच सकते हैं कि हम तो आसमान की तरफ देखते हैं, तारे देखते हैं, चाँद देखते हैं और पक्षी अगर इस तरह उड़ते होते कि उनका मुँह आसमान की तरफ होता और वे उड़ रहे होते तो उन्हें भी वैसा ही दिखाई देता, जैसे हम देख रहे होते। हम आसमान को जिस तरह देख रहे हैं, ये पक्षी भी आसमान को उसी तरह देख रहे होते। मगर अभी वे वैसे नहीं देख रहे हैं, जैसे हम देख रहे हैं तो हमने अपने मॉडेल से, अपने ढाँचे से एक पक्षी को देखा। मगर पक्षी क्या सोच रहा होगा? ये लोग बड़ी-बड़ी इमारतें बनाते हैं मगर चलते जमीन पर ही हैं...

उन्हें टेरेस पर चलना चाहिए अगर इमारतें बनाई हैं तो क्यों बनाईं? अब वहाँ से देखेंगे तो उन्हें वैसे ही दिखाई देगा कि ये बिचारे जमीन पर उल्टा टहल रहे हैं अगर बिल्डिंगें बनाईं तो कम से कम टेरेस पर टहलते इतना विकास कर लिया, इतनी तरक्की कर ली तरक्की करने पर भी जमीन पर टहल रहे हैं। उन्हें ऐसा बिल्कुल नहीं करना चाहिए कि डिब्बों (बिल्डिंगों, घरों) के अंदर बंद होकर बैठें। कुछ ही बच्चे कभी-कभी छत पर आ जाते हैं। आसमान को देखना चाहते हैं। समय निकालते हैं और बहुत कम लोग हैं, जो यह करते हैं। यह जो वे पक्षी देख रहे हैं, वे भी सही देख रहे हैं। इंसान पक्षियों के बारे में जो सोच रहा है, वह अपने दृष्टिकोण से सही सोच रहा है।

हमने जीवन को आज तक कैसे देखा है? अपने ढाँचे के हिसाब से देखा है। हम जब तक ढाँचों में देखते रहेंगे तब तक हमें असली सत्य नहीं मिल जाता। आज अगर आप दो लोगों का ढाँचा देखें जो वे दुनिया के बारे में सोचते हैं, वह अलग-अलग होगा। अपनी-अपनी दुनिया है, अपने-अपने सपने हैं। इन सपनों के आधार पर जो दो लोग देख रहे हैं, उन दोनों लोगों की दुनिया की तुलना की जाए तो दोनों बिल्कुल अलग हैं। एक ही ऐसी अवस्था आती है, जब कुछ लोगों के ढाँचे एक जैसे हो जाते हैं क्योंकि पुराने सारे ढाँचे गिर जाते हैं। वे सीमित (लिमिटेड) से असीमित (अनलिमिटेड) बन जाते हैं। ढाँचे का अर्थ ही है 'मर्यादित (लिमिटेड) बनना'- वहाँ एक सीमा (बाऊन्ड्री) आ जाती है। जैसे हमारे शरीर के चारों तरफ बाऊन्ड्री है। एक लिमिटेड जीवन जिया जा रहा है क्योंकि हमारी मान्यताएँ, हमारी धारणाएँ वैसी हैं और हम वैसे ही देख रहे हैं। इस तरह दो लोगों का ढाँचा एक जैसा नहीं है तो वे सोचेंगे कि विकास, उन्नति किस चीज में है? एक इंसान सोच रहा है, 'उन्नति इस-इस बात में है', दूसरा इंसान सोच रहा है, 'उन्नति उस-उस बात में है।' मगर दोनों को जब असलियत मालूम पड़ती है तो पता चलता है कि न यह उन्नति थी, न वह उन्नति थी। पश्चिमी देश में जो लोग उन्नति का अर्थ सोचते हैं या विज्ञान जो उन्नति का अर्थ समझता है वह अलग है। उनके विकास का अर्थ इस प्रकार है:

वैज्ञानिक की परिभाषा

जब इंसान की शुरुआत हुई तो वह बहुत ही अविकसित था। अब विकास हो रहा है या आज जो विकास हो चुका है, वह कितना हो चुका है और आगे कितना विकास होनेवाला है?... ऐसे विकास होते-होते, उच्चतम जो अवस्था है वह है ईश्वर प्राप्ति। 'इंसान विकास करते-करते एक ऐसी अवस्था तक पहुँचेगा, जब वह ईश्वर बन जाएगा।' अगर हम इसे सही मानें तो फिर हमारे सेल्फ रियलाइजेशन की कोई संभावना ही नहीं है क्योंकि जो आगे आनेवाले लोग होंगे, वे ज्यादा विकास की ऊँचाई (लेवल)

पर पहुँचेंगे । वे ही लोग उसका आनंद ले पाएँगे । बाकी जो बीच के समय में आएँगे, उनका पूर्ण विकास नहीं होगा । विज्ञान यह सोचता है ।

आध्यात्मिक परिभाषा

जब आध्यात्मिक दृष्टि से देखते हैं तो वहाँ ठीक उल्टा हो गया, वहाँ कहेंगे कि 'जो शुरुआत है, वह उच्चतम अवस्था है और जो विकास है, वह पतन (गिरना) है । इंसान अपने आपसे दूर जा रहा है । इंसान को लग रहा है कि विकास हो रहा है क्योंकि वह उस (वैज्ञानिक) ढाँचे से देख रहा है । हर एक के देखने का ढाँचा अलग है ।

तेज विकास यानी क्या ?

अध्यात्म के हिसाब से बच्चा अपने मूल अनुभव में होता है । वह हर दुःख-सुख से परे तेज आनंद में रहता है । यह अवस्था विकास की उच्चतम अवस्था है । इसका अर्थ जिस अवस्था को हमें पाना है, वह हम में पहले से ही थी ।

जो शुरुआत की अवस्था है, वह उच्चतम अवस्था है इसलिए कहा गया कि 'शुरुआत ही मंजिल से हो' इंसान जब मंजिल से दूर जाना शुरू करता है तो देखने से उसे ऐसा लगता है कि विकास हो रहा है मगर वह दूर जा रहा है । अगर यह बात समझ में आ जाए तो फिर वह उस अवस्था को फिर से प्राप्त कर सकता है, जो वह खो चुका था ।

यह मजेदार बात है अगर आप इस बात पर सोचें कि इंसान जो खोज कर रहा है, जिस आनंद की खोज कर रहा है, जिस ईश्वर की खोज कर रहा है; वह क्यों कर रहा है? क्योंकि उसे जरूर यह स्वाद मिल चुका है । ईश्वर की प्राप्ति हो चुकी है । अगर आपको स्वाद ही नहीं मिला हो तो आप खोज कैसे करेंगे? किस चीज की करेंगे? यानी कुछ तो पता होना चाहिए, कोई तो संदर्भ (रेफरन्स) हमारे अंदर चाहिए, जिसके आधार पर हम खोज कर रहे हैं । कोई ऐसी अवस्था है, जो हम प्राप्त कर चुके हैं । वह अवस्था प्राप्त होने के बाद हमने यात्रा शुरू की । यात्रा करते-करते एक ऐसा समय आया कि हम परमात्मा से बहुत दूर चले गए । फिर याद आया कि हमें ईश्वर की प्राप्ति करनी है तो यात्रा शुरू हुई उस मंजिल की तरफ (जैसे हम सर्कल में गोल घूमकर वहीं पर आ गए) । इस तरह यात्रा चल रही है यानी उच्चतम अवस्था इंसान प्राप्त कर चुका है । उस उच्चतम अवस्था में स्थापित होने की तैयारी चल रही है और उस उच्चतम अवस्था को ही अध्यात्म में पूजा गया है ।

हर एक की उन्नति का अर्थ अलग है

१. पैसा : एक इंसान कहता है कि पैसा बढ़ना यानी हमारी उन्नति हो रही है । विकास

हो रहा है मगर ईमानदारी से वह अपने आपसे सवाल पूछे तो उसे पता चलता है कि पैसा बहुत आ गया मगर उन्नति नहीं हुई। विकास तो कुछ हुआ नहीं, उल्टा और पीछे चले गए। मंजिल से और दूर हो गए यानी जिसे हम विकास कह रहे थे, वह विकास नहीं था।

२. कुर्सी : कोई कहेगा 'उन्नति यानी कुर्सी प्राप्त करना' पॉलिटिक्स में जाकर कुछ प्राप्त करेंगे, कुर्सी मिल जाएगी तो उन्नति हो गई मगर फिर ईमानदारी से पूछे कि क्या यह उन्नति हुई? उल्टा वह और पीछे चला गया। ये धोखे इंसान को प्रतिपल मिल रहे हैं। उन धोखों के प्रति जागृति तब हो पाएगी, जब हम विकास की सही परिभाषा समझेंगे क्योंकि हर कोई अपनी दुनिया को, अपने ढाँचे से देख रहा है और वहाँ से उसे अपनी दुनिया सही लग रही है। मगर वहाँ से उसकी यात्रा आगे भी बढ़नी चाहिए, जहाँ पर उसे ऊपर दी हुई समझ मिले ताकि यह ढाँचा धीरे-धीरे धराशाई हो जाए। फिर एक ऐसी अवस्था आए, जहाँ पर सभी का एक ही मॉडेल हो। मॉडेललेस मॉडेल हो। जहाँ पर पूरा मॉडेल टूट गया है और सब एक हो गए हैं। तब एक दूसरे को इंसान समझ पाएगा। आज समझना कठिन हो गया है क्योंकि हर एक सोच रहा है कि यह ऐसा क्यों कर रहा है?... पता नहीं... वह वैसा क्यों कर रहा है?... पता नहीं। मगर एक ही ऐसी अवस्था है जहाँ वह समझ पाएगा और यह अवस्था अपने आपको जानने के बाद ही संभव है, उससे पहले नहीं। उससे पहले तो लोगों की बहुत सारी मंजिलें हैं मगर असली मंजिल से दूर हैं।

३. शोहरत : कोई इंसान सोचेगा कि शोहरत मिल जाए तो उन्नति है, वह शोहरत प्राप्त करता है। नए-नए करतब कर विश्व कीर्तिमान बनाना चाहता है।

४. सिद्धि : कोई कहेगा, 'सिद्धि मिल जाए' क्योंकि सिद्धि मिलना उसका लक्ष्य है, उसकी उन्नति है। इसलिए वह सिद्धि प्राप्त करता है। वह ताकत को ही विकास समझता है।

मगर जब देखता है, ईमानदारी से अपने आपसे पूछता है तो वह उन्नति से बहुत दूर है... उन्नति तो वह कर नहीं पाया, उल्टे लक्ष्य से बहुत दूर चला गया। इसलिए लक्ष्य के नज़दीक जाना है। लक्ष्य क्या है, यह समझ में आना चाहिए।

अध्यात्म में पुराने समय से यह कहा गया कि अपने माता-पिता के पैर छूओ। इसका असली कारण क्या होगा? जब एक बच्चा, एक लड़का, एक पुत्र, एक पुत्री, अपने माता-पिता के पैर छूते हैं तो वे उस अवस्था के लिए, उस शुरुआत के लिए कि

उनके शरीर की शुरुआत उनके माता-पिता द्वारा हुई है।

विज्ञान कहेगा, 'जो आगे भविष्य आ रहा है, उसके पाँव छूओ क्योंकि वह उच्चतम अवस्था है।' कम्प्यूटर के आगे सिर झुकाओ और कम्प्यूटर के बाद कुछ और आएगा तो उसके सामने सिर झुकाना होगा मगर अध्यात्म में ऐसा नहीं है। अध्यात्म कहेगा, 'जहाँ से शुरुआत हुई है, वहीं पर सिर झुकाना चाहिए।'

पूर्वजों ने बताया कि माता-पिता के पैर छूने चाहिए क्योंकि वह आपकी शुरुआत है। अगर घर में दादा-दादी, नाना-नानी भी जीवित हैं तो वे उनके (माता-पिता से) पहले हैं उनका आदर पहले हो। यह जो ढाँचा बनाया गया, आज तो वह ढाँचा किसी को पता भी नहीं है कि क्यों पैर छूने होते हैं? असली चीज जब खो जाती है तब सब कर्मकाण्ड या तो बेहोशी में होते हैं या फिर होना ही बंद हो जाते हैं।

बच्चा, माता-पिता के पैर छूता है क्योंकि कुछ समय पहले वह उनके अंदर था यानी उसकी शुरुआत वहाँ से हुई है। उसके बाद उसे अपने शरीर के पैर छूने चाहिए क्योंकि उसके बाद वह अपने शरीर में था। उसके बाद उसे अपने-आप (सेल्फ) के पैर छूने चाहिए क्योंकि वह अपने शरीर के पूर्व से है। गर्भ अवस्था में वह शरीर में था इसलिए जो शरीर था उसके पैर छूने चाहिए।

मगर अपने आपके पैर छूने से अहंकार बढ़ने का खतरा है। इसलिए वह बात नहीं उठाई गई। फिर एक और इंसान का वहाँ आगमन किया गया जो उस अनुभव में है यानी गुरू का महत्व बताया गया।

आपके माता-पिता के आप पैर छूए... वे जिनसे आए, उनके पैर छूए... वे जिनसे आए उनके पैर छूए... तो कहीं एक ऐसी स्थिति आएगी, जहाँ ईश्वर का नाम आएगा क्योंकि शुरुआत तो ईश्वर से ही होगी और पीछे गए तो अंत में बचता है 'ईश्वर'। असलियत में जब माता-पिता के पैर छूते रहे हैं तो ईश्वर के ही पैर छूते रहे हैं।

गुरु को क्यों लाया गया?

इतनी लंबी श्रृंखला को छोटा (शॉर्ट-कट) कैसे किया जाए?... फिर गुरु का महत्त्व आ गया। क्योंकि इतनी लंबी श्रृंखला को पार करना है तो जो गुरु सीधे वहाँ जुड़े हए हैं, उनके पैर छूए जाएँ (गुरु के पैर तेजस्थान पर हैं) या जो अनुभव मेरे अंदर ही है, उसके पैर छूए जाएँ। इस तरह और क्या जिंदा चीज लाई जा सकती है? और क्या व्यवस्था की जा सकती है? जैसे माता-पिता जीवित हैं, दादा-दादी जीवित हैं मगर उनके पहले के जो लोग हैं, वे तो जिंदा नहीं हैं। उनकी तो तस्वीरें लाई जा सकती हैं

और फिर ईश्वर? उसकी भी मूर्ति बनाई जा सकती है। तो इन सबके लिए जो प्रथाएँ बनाई गईं या गुरु को महत्व दिया गया, वह इसलिए कि उसी के द्वारा दूसरा जन्म हो रहा है यानी उस अनुभव को फिर से प्रकट होने का मौका मिल रहा है। हकीकत में उस अनुभव को, उस अवस्था को प्रणाम किया जाता है। जब यह बात समझ में आती है तब अपने माता-पिता के पैर छूएँगे तो यह याद आएगा कि हम उस उच्चतम अवस्था के पैर छू रहे हैं। यह किसी व्यक्ति के लिए नहीं है, उस अवस्था के लिए है। यह समझ आए तो सही ढंग से विकास होने लगता है।

अपनी दुनिया का ढाँचा तोड़ें

वर्तमान में जो चल रहा है, वह सत्य है।जो हो चुका है वह याददाश्त में है। जो होनेवाला है, वह कल्पना में है। सत्य अभी है इसी सत्य से यात्रा शुरू करें तो उसी उच्चतम अवस्था तक पहुँच सकते हैं। उस उच्चतम अवस्था तक पहुँचने के लिए हम सही मायने में देखना शुरू करें। ईमानदारी के साथ अपने साथ बात करें, कपटमुक्त होकर अपने साथ बात करें।

यह पहली शर्त होती है कि इंसान अपने साथ कपटमुक्त होकर बात करे, अपने आपसे छिपाए नहीं। जो है वह बताऐ कि आपकी दुनिया के ढाँचे से यह ऐसा आपको गलत लग रहा है। क्या वाकई वह गलत है? वह ईमानदारी से पूछेगा और फिर जवाब आता है।

एक इंसान कहीं जा रहा है, उसे चारों तरफ लोग दिखाई दे रहे हैं। उसे ऐसा लग रहा है कि वे शैतान के द्वारा भेजे गए लोग हैं। लोग अपनी एक दुनिया लेकर चलते हैं और कहते हैं कि 'मैं रास्ते से जा रहा था, फलाँ इंसान ने मेरी तरफ इस तरह देखा तो जरूर वह मेरे बारे में यह सोच रहा होगा।' अब यह तुम्हारी दुनिया का ढाँचा बता रहा है, वह वैसा नहीं है! इस तरह वह एक कहानी गढ़ता है और उस कहानी के आधार पर जीता है। एक दिन उसे पता चलता है कि एक भी बात सत्य नहीं थी। उसने बचपन से लेकर बुढ़ापे तक जो भी कहानियाँ बनाई, उनमें से एक भी सही नहीं थी। सब कहानियाँ गलत साबित होती हैं। आप सोच रहे थे, वैसा था नहीं... ईमानदारी से यह सोचना होगा।

यह इंसान क्यों डर रहा था? क्योंकि इस इंसान ने यह सोच रखा है कि 'चारों तरफ जो लोग हैं वे असुरी वृत्ति के, राक्षसी वृत्ति के लोग हैं।' अब उसके मॉडेल (ढाँचे) से उसे ऐसे लोग दिखाई दे रहे हैं तो वह डरा-डरा सा जी रहा है और आप बिलकुल निर्भय होकर जी रहे हैं क्योंकि आप जिस (ढाँचे) से देख रहे हैं वह बिलकुल ही अलग है।

इस तरह जब हम देखेंगे, सही ढंग से, कपटमुक्त होकर अपने आपसे बात करेंगे तो अपना विकास शुरू होगा। दूसरों का विकास हम देखें या ना भी देखें मगर हमारा

विकास सही मायने में हो रहा है या नहीं यही देखना है। इसलिए अपने बारे में पूछताछ ईमानदारी से करें।

आत्मविकास में बुद्धि से शुरुआत, अनुभव पर अंत

अनुभव होने से पहले तो बुद्धि से ही जानेंगे। बुद्धि से ही बात पकड़ में आएगी। एक इंसान जिसकी याददाश्त खो गई है, वह खोज करता है 'मैं कौन हूँ।' उसके रिश्तेदार सामने आते हैं तो भी वह पहचान नहीं पाता है। लोग उसे सबूत देते हैं कि देखो, तस्वीरें देखो, उसे तस्वीरें दिखाते हैं। वह तस्वीरें देखता है यानी बुद्धि अभी मान रही है। शादी की तस्वीरें देखता है कि उसकी ही शादी है, वही है, वही शरीर है तो बुद्धि मान गई। जैसे ही आप सुनते हैं कि आप कौन हैं? आप यह शरीर नहीं हैं। यह आपने सुना और फिर जो आपको सबूत दिए जाते हैं, उनसे लगता है कि 'मैं अब संतुष्ट हो गया हूँ। मैं यह नहीं हूँ, यह नहीं हूँ मगर मेरा अनुभव मुझे नहीं बता रहा है, कुछ तो कमी है, अनुभव की कमी है।' तो वह उस अनुभव की खोज करता है।

इस तरह कोई इंसान-जिसकी याददाश्त खो जाती है, वह कैसे खोज करता है? एक दिन फिर उसकी याददाश्त लौट आती है और वह कहता है, 'अब मैं जान गया कि कौन हूँ।' यह तो कहानी में होता है मगर हकीकत में तो जहाँ कहानी खत्म होती है, वहाँ कहानी शुरू होनी चाहिए। अपनी पूछताछ शुरू होनी चाहिए। कहानी में बताया गया कि वह अपने आपको जान गया। लेकिन उसने अपने आपको जाना नहीं, अभी तो शुरुआत होगी। अभी सही मायने में, 'मैं कौन हूँ?' शुरू होना चाहिए और सिर्फ उसके लिए नहीं, उसके सभी घरवालों के लिए भी। सभी लोग पूछना शुरू करें मगर चूँकि सभी उस मान्यता में हैं इसलिए किसी को कुछ महत्व लगता नहीं। सभी को लगता है कि हम मंजिल पर पहुँच गए मगर कोई नहीं पहुँचा।

इस तरह धोखे हो जाते हैं। इन धोखों से बाहर आना है ईमानदारी के साथ, फिर से पूछताछ शुरू होनी चाहिए। जिसमें अनुभव जब यह कहता है कि हाँ, यही मैं हूँ उस अनुभव के लिए काम चल रहा है। तो फिर यह अनुभव प्राप्ति के लिए क्या-क्या करना होगा? सत्य का जो प्यासा है, सत्य का जो प्रेमी है, वह तो एक भी बात छोड़ना नहीं चाहेगा, वह तो कहेगा, 'जो भी चीज मुझे मेरी मंजिल तक पहुँचाती है, मैं करनेवाला हूँ।' वह एक भी चीज छोड़ना नहीं चाहेगा। वह पूरी तरह से तहकीकात करेगा। एक भी सुराग नहीं छोड़ेगा। कुछ सुनेगा और कुछ बातें शुरू हो जाएँगी, कुछ मनन शुरू हो जाएगा क्योंकि मनन शुरू होता है तो बात जल्दी पकड़ में आने लगती है। एक छोटी-सी बात भी सुनकर मनन के द्वारा आप बहुत सारी बातें पकड़ लेते हैं। जो जासूस होता

है उसके गुण आप जानते हैं। तहकीकात करनेवाले का गुण क्या होता है? वह एक बात सुनता है और गहराई से सोचता है। वह यह देखता है कि मैं एक सवाल पूछ रहा हूँ, 'मैं कौन हूँ?' तो क्यों पूछ रहा हूँ?

'मैं कौन हूँ?' यह सवाल इंसान के मन में उठना, क्या दर्शाता है? वह शरीर नहीं है। अगर वह शरीर ही होता तो क्या यह सवाल उठता? अगर आप सचमुच शरीर ही होते तो क्या यह सवाल उठता? सवाल उठा है इसका अर्थ है, आप शरीर नहीं हैं।

अपनी जासूसी करें। दूसरों की बहुत कर ली। पड़ोसी को अब छोड़ें। वह क्या कर रहा है, क्या नहीं कर रहा है, उसे क्या करना चाहिए, क्या नहीं करना चाहिए... उसे अब छोड़ो। अब डाऊटर पर डाऊट (शंका) शुरू हो जाए। मन (डाऊटर) आता है कि यह कैसे होगा? वह कैसे होगा? ऐसे कैसे सुनने से कुछ मिलनेवाला है? सुनने से कभी साक्षात्कार हुआ है क्या? तो यह जो डाऊटर है, उस पर डाऊट लाना शुरू करें कि यह कौन पूछ रहा है? इस तरह तेज श्रद्धा का निर्माण होता है। यह अवस्था धीरे-धीरे आती है क्योंकि सभी संदेहों से निकलना होगा और मौन अवस्था तक पहुँचना होगा। शंका करनेवाले पर शंका शुरू हो जाए। ईमानदारी से जब अपने साथ बात करेंगे तो यह हो सकता है वरना नहीं।

यह सवाल उठा है, 'मैं कौन हूँ?' अगर आप शरीर होते तो यह सवाल नहीं पूछते। लाल रंग लाल होता है? क्यों होता है? ऐसे सवाल आप पूछते ही नहीं हैं क्योंकि लाल रंग लाल है। सफेद रंग सफेद ही है। तो यह सवाल क्यों उठ रहा है कि मैं कौन हूँ? इसका सीधा अर्थ यह है कि जो आप मानकर बैठे हैं, वह आप नहीं हैं। यह तैयारी होने के बाद आप पहला सत्य सुनने के लिए तैयार होते हैं।

मूल गलती

अब तक आपने बहुत सारी गलतियाँ कीं और गलतियों पर गलतियाँ करते गए। कारण पहली गलती हो गई तो दूसरी गलती आसानी से होती है। जैसे एक झूठ बोलते हैं तो दूसरा झूठ बोलना ही पड़ता है, फिर तीसरा झूठ भी बोलना पड़ता है। मूल गलती होने की वजह से सिर्फ गलतियाँ ही गलतियाँ शुरू हो जाती हैं। अगर जीवन में आपको एक करोड़ काम करने हैं और साठ साल किसी की उम्र हो तो बीस साल तो वह सोने में ही बिता देता है। बाकी जो चालीस साल में उसे एक करोड़ काम करने हैं तो एक करोड़ गलतियाँ करने का हक है। वाणी से, भाव से, शरीर से एक करोड़ काम करने हैं तो आपको एक करोड़ गलतियाँ करने की इज़ाज़त है मगर क्या इंसान केवल एक करोड़ गलतियाँ करता है? कम से कम दो सौ करोड़ करता है। पाँच सौ करोड़ के ऊपर जाता

है क्योंकि पहली गलती होने के बाद, बहुत सारी गलतियाँ होने लगती हैं। वह सोचता है कि 'मैंने पिछले जन्मों में कुछ कर्म किए हैं, इस वजह से यह हालत हो गई है। अब उन कर्मों का निपटारा कैसे किया जाए?' जिसने पहली गलती यह की कि 'ये कर्म मैंने किए।' अब वह उसे काटने की गलती कर रहा है।

पहली गलती पकड़ में नहीं आई तो अब दूसरी गलती यह होगी कि 'अब मैं इसे कैसे काटूँ?' अब उसका हमेशा हिसाब-किताब चल रहा है, 'सामनेवाले ने मुझे ऐसे कहा तो मैने उसे ऐसा कहा, सही किया कि गलत किया? थोड़ा मैंने गुस्सा कर लिया, सही किया कि गलत किया? इससे कौन सा कर्म कटा? कौन सा कर्म बना? यह तो बढ़ गया, यह तो कट गया...' बहुत हिसाब-किताब चलता है। इस तरह इंसान बहुत बड़े कर्मों का बोझ लेकर घूम रहा है क्योंकि यह पहली गलती हो गई। अब पहली गलती के होने मात्र से बाकी गलतियों का न टूटनेवाला सिलसिला शुरू हो जाता है।

आप जो हैं, वह बनकर कार्य करें तो सब पुण्य है

मूल में अगर सुधार हो जाए, शुरुआत में ही अगर सुधार हो जाए तो देखेंगे कि बाकी गलतियाँ होना बंद हो जाती हैं। उन्हें कहा जाता है कि तुम अपने तेजस्थान (सेंटर) पर जाओ, तुम जो हो, वह होकर गलती करो... तो चलेगा...! यह सुनकर झटका लगता है कि 'गलती कैसे करें?' क्योंकि वह यह नहीं जानता कि सेंटर से (केंद्र पर रहकर) गलती होती ही नहीं है। अपने मूल पर रहकर यानी जो आप हैं वहाँ रहकर जब आप देखेंगे तो जो भी क्रियाएँ होंगी, वे सही ही होंगी।

यही पाप और पुण्य की परिभाषा है। जब आप अपने आप में रहकर (अपने आपको जानकर) क्रिया करते हैं तो वह पुण्य ही है। फिर बाहर से वह क्रिया भले ही कैसी भी दिखाई दे। जब अपने आपमें नहीं हैं और जो भी क्रिया कर रहे हैं... किसी के पैर भी दबा रहे हैं... तो वह पाप है क्योंकि जो आप नहीं हैं, वह बनकर जो कर रहे हैं तो मूल गलती होने की वजह से गलतियाँ ही गलतियाँ करते चले आ रहे हैं।

इसलिए यहाँ पर पहला काम यह किया जाता है, आपको आपके केंद्र तक ले जाया जाता है कि यह मूल बात हो जाए। आप जो हैं, वह बनकर जीएँ। उसके बाद फिर ऐसे सवाल नहीं आएँगे कि मैं ऐसा करूँ... ऐसा न करूँ... क्योंकि यह लंबी लिस्ट है कि ऐसा हो, ऐसा न हो। पाप की भाषा एक स्थान से दूसरे स्थान पर जाएँ तो बदल जाती है। जैसे यहाँ कोई कहेगा कि शराब पीना गलत है तो विदेश (ठंढे मुल्क) में यह गलत नहीं। यहाँ कहेगा हत्या करना गलत है और बॉर्डर पर कोई हत्या कर रहा है तो वहाँ परिभाषा बदल गई। वहाँ वह हत्यारा नहीं, देश भक्त कहलाता है और जिसकी

हत्या कर दी गई वह उसके देश में शहीद कहलाता है, दोनों खुश हैं।

असली स्वास्थ्य कैसे प्राप्त करें

'मैं' की बीमारी हटाना ही स्वस्थ बनना है। स्वस्थ होना नहीं पड़ता है, वह हमारी अवस्था है। एक खोजी, सत्य का प्रेमी देखता है कि 'किस बात से मैं उस स्वास्थ्य तक पहुँचूं। कौन सी छोटी-छोटी बातें मैं करना शुरू कर दूं।' वह अपने आपसे पूछेगा कि 'क्या करना चाहिए?' कोई उसे बताएगा कि 'श्रवण बंद न हो' तो वह कहेगा, 'ठीक है, श्रवण बंद नहीं होगा।' वह हर बार उपस्थित रहेगा, उसकी उपासना जारी रहेगी। उपासना का अर्थ उपस्थित होना। फिर वह कहेगा कि 'मैं उपस्थित हूं तो अब ऐसी और कौन सी बातें हैं, जिन्हें मैं करूँ?'

आप ही सोचें कि जब आप बीमार होते हैं तो आप स्वस्थ होना चाहते हैं, जल्दी तंदुरुस्त होना चाहते हैं तो आप दूसरों से पूछेंगे कि 'मुझे जल्दी स्वस्थ होना है तो क्या करना चाहिए?' आपको बताया जाएगा कि फलाँ-फलाँ विटामिन खाना चाहिए... आप तुरंत ले आएँगे और खाना शुरू कर देंगे। फिर आप पूछेंगे कि 'और अधिक क्या करूँ?' कोई सलाह देगा कि 'हाँ! अगर आप मॉर्निंग वॉक करेंगे तो और अच्छा होगा।' अब आप मॉर्निंग वॉक शुरू कर देते हैं। आगे और भी पूछते हैं कि 'कुछ और भी है तो वह भी बता दो।' 'हाँ, हाँ इस तरह का खाना, तरकारी खानी चाहिए।' 'अच्छा! वह भी मैं आज से खानेवाला हूँ। इसके अलावा और कुछ है क्या?' 'हाँ, अगर अपने मन को सूचनाएँ देंगे, सजेशन्स देंगे कि मैं स्वास्थ्य प्राप्त कर रहा हूँ... day by day in every way I am getting better and better. Day by day in every way my M.S.Y. (body) is getting better and better'... तो जल्दी स्वास्थ्य प्राप्त होगा।' यह सुनकर आप अपने आपको आत्मसूचनाएँ देने लगेंगे ताकि आप जल्दी स्वास्थ्य प्राप्त करें।

अपने मनोशरीरी यंत्र का अगर उदाहरण बताऊँ तो एक समय था जब जो सजेशन्स दिए जाते थे, अपने शरीर को तो वे इस तरह होते थे कि आइ एम हेल्थ क्योंकि 'आइ एम' के साथ जो भी जोड़ा, वह हो जाता है। आप कहते हैं, 'मैं लड़का हूँ, मैं लड़की हूँ, मैं हिंदू हूँ' तो आप मर्यादित (सीमित) हो ही जाते हैं यानी 'मैं' के साथ जो भी जोड़ते जाते हैं वह हो ही जाते हैं। एक समय था, जब असली ज्ञान नहीं था मगर बेहोशी में ही बहुत सारे सत्य बोले जाते थे। उस वक्त यह भी एक पंक्ति दोहराई जाती थी कि 'ईश्वर बीमार नहीं हो सकता तो मैं भी नहीं हो सकता' और ये पंक्तियाँ इसलिए असर करती थीं क्योंकि सत्य में शक्ति है।

सत्य आत्मविश्वास की शक्ति

जब सत्य दोहराया जाता है तो उसका असर तुरंत ही शुरू होता है क्योंकि यह सुनकर ही आपके अंदर तरंग पैदा होती है। कोई बीमार जब इस तरह की पंक्ति कहता है कि ईश्वर बीमार नहीं हो सकता तो उसका विश्वास वह परिणाम लाना शुरू करता है। पृथ्वी पर जो भी चमत्कार होते हैं, वह हमारे विश्वास की शक्ति के आधार पर होते हैं। हम जैसा विश्वास रखते हैं, वैसे सबूत हमें मिलते हैं। इसलिए आज से ही आत्मविश्वास बढ़ाएँ, सकारात्मक विचारों पर विश्वास रखें। रास्ते से गुजरती बिल्ली, आकाश में चमकती बिजली, नक्षत्रों के टोकने, पिल्लों के भौंकने से नहीं डरें। विश्वास करें, आप सब महान कार्य पूरे करने के लिए पैदा हुए हैं।

आपने जब सुना कि माया से हमें मुक्त करो, ऐसी प्रार्थनाएँ अपने आपमें ले जाने में मदद करेंगी तो क्यों न हम ऐसी प्रार्थनाएँ ही करें तो वह होने लगेंगी। जब आप सुनते हैं कि मनन करने से जल्दी अपने आपको जानेंगे तो मनन शुरू हो जाएगा। जब सुनेंगे कि सत्य साहित्य पठन करने से लाभ हो सकता है तो पठन करेंगे। सत्य का प्रेमी तो पूछेगा ही और क्या छोटी-छोटी बातें हैं जो मैं करूँ? यदि वह सत्य का प्रेमी है तो वह रुकेगा नहीं। वह मिलना चाहता है उस अनुभव से, जिसकी खोज हमेशा से चल ही रही है। उससे जब कहा जाता है कि सेवा से जुड़ोगे तो सेवा से सेवक की मौत होगी तो वह सेवा से जुड़ेगा। आश्चर्य भाव, प्रार्थना या धन्यवाद का भाव आपको सत्य की तरफ जल्दी ले जाता है इसलिए आप उस भाव में डूबने लगेंगे। इस तरह वह जो सुनता है, वह उसके शरीर के साथ शुरू हो जाता है।

ये सब बातें जानकर हम अपनी दुनिया का ढाँचा तोड़ें और हम जो अनुभव महसूस करना चाहते हैं, वह करें। हर दिन, हर घटना के बाद अपने आपसे नीचे दिए हुए सवाल पूछें :

१. इस वक्त मैं कैसा अनुभव कर रहा हूँ?
- बुरा

२. यह अनुभव मैं कहाँ पर महसूस कर रहा हूँ?
- अपने शरीर के अंदर

३. इस अनुभव को महसूस करने का जिम्मेदार कौन है?
- मैं खुद (न कि घटना)

४. क्या इस अनुभव को यदि मैं चाहूँ तो बदल सकता हूँ?
- हाँ

५. क्या इस अनुभव को मैं अभी बदल सकता हूँ?
- हाँ

        फिर मैं किस चीज़ का इंतजार कर रहा हूँ?

भाग ५

तेज विकास का पूर्ण रास्ता

बारह कदम, बारह अवस्थाएं

तेज विकास का रास्ता, बारह कदमों का रास्ता है। इस रास्ते में मन की अलग-अलग बारह अवस्थाओं का सामना करना पड़ता है। यह मन कभी बहुत सवाल पूछता है या कभी ज्ञानी बनकर जवाब देता है। कभी डरावनी कल्पना करके परेशान होता है तो कभी समझ का आनंद लेता है। तेजविकास के यात्री को बिना अनुमान लगाए, मन के जाल में न फँसते हुए, आगे बढ़ना चाहिए और अपनी मंजिल पर पहुँचकर कुल (total) मूल उद्देश्य पूरा करना चाहिए।

यह क्या है? (What?) ... Step 1 of 12

बच्चा जब पैदा होता है और थोड़ा बड़ा होने लगता है तो उसका सबसे पहला सवाल होता है - 'क्या?' (व्हॉट What?)... व्हॉट इज दिस ॲण्ड व्हॉट इज दैट? यह क्या है?... वह क्या है?

भाषा सीखते ही उसके मन में एक ही सवाल सबसे ज्यादा होता है कि यह क्या है?... वह क्या है? उसकी शुरुआत 'व्हॉट?' से होती है। वह हर चीज को जानना चाहता है और उस चीज को नाम देना चाहता है।

यह कैसे काम करता है? (How?) Step 2 of 12

तेजविकास के पहले कदम में बच्चे को काफी सारे शब्द पता चलते हैं तो वह व्हॉट को छोड़ देता है। फिर वह दूसरे कदम में पूछता है -'कैसे ?(हाउ How?)... यह कैसे काम करता है?... वह कैसे काम करता है? हर एक से वह पूछता रहता है कि यह चीज कैसे काम करती है?... वह खिलौना कैसे चलता है? माँ-बाप डाटेंगे, टेपरिकॉर्डर को हाथ मत लगाओ... ये मत करो... वो मत करो। मगर वह पूछेगा, 'यह कैसे काम करता है?... हाउ ?... हाउ? कैसे उसे सब मालूम पड़ गया।' आजकल के बच्चों बहुत

पहले ही सब मालूम है। उनके हाथों में मोबाईल दें तो वे भी चलाकर दिखाएँगे... कम्प्युटर दें तो वह भी चलाकर दिखाएँगे। हाउ के बारे में उन्हें जल्दी जानकारी मिल जाती है।

यह ऐसा क्यों है? (Why?) Step 3 of 12

तीसरे कदम में बहुत ही महत्त्वपूर्ण जंक्शन आता है- 'क्यों' (व्हाय थहू)। यह माता-पिता के लिए खतरनाक स्टेज है। 'व्हाय ?'... यह ऐसा क्यों है?... वह वैसा क्यों है? माता-पिता ऐसे सवाल सुनकर, जिनका जवाब उन्हें नहीं आता, परेशान हो जाते हैं। आप बताएँगे, 'फलाँ-फलाँ मर गया।' वह पूछेगा, 'क्यों?... क्यों मर गया? बीमारी से मरा। यह हम जानते हैं, मगर क्यों मरा? व्हाय?' ऐसे सवालों के जवाब देना लोगों के लिए मुश्किल हो जाता है। वे उस बच्चे से कहते हैं, 'हमेशा व्हाय-व्हाय क्यों पूछते हो? क्यों... क्यों, क्यों पूछते हो?' तो वह कहेगा, 'क्यों नहीं पूछूँ?' वह उस पर भी 'व्हाय?' पूछेगा, 'व्हाय नॉट' क्योंकि इस स्टेज पर उसे 'व्हाय?' ज्यादा मजेदार लगता है।

मुझे सब मालूम है (I Know) Step 4 of 12

'क्यों ?(व्हाय ?)' को जब दबा दिया जाता है तो फिर अगला कदम आ जाता है, 'मुझे मालूम है (I Know)।' अब 'व्हाय' का भी जवाब मिल गया। सब मालूम पड़ गया... सारे रेडीमेड जवाब, के.जी. के जवाब उसे मिल चुके हैं। यह क्यों होता है?... वह क्यों होता है?... सब मालूम पड़ गया - 'आय नो।' यहाँ पर वह अपने आपको ज्ञानी समझने लगता है।

मुझे पता नहीं है (I don't know) Step 5 of 12

इस कदम में नई बात सामने आती है। वह कोई लेक्चर सुनता है, कोई प्रवचन सुनता है तो ज्ञान का नया दृष्टिकोण सुनकर उसके मन में एक सवाल या विचार आता है यह तो मुझे पता नहीं (I don't know) ...अरे! मुझे लगा था कि सब मालूम है मगर मुझे नहीं मालूम... आय डोन्ट नो। 'आय डोन्ट नो' में इतना तो मालूम हुआ कि 'मुझे नहीं मालूम।' यह कदम बड़ा शुभ है, जहाँ पर अपने अज्ञान का ज्ञान होता है। अज्ञान का ज्ञान पहला ज्ञान है।

मैं बालमंदिर में हूँ (I am in K.G.) Step 6 of 12

फिर आता है छठा कदम। ज्ञान प्राप्ति में वह कई सारे जवाब सीखता है - कर्म और भाग्य के बारे में, स्वर्ग और नरक के बारे में, बंधन और मुक्ति के बारे में। सारे जवाबों को इकट्ठा करके भी वह असंतुष्टि महसूस करता है। उसे अंतिम जवाब पाने

की शुभेच्छा जागृत होती है। वह यह जानने लगता है कि अब तक जो भी जवाब मिले थे, वे जनरल नॉलेज (G.K.) के थे या के.जी. (K.G.) के थे। यहाँ पर उसे इस बात का ज्ञान होता है कि 'मैं बालमंदिर में हूँ (I am in K.G.)।' इस कदम के आते ही थोड़ा ज्ञान और बढ़ता है। 'आय डोन्ट नो' में इतना तो मालूम हुआ कि मुझे नहीं मालूम। एक कदम आगे बढ़ा तो यह पता चला कि वह के.जी. में है। जो भी जवाब वह सुनकर बैठा है, वे के.जी. के हिसाब से सही हैं लेकिन अंतिम जवाब कुछ और ही है।

मैं जानना चाहता हूँ (I want to know)   Step 7 of 12

इस कदम में यह इच्छा जागृत होती है 'मैं जानना चाहता हूँ' (I want to know। 'अब मैं जानना चाहता हूँ कि असलियत क्या है?' सातवें कदम में वह खोजी बनता है। उसकी सत्य जानने की प्यास जाग जाती है। उसके अंदर शुभेच्छा (हॅपी थॉट्स) का जन्म होता है। 'आय मे नॉट नो या आय डोन्ट नो' से आगे 'आय मस्ट नो... मुझे जरूर जानना है' यह अवस्था आती है।

मुझे ज्ञान है (I have the knowledge)   Step 8 of 12

'मुझे ज्ञान है' (I have the knowledge)। इस कदम पर बुद्धि से वह सब जान गया। जब पूछा गया कि ईश्वर आराम में कैसा था और ऐक्शन में आया तो क्या हुआ? अब वह बता सकता है, कब क्या हुआ। विकास के इस चरण पर खोजी बुद्धि से सत्य जानने लगता है और ज्ञान होने का आनंद लेने लगता है।

मैं ज्ञान हूँ (I am the knowledge)   Step 9 of 12

इस कदम में वह कहता है, 'मैं ज्ञान हूँ (I am the knowledge)।' अब बुद्धि से वह आगे बढ़ा है, 'मुझे ज्ञान है, मैं ज्ञान हूँ' क्योंकि ज्ञान जानने के लिए कोई दूसरा इंसान नहीं आएगा। अनुभव जानने के लिए कोई व्यक्ति नहीं होगा। अनुभव, अनुभव के द्वारा ही, अनुभव में, अनुभव किया जाता है। इसलिए विकास के इस चरण में ज्ञानी और ज्ञान दो नहीं रहते।

'मैं हूँ' है ज्ञान ('I am' is the knowledge)   Step 10 of 12

दसवें कदम में वह इससे भी आगे बढ़ता है, 'मैं हूँ है ज्ञान ('I am' is the knowledge)।' यहाँ पर 'मैं ज्ञान हूँ' की जगह पर 'मैं हूँ' का एहसास तेजज्ञान बन जाता है। 'मैं हूँ' के साथ 'है' (इज) शब्द आ जाता है। 'मैं हूँ' के एहसास के साथ ज्ञान पूर्ण होता है।

'हूँ' है ('Am' is)   Step 11 of 12

दसवें कदम के बाद इस कदम में 'मैं' (आय) भी निकल जाता है। ग्यारहवें कदम में ज्ञान (नॉलेज) भी निकल जाता है और बचता है, 'हूँ' ('एम')... 'एम' नेस और 'इज' नेस... 'बिइंग' नेस – सिर्फ होना मात्र – उपस्थिति, उपासना।

तेज मौन (Bright Silence)   Step 12 of 12

इस कदम में कोई शब्द नहीं है, सिर्फ मौन है – तेज मौन है। बारहवें कदम के बाद मौन के बाद की अभिव्यक्ति होती है। सभी कदमों के बाद ही हकीकत में असली जीवन, महाजीवन शुरू होता है।

१२ अवस्थाएँ

हर इंसान के जीवन में सुख-दुःख, मान-अपमान, जीवन-मृत्यु की सारी अवस्थाएँ आती हैं। इन अवस्थाओं में दो तरह की मुख्य अवस्थाएँ होती हैं :

१.   शरीर व मन की अवस्था (बाहर की अवस्था)   State 1 of 12

२.   सेल्फ की अवस्था (अंदर की अवस्था)   State 2 of 12

जब ज्ञान के मार्ग पर चलेंगे तो एक अवस्था आती है, जहाँ पर कर्म होता है और फल की इच्छा नहीं होती है। यह एक अवस्था का नाम है। लोगों ने समझा कि यह करना है। यह रास्ता है कि कर्म करो और फल की इच्छा मत रखो तो कुछ मिलेगा। यह गलती हो गई है तो क्या वह अवस्था आपको प्राप्त हुई है? एक कर्म हो रहा है और फल की इच्छा नहीं हो रही है और अगर फल आ भी गया तो उसे रोक भी नहीं रहे हैं मगर फल की इच्छा नहीं है... क्यों? क्योंकि फल मिल चुका है! इसलिए अभी कर्म बचा है और कोई साधारण फल नहीं बल्कि महाफल। फल मिल चुका है और अब सिर्फ कर्म हो रहा है। जिसने यह बताया, उसने ऐसी अवस्था का बयान किया। गुरुनानक के शरीर में कुछ हुआ, कबीर के शरीर में कुछ हुआ तो उन्होंने सिर्फ अवस्था बयान की कि ऐसी-ऐसी यह अवस्था है मगर सुननेवाला क्या सोचेगा? वह सोचता है कि मुझे मौन में जाना होगा तो ही मुझे कुछ होगा। अब प्रयास शुरू होते हैं। बहुत से प्रयास लगातार किए जाते हैं कि बस मौन स्थाई हो जाए। लेकिन मौन होने पर वह अवस्था घटित नहीं होती बल्कि उस अवस्था की उपस्थिति में मौन ही बचता है।

एक और अवस्था बताई गई कि ऐसे भक्ति होती है... ऐसे भजन निकलते हैं। सुननेवाला सोचेगा कि ऐसा है तो मैं भी भजन गाऊँ या जो गाए जा रहे हैं, उन भजनों

को लिखकर रखूँ। वह याद करेगा और गुनगुनाएगा मगर वह अवस्था नहीं है। यह ऐसी अवस्था है कि कुछ हुआ है, जिसकी वजह से भजन निकल रहे हैं। उसमें कुछ पाने जैसा नहीं है, वह अपने आपमें ही पूर्ण है - भजन निकला और बात खत्म।

ध्यान की अवस्था का वर्णन किया गया और लोगों ने सोचा कि हमें ध्यान करना चाहिए। जब ध्यान, ध्यान पर लौटा और ध्यान, स्व-ध्यान बना तो एक अवस्था का जिक्र किया गया। मगर लोगों ने सोचा कि हमें भी ध्यान करना चाहिए।

किसी ने गुरुनानक से कहा था, 'तुम कहते हो कि हिंदू और मुसलमान एक हैं तो हमारी मस्जिद में चलकर नमाज पढ़ोगे क्या?' तब गुरुनानक ने कहा, 'तुम पढ़ोगे तो मैं भी पढ़ूँगा।' तो उस इंसान ने कहा, 'अरे! हम क्यों नहीं पढ़ेंगे! हम तो पढ़ते ही हैं।' गुरुनानक ने कहा, 'पक्का बताओ कि तुम पढ़ोगे क्या? तो हम पढ़ेंगे।' उस इंसान ने कहा, 'हाँ, हम पढ़ेंगे।' मौन नमाज चल रही थी और गुरुनानक चुप-चाप बैठे थे, उन्होंने कुछ नहीं किया। जब झुकना था तब झुके नहीं... जब कुछ बोलना था तब बोले नहीं। जब नमाज पूरी हुई तो उस इंसान ने गुरुनानक से कहा, 'तुमने तो नमाज नहीं पढ़ी।' गुरुनानक ने कहा, 'मैंने कहा था कि तुम पढ़ोगे तो ही मैं पढ़ूँगा।' तो उस इंसान ने कहा, 'हमने तो पढ़ी।' गुरुनानक ने कहा, 'कहाँ पढ़ी! पूछो अपने मौलवी से कि जब वह नमाज पढ़ रहा था तो उसके घर में जो घोड़ी है, उसके बच्चों के बारे में वह सोच रहा था या नहीं कि उसे कैसे बेचें?' तब उस मौलवी को झटका लगा कि इसे कैसे पता चला?

इस तरह बाहर से लगता है कि दो लोग आँखें बंद करके बैठे हैं मगर अंदर की अवस्था क्या है? बाहर से दो लोग हँस रहे हैं मगर एक हँस रहा है क्योंकि उसे कुछ समझ में आ रहा है और दूसरा मजबूरी में हँस रहा है। नहीं हँसूँगा तो परदेसी लगूँगा। यह बाहर की अवस्था है। अंदर की अवस्था में दो मूल अवस्थाएँ होती हैः

सेल्फ की अवस्था (अंदर की अवस्था)

१.सेल्फ अॅट रेस्ट (ईश्वर- आराम की अवस्था में) State 3 of 12

२.सेल्फ इन अॅक्शन (ईश्वर-अपनी अभिव्यक्ति में) State 4 of 12

एक अवस्था है- 'सेल्फ अॅट रेस्ट' यानी ईश्वर की निराकार अवस्था। जब संसार नहीं बना था, जब वह अनुभव अकेला था- शिव, ब्रह्मा, नारायण इत्यादि और दूसरी अवस्था है- 'सेल्फ इन अॅक्शन' यानी ईश्वर की साकार अवस्था। जब संसार की रचना हो चुकी थी- ईश्वर की क्रियामयी अवस्था (लक्ष्मी, पार्वती, सरस्वती, शक्ति इत्यादि)

। 'सेल्फ इन ॲक्शन' में दो और अवस्थाएँ आती हैं।

सेल्फ इन ॲक्शन (ईश्वर–अपनी अभिव्यक्ति में)

१. **आय**डेंटिफाईड–चिपकाव (जब ईश्वर शरीर को मैं मान रहा था–शरीर से चिपकाव)

State 5 of 12

२. डिसआयडेंटिफाईड – अलगाव (आत्मसाक्षात्कार–शरीर से अलगाव)

State 6 of 12

अनुभव जब शरीरों के साथ जुड़ा हुआ है तो 'सेल्फ इन ॲक्शन' कहलाता है। अनुभव ॲक्शन (क्रिया) में आ चुका है क्योंकि ॲक्शन में आकर ही वह अपना अनुभव कर सकता है, स्वसाक्षी हो सकता है। जब सेल्फ, ॲट रेस्ट है तो किसी अनुभव की जरूरत नहीं है इसलिए आपसे यह कहा गया है कि आपको 'तेज अज्ञानी (सेल्फ ॲट रेस्ट)' बनना है। मूल अवस्था तेज अज्ञान की है। पहले भी इंसान अज्ञानी होता है और बाद में भी अज्ञानी होता है मगर फर्क है, इसमें वह तेज अज्ञान से, तेज ज्ञान की तरफ आ जाता है। शरीर के साथ आयडेंटिफाईड हुआ तो ज्ञान से अज्ञान की यात्रा शुरू हो गई। वह शरीर के साथ जुड़कर व्यक्ति बना, पहली अवस्था और दूसरी अवस्था में वह शरीर से अलग हुआ। जब शरीर के साथ जुड़ा (आयडेंटिफाईड) तब और चार अवस्थाएँ शुरू होती हैं।

आयडेंटिफाईड सेल्फ की चार अवस्थाएँ :

१. **शरीर से जुड़कर, व्यक्ति बनकर, दुःखी होना (उलझन)** State 7 of 12

सेल्फ शरीर के साथ जुड़ा है, व्यक्ति बना है और बहुत दुःखी है। यह उसका खेल है। उसके दृष्टिकोण से देखेंगे तो कुछ बुरा नहीं हो रहा है। इस अवस्था में वह बहुत दुःखी है और दुःखी होकर वह अपने आपको और अधिक उलझा रहा है। ऐसे लोग आपको जीवन में मिलेंगे जो दुःखी हैं और दूसरों को भी दुःख पहुँचाने का पूरा प्रयत्न कर रहे हैं। उनके सुलझने की संभावना बहुत कम है क्योंकि वे उलझन के मार्ग पर निकल चुके हैं। बहुत कम लोग ऐसे होते हैं, अंगुलीमाल जैसे या रत्नाकर जैसे, जो बुद्ध, नारद के संपर्क में आते हैं। जिनमें एक बहुत बड़ा परिवर्तन आता है वरना उस मनोशरीर यंत्र में वह दुःखी भी है और उलझन के मार्ग पर चल भी चुका है। यह पहली अवस्था है।

२. **शरीर से जुड़कर, व्यक्ति बनकर, दुःख मुक्ति का रास्ता ढूँढ़ना (सुलझन)**

State 8 of 12

यह ऐसी अवस्था है, जहाँ पर वह दुःखी है और दुःख को निमित्त बना रहा है यानी सुलझने के मार्ग पर है। दुःख, दुःख देने के लिए नहीं आता है। दुःख कुछ सिखाने आया है। वह 'अपने आप' में जाने की कोशिश कर रहा है यानी सुलझने के मार्ग पर ही है। यह दूसरी अवस्था है।

३. शरीर से जुड़कर, व्यक्ति बनकर, सुखी होना (अहंकार बढ़ना-उलझना)

State 9 of 12

इस अवस्था में सेल्फ शरीर से जुड़कर, व्यक्ति बनकर, सुखी है मगर उलझने के मार्ग पर लगा हुआ है। वह सुख को अहंकार बढ़ाने के लिए इस्तेमाल कर रहा है, जहाँ व्यक्ति का अहंकार मोटा हो रहा है। उसके पास दुनिया के सारे सुख हैं, पैसा है, नाम है, रिश्ते-नाते भी हैं, कुर्सी है, स्वास्थ्य भी है... सब कुछ है मगर वह उनका इस्तेमाल और उलझने के लिए ही करता चला जा रहा है। अब उसके सामने किसी और की औकात नहीं है। सबको अपने सामने वह तुच्छ समझता है। यह सेल्फ की तीसरी अवस्था है।

४. शरीर से जुड़कर, व्यक्ति बनकर, सुखी होना (निमित्त बनाकर सुलझना)

State 10 of 12

इस अवस्था में सेल्फ शरीर से जुड़कर, व्यक्ति बनकर, सुखी है मगर सुलझने के मार्ग पर लगा हुआ है यानी सारे सुखों का उपभोग वह अपने आपको सुलझाने के लिए कर रहा है। पैसा है तो वह पैसे का इस्तेमाल कर रहा है, जिसमें उसने ध्यान करने के लिए एक साऊंड-प्रूफ कमरा (मौन कक्ष) बनाया है। पॉवर (शक्ति) है तो वह उसका इस्तेमाल कर रहा है ताकि दुनिया की बेहतरीन चीजें सत्य की सेवा करें। वह उस पॉवर का इस्तेमाल अपने आपको सुलझाने के लिए कर रहा है। यह चौथी अवस्था है।

डिसआयडेंटिफाईड (अनासक्त) सेल्फ की दो अवस्थाएँ

सेल्फ इन ॲक्शन में दूसरी अवस्था है 'डिसआयडेंटिफाईड' यानी जहाँ वह अलग हो चुका है। वहाँ और दो अवस्थाएँ आती हैं -

१. स्वसाक्षी

State 11 of 12

स्वसाक्षी, जिसमें वह अपने आप पर स्थापित हो रहा है। यहाँ पर कमरा है तो आप देख रहे हैं कि फैन भी है, कैमरा भी है, माईक भी है, कुर्सियाँ भी हैं... आप देखते चले जा रहे हैं। जब पूछा गया, 'ये सब क्यों देख रहे हैं?' तब आप कहेंगे कि 'और क्या देखें?... हॉल में बैठे हैं और यही सारी चीजें हैं तो और क्या देखें?' अंदर भी कमरा है

और उसमें भी चीजें हैं, जब तक वह देखने की कला नहीं आई तब तक वह कैसे देखेंगे? अगर वह कला भी पता होती तो आप बाहर की चीजें देखते और कहते कि बोर हो रहा है। चलो अंदर जाते हैं क्योंकि एक और जगह है आपको पता है तो ही आप वहाँ पहुँच पाएँगे वरना कैसे जाएँगे? मजबूरी में बाहर की चीजें ही आप देख रहे हैं क्योंकि अंदर के कमरे का अता-पता मालूम ही नहीं।

डिसआयडेंटिफाईड हुए तो अंदर कुछ है, एक जगह है, वहाँ जाने का मन करेगा। आप पिकनिक पर वहाँ (अंदर के कमरे में) जाएँ तो बार-बार वहाँ पर मन जाना चाहेगा। बाहर की चीजें वह देख भी रहा है मगर उससे ज्यादा महत्त्वपूर्ण कुछ और भी है, उसका भी ज्ञान हो रहा है तो अंदर की यात्रा बढ़ गई। यह एक ऐसी अवस्था है, जहाँ सेल्फ डिस-आयडेंटिफाईड है, 'अन्' आसक्त है।

२. अभिव्यक्ति State12 of 12

दूसरी अवस्था में अब वही घड़ी है, वही हॉल है, वही लोग हैं मगर अंदर के कमरे से बाहर आना अभिव्यक्ति होगा। डिसआयडेंटिफाईड होने के बाद की दो ही अवस्थाएँ बचती हैं – एक या तो अनुभव है या फिर अभिव्यक्ति।

प्रारंभ में यदि आखिरी अवस्था बतायी जाए तो बात समझ से परे होगी। पता ही नहीं है कि हम कौन हैं?... पता ही नहीं है शरीर की संभावनाएँ क्या है?... पता ही नहीं है कि ये जो जीवन दिखाई दे रहा है भौतिक शरीर का, यही जीवन नहीं है, इसके अलावा और बहुत बड़ा जीवन है। सब बातों को इकट्ठा देखकर जब बातें होंगी तो वह प्लान (दिव्य योजना) समझ में आएगा, नहीं तो समझ में कुछ भी नहीं आएगा।

इंसान का दृष्टिकोण बहुत छोटा है तो वह भौतिक शरीर के जीवन को ही सब कुछ समझ लेता है... शरीर मरा तो सब कुछ खत्म हो गया, ऐसा मान लेता है। उसे पता नहीं है कि जैसे बच्चा पेट में है, यह एक अवस्था है। फिर बच्चा बाहर आया, यह दूसरी अवस्था है। जवान होता है तो यह तीसरी अवस्था है। बुढ़ापा चौथी अवस्था है। सूक्ष्म शरीर (मृत्यु उपरांत) पाँचवीं अवस्था है। ये सारी अवस्थाएँ हैं। ये बदल रही हैं और हर अवस्था का अपना महत्व है। हर अवस्था में कुछ बातें सीखीं और सिखाईं जा रही हैं। इन सबका मिला-जुला परिणाम आता है तब पूरा चित्र एक साथ समझ में आता है, पूरी पहेली एक साथ सुलझती है।

यह अवस्था समझ में आ रही है कि यह एक खेल चल रहा है, लीला चल रही है वरना शुरू में जो खोजी होता है, उसे यही परेशानी होती है कि 'मैं कौन?' उससे कहो

कि 'जो पूछ रहा है, वही तुम हो।' तो वह कहेगा कि 'मजाक उड़ा रहे हो।' वह शुरू में नहीं समझता है क्योंकि तुम्हारा शरीर नहीं पूछना चाहता कि वह कौन है? उसे पता है कि वह कौन है...! तुम्हारा मन भी नहीं पूछना चाहता। उसे भी पता है कि वह कौन है। बुद्धि को भी पता है मगर एक और है जो खेल खेलना चाहता है। वह टाइमलेस, टाइम पास करना चाहता है। वह खेल खेलना चाहता है कि मैं शरीर भी नहीं, बुद्धि भी नहीं... तो मैं कौन?

बारह अवस्थाएँ
शरीर व मन की अवस्था
सेल्फ की अवस्था
ईश्वर- आराम की अवस्था में
ईश्वर- अपनी अभिव्यक्ति में
शरीर से चिपकाव
शरीर से अनासक्त
दुःखी होना और उलझना
दुःख मुक्ति का रास्ता ढूँढना और सुलझना
सुखी होना, अहंकार बढ़ना और उलझना
सुखी होना और निमित्त बनाकर सुलझना
स्वसाक्षी
अभिव्यक्ति

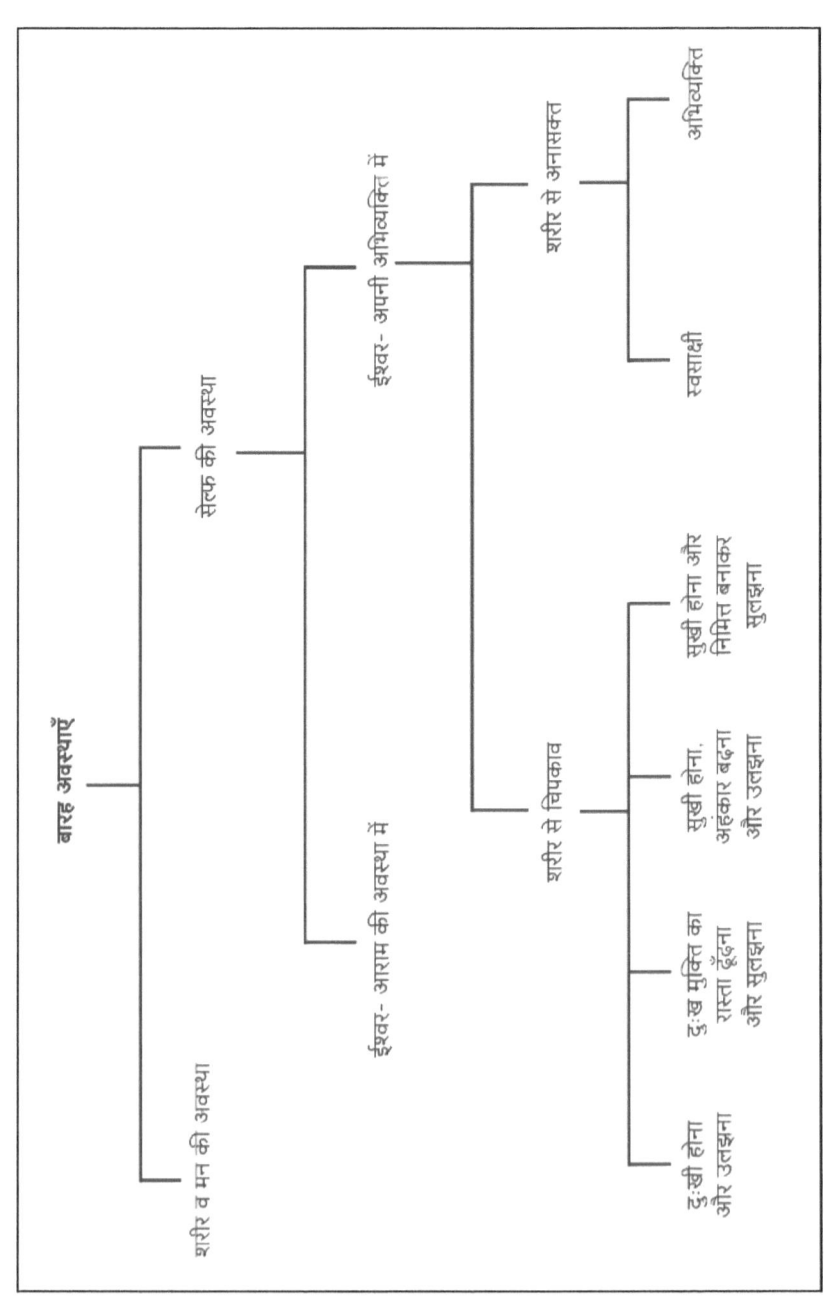

भाग ६
तेजविकास की कार्ययोजना
ध्यान करने का तरीका और तकनीक

तेजविकास का रास्ता और तेजविकास की अवस्थाएँ जान लेने के बाद हमें क्या करना होगा? तेजविकास करने के लिए ध्यान करने का तरीका और जीवन की समझ प्राप्त करनी होगी। ध्यान करने का तरीका इस अध्याय में पढ़ें और रोज अभ्यास करें। जीवन की समझ पाने के लिए अगले अध्याय में सवाल-जवाब पढ़ें।

ध्यान हमारा सच्चा धर्म है। ध्यान से इंसान की चेतना ऊपर उठती है। अपने मूल स्वभाव को जानना और उसमें स्थापित होना धर्म है। हिंदू, मुस्लिम, सिख, ईसाई होना मात्र धर्म नहीं। ध्यान हमें हमारे मूल स्वभाव (धर्म) में स्थापित करता है।

ध्यान में रीढ़ की हड्डी सीधी व बिना तनाव के हो, यह ध्यान का सही आसन है। ध्यान करते वक्त पेट ज्यादा भरा न हो। शुरू में निर्धारित समय, आसन, स्थान व मुद्रा में ध्यान करना चाहिए। निरंतर अभ्यास व धीरज, आश्चर्यजनक परिणाम लाते हैं। नीचे कुछ ध्यान विधियाँ दी गई हैं, जिनका अभ्यास रोज करें।

१.   साँस की मेडिटेशन

१-१. ध्यान के सही आसन और मुद्रा में बैठें।

१-२. एक-दो बार लंबी साँस लेकर उसे धीरे-धीरे छोड़ें और अपने आपको तनाव रहित कर दें।

१-३. आपकी साँस जिस तरह चल रही है उसे उसी तरह चलने दें। छोटी साँस है या गहरी साँस है। सहज, स्वाभाविक जैसी भी है उसे वैसे ही चलने दें। साँस पर यदि नियंत्रण करते हैं तब वह ध्यान नहीं, प्राणायाम होता है।

१-४. साँस अंदर जा रही है या बाहर आ रही है, यह जानते रहें... अब अंदर गई...

अब बाहर आई... दाहिनी नासिका से... बाईं नासिका से... या दोनों से इत्यादि । साँस की हर दिशा और हर अवस्था (ठंडी या गर्म साँस) जानते रहें।

१-५. मन को अंदर और बाहर आने-जानेवाली साँस पर एकाग्रित करें। जो साँस अंदर जा रही है उसे जानें और जो साँस बाहर आ रही है उसे पहचानें... ये अंदर गई... ये बाहर आई... अंदर गई... बाहर आई। जैसे चल रही है, स्वभाविक साँस, सहज साँस उसे जानते रहें।

१-६. कभी लंबी साँस भी चलेगी, कभी छोटी साँस भी चलेगी। शरीर को स्थिर रखते हुए हर साँस के आने-जाने को जानते रहें।

१-७. २० से ४५ मिनट, जैसी सुविधा हो, यह ध्यान करते रहें। कुछ दिनों के बाद जब आप इस ध्यान में प्रवीण हो जाएँ तब साँस के अंतराल का ध्यान करें।

२. **अंतराल ध्यान** (Feel the Blank)

मन एकाग्रित होने के लिए कौन सी दवाई (टॉनिक) इस्तेमाल की जा सकती है? आप दिनभर में १६,००० से लेकर ३०,००० बार साँस लेते हैं। इन ३०,००० बार में साँस से आपको ३०० साँस एकाग्रित करने के लिए इस्तेमाल करनी हैं। आप जब साँस लेते हैं तो साँस अंदर जाती है फिर बाहर आती है। बाहर आने के साथ आप देखते हैं कि कुछ क्षणों के लिए साँस न अंदर जा रही है, न बाहर आ रही है, रुक गई है। उस वक्त वहाँ कुछ भी नहीं है और उसी 'कुछ नहीं' में आपको आपका ध्यान एकाग्रित करना है, जिसके लिए-

२-१. इस ध्यान की शुरुआत वैसे ही करें जैसे साँस के ध्यान में शुरुआत की। अपनी साँस को नाक के द्वारों पर आते-जाते पर जानते रहें।

२-२. अब जो साँस अंदर जाएगी और लौटेगी तो एक सेकण्ड का चाहे हजारवाँ हिस्सा ही क्यों न हो मगर उस अंतराल (पॉइन्ट) पर मन को एकाग्रित करेंगे, जहाँ साँस न अंदर जा रही है, न बाहर जा रही है यानी गैप है। (feel the blank, don't fill in the blank). यही गैप, अंतराल दो विचारों के बीच में भी होता है। लोग इस अंतराल में और ज्यादा विचार (fill) भर देते हैं इसलिए सदा सिर (हेड) में रहते हैं, ध्यान हमें हृदय में लेकर आता है।

२-३. उसी तरह बाहर आकर जब साँस फिर से अंदर जाएगी तब एक समय ऐसा होगा, जहाँ साँस कुछ समय रुक गई है। उस अंतराल (गॅप) पर ध्यान रखें। मन में यह

निश्चय करते हुए कि हर साँस के दोनों सिरों को मैं लगातार जाँचता रहूँगा, जहाँ साँस दिशा बदलती है। अंदर जानेवाली साँस बाहर लौटती है, बाहर आई हुई साँस अंदर पलटती है। यदि कभी यह बिंदु छूट जाए तो चिंता न करें, आगे आने वाली साँस पर ध्यान दें।

२-४. साँस हमेशा आपके साथ रहती है इसलिए यह ध्यान कहीं भी, किसी भी समय किया जा सकता है।

३. **विचारों का मेडिटेशन**

३-१. अपनी आँखें बंद करके ध्यान के आसन में बैठें।

३-२. अपने विचारों को देखना शुरू करें। देखें कि आपके अंदर क्या-क्या विचार चल रहे हैं।

३-३. बिना शरीर को हिलाए-डुलाए किस तरह के विचार चल रहे हैं। उन्हें दूर से (बिना चिपकाव, अलग होकर) जानते रहें। इस ध्यान में आप अलग होकर जानेंगे कि कैसे-कैसे विचार मन में चलते रहते हैं। अलग-अलग विषयों पर क्या-क्या विचार चल रहे हैं...।

३-४. विचारों को साक्षी भाव से देखते रहें, जानते रहें। किसी विचार को अच्छा या बुरा न कहें। विचार और चाहिए या नहीं चाहिए, ऐसी इच्छा भी न रखें।

३-५. यह ध्यान पाँच मिनट से शुरू करें और धीरे-धीरे इसका समय बढ़ाते जाएँ। जब आप इस ध्यान में पक जाएँ तब विचारों को नंबर देना शुरू करें।

४. **थॉट नंबरिंग मेडिटेशन (गिनती ध्यान)**

४-१. इस ध्यान में निर्विचार होने के लिए विचारों को संख्या क्रमांक देकर खत्म किया जाता है। हर विचार को जानते हुए ध्यान शुरू करें।

४-२. अब हर विचार को नंबर देना शुरू करें। एक विचार आते ही मन में कहें, 'एक'। दूसरा विचार आए तो नंबर 'दो'। इस तरह विचार गिनते रहें।

४-३. जब कोई विचार न हो तब भी शांत बैठे रहें। अगर यह विचार आए कि इस वक्त कोई विचार नहीं तब इस विचार को भी नंबर दें क्योंकि कोई विचार नहीं, यह भी एक विचार है।

४-४. किसी भी विचार के पीछे नहीं जाना है बल्कि उसे नंबर देकर छोड़ देना है।

४-५. इस तरह के ध्यान से विचार बहुत कम हो जाएँगे, कभी-कभी निर्विचार अवस्था भी आ जाएगी लेकिन आप बिना फल की इच्छा किए इस ध्यान को नियमित रूप से करते रहें।

५. ईगल मेडिटेशन

ईगल यानी बाज जो ऊपर से देखता है, उसकी आँखों की ज्योति अति तीव्र होती है। वैसे ही हम यह ध्यान आँख खोलकर करते हैं इसलिए इसे ईगल मेडिटेशन कहते हैं।

५-१. आँखें खोलकर अपने आपसे पूछें कि लाल रंग की कौन-कौन सी चीजें आस-पास मौजूद हैं।

५-२. सुबह आँखें खुलने के साथ वॉश बेसिन तक रास्ते में कौन-कौन सी लाल चीजें हैं, उन्हें देखें। कम से कम पाँच लाल रंग की चीजें जानबूझकर चारों तरफ ढूँढ़ें।

५-३. हर दिन अलग-अलग रंग देखने का निश्चय करें। उदा. दूसरे दिन हरा, तीसरे दिन नीला तो किसी दिन नारंगी इत्यादि।

५-४. इस तरह आपको अपने घर की चीजों के बारे में मालूम पड़ना शुरू हो जाएगा। हमें अपने घर का और उसमें रखी वस्तुओं के बारे में ज्ञान ही नहीं है क्योंकि 'देखना' जो बंद हो गया है। इस ध्यान से हम अपनी निरीक्षण करने की शक्ति बढ़ाते हैं।

कुछ जगहें ऐसी होंगी, जहाँ आप देखते भी नहीं है। हम 'देखना' बंद ही कर चुके हैं। मगर अब इस ध्यान से आपको आश्चर्य होगा कि आप 'देखने' लगे। कभी गुलाबी रंग लें तो इस रंग की चीजें जल्दी नहीं मिलती। वॉयलेट लें तो वे जल्दी दिखाई नहीं देंगी लेकिन आपको उन रंगों को देखने के लिए पूरे घर को गौर से 'देखना' होगा।

५-५. आप कहेंगे, 'फिर नौ दिनों के बाद क्या? क्योंकि केवल नौ रंग होते हैं।' कलर बहुत हैं, रंगों के अलग-अलग शेडस् भी हम ले सकते हैं। जैसे हलका नीला, गहरा नीला इत्यादि।

६. मुझे मालूम नहीं (आय डोन्ट नो) मेडिटेशन

६-१. 'मुझे मालूम नहीं'(आय डोन्ट नो) मेडिटेशन में सारे लेबल्स (नाम-उपनाम-ठप्पे) हटा देने।

६-२. कोई भी चीज हम देखें- जैसे घर में दीवार घड़ी देखते हुए अपने आपसे कहें,

'यह क्या है मुझे नहीं पता।' कोई भी चीज मिले, घर में मम्मी जा रही है तो झट से मत कहना कि यह मम्मी है। कहना, 'पता नहीं कौन है देखते हैं। यह कौन महिला जा रही है।' उसका चेहरा गौर से देखेंगे। आपको आश्चर्य होगा कि आपकी मम्मी के चेहरे में इतना परिवर्तन हो गया है और आपको पता ही नहीं क्योंकि देखना बंद ही हो गया था। आपने लेबल लगा दिया कि 'यह मम्मी है, मम्मी को क्या देखना! हम मम्मी को जानते हैं।' देखना बंद हो चुका है मगर फिर से देखना शुरू करना है। कुर्सी की तरफ देखकर कुर्सी मत कहना, कहना कि यह क्या चीज है? इस तरह देखने से आपका ध्यान बदल जाता है। इसे कहते हैं, 'आय डॉन्ट नो मेडिटेशन।'

६-३. जिस कमरे में आप यह ध्यान कर रहे हैं, उस कमरे की हर वस्तु को बिना लेबल लगाए देख लेने के बाद वही कमरा आपके लिए सजीव हो उठेगा। हर वस्तु ज्यादा रंगीन और ज्यादा जिंदा महसूस होगी। यह ध्यान आपकी बोरियत भी खत्म करेगा।

७. **ग्रैटीट्यूड मेडिटेशन (आभार ध्यान)**

७-१. २-३ मिनट के लिए आँखें बंद करें।

७-२. अपने आपको देखें। अपने एक डुप्लिकेट की कल्पना करें, जो हू-ब-हू आप जैसा है लेकिन अंधा है।

७-३. अपने अंधे हमशक्ल की पूरी जिंदगी, सुबह से लेकर रात तक, वह कैसे जी रहा है/ जी रही है, देखें। आँखें न होने की वजह से उसे क्या-क्या तकलीफें हो रही हैं, वह जानें। सब बातें देखें। अपना दैनिक जीवन उस हमशक्ल को जीते हुए देखें।

७-४. इन सबकी कल्पना करते हुए उसकी सारी तकलीफें महसूस करें।

७-५. यह सब देख लेने के बाद हमशक्ल गायब हो गया। अब आप कृतज्ञता से भर जाएँगे क्योंकि ये सारी तकलीफें आपको नहीं हैं। ईश्वर ने आपको आँखें जो दी हैं। ईश्वर को इसके लिए धन्यवाद दें।

७-६. दूसरे दिन इस ध्यान में अपने हमशक्ल को बहरा देखें और उसकी सारी तकलीफों को महसूस करें। ईश्वर को धन्यवाद दें, कृतज्ञता से भर जाएँ। कृतज्ञता का भाव आपको संवेदनशील और ग्रहणशील बनाता है। आप दूसरों के दुःख-दर्द ज्यादा समझने लगते हैं।

७-७. हर दिन इस ध्यान में इंसान के जीवन पर हुई विभिन्न कृपाओं को लेकर मनन करें और उनकी कल्पना करें, जिससे आप अपने ऊपर हुई कृपा को महसूस कर पाने में सफल होंगे। बिना मनन के हीरे भी कोयले हैं।

८. कौन जान रहा है? कंप्लिट मेडिटेशन

८-१. अपनी आँखें बंद करें, ध्यान के आसन में बैठें।

८-२. आपके चारों तरफ जो आवाजें आ रही हैं, उन्हें पहचानने की कोशिश करें। अलग-अलग तरह की आवाजों को पकड़ें।

८-३. पहले सिर्फ नजदीक की आवाजें सुनाई देंगी- जैसे पंखे की आवाज मगर जब ध्यान देकर सुनेंगे तो अलग-अलग आवाजें भी पकड़ में आनें लगेंगी।

८-४. कम से कम पाँच अलग-अलग तरह की आवाजें पकड़ें।

८-५. अब अपने आपसे पूछें, 'क्या ये आवाजें मैं हूँ?' जवाब आएगा, 'नहीं, मैं तो सिर्फ उन्हें जाननेवाला हूँ।' तो अंदर पलटकर देखें, कौन जान रहा है? अगर आवाज मैं नहीं तो उन आवाजों को कौन जान रहा है? अपने आपसे कहें, 'ये आवाजें मैं नहीं हूँ।'

८-६. अब अपने चारों ओर का वातावरण महसूस करें। ठंडा वातावरण है, गरम है, गीला है, सूखा है या हलका है या भारी। अब अपने आपसे पूछें, 'क्या यह वातावरण मैं हूँ?' जवाब आएगा, 'नहीं' तब अपने आपसे पूछें, 'फिर यह वातावरण कौन जान रहा है?' अपने आपसे कहें, 'मैं यह वातावरण नहीं हूँ।'

८-७. अब अपने शरीर में होनेवाली पीड़ाएँ देखें कि कहीं पर दर्द हो रहा है, कहीं दुखाव है, कहीं दबाव है, कहीं खिंचाव है, कहीं तनाव है। हर सदस्य (शरीर के हर अंग) के पास जाकर देखें। पाँव में जाएँ, घुटनों में जाएँ, हाथों में जाएँ, पेट में जाएँ, हर अंग में जाएँ और देखें, वहाँ कैसा महसूस हो रहा है? भारी लग रहा है या हलका लग रहा है? दुखाव है या कहीं पर कपड़े छू रहे हैं? हर अंग को देखने के बाद अपने आपसे पूछें कि क्या यह संवेदना मैं हूँ? जवाब आएगा, 'नहीं' तो अपने अंदर पलटकर पूछें, 'फिर इन संवेदनाओं को कौन जान रहा है?' स्वयं से कहें, 'मैं संवेदना नहीं हूँ।'

८-८. अब अपनी साँस पर जाएँ। आपकी साँस किस नासिका से चल रही है? दाहिनी या बाईं? कहाँ तक भीतर जा रही है? पेट तक जा रही है या छाती तक जा रही

है, सिर्फ उसे देखें। साँस कब अंदर गई और कब बाहर आई, यह जानें। अंदर पलटकर देखें, अपने आपसे सवाल पूछें, 'क्या यह साँस मैं हूँ?' जवाब आएगा, 'नहीं' तो फिर पूछें, 'साँस का आना-जाना कौन जान रहा है?' अपने आपसे कहें, 'यह साँस मैं नहीं हूँ।'

८-९. अब अपने विचारों पर जायें। इस वक्त कौन से विचार चल रहे हैं ? कितने तरह के विचार हैं, उन्हें जानते रहें। एक विचार आया हो कि कोई विचार ही नहीं है मगर यह भी तो विचार ही है। अब अपने आपसे पूछें, 'क्या विचार मैं हूँ?' अगर नहीं तो अंदर पलटकर देखें कि इन विचारों को कौन देख रहा है? अपने आपसे कहें, 'मैं विचार नहीं हूँ।'

८-१०. कुछ समय इसी अवस्था में रहकर आँखें खोलें।

९. **प्रज्ञा ध्यान** (Wisdom Meditation)

नीचे लिखे गए प्रयोग को इसी वक्त पढ़ लेने के बाद पुस्तक नीचे रखकर करना है। उससे पहले क्या समझना होगा? शरीर आप इस्तेमाल कर रहे हैं, वह आप नहीं। आप कार चलाते हैं तो कभी यह नहीं कहते कि 'मैं कार हूँ।' हमेशा यही कहते हैं कि 'यह मेरी कार है।' जिस चीज के साथ आपने 'मेरा' या 'मेरी' शब्द इस्तेमाल किया, वह आप नहीं हो सकते (मेरा घर, मेरी आँख) इस बात को समझने के लिए यह प्रयोग करें।

अपने दाहिने हाथ को देखकर एक सवाल पूछें, 'क्या यह हाथ मैं हूँ?' अपने आपसे यह सवाल अनुभव करके पूछें, बुद्धि से नहीं। इसे एक मिनट दें। अपने हाथ को देखें और अपने आपसे सवाल पूछें, 'क्या यह हाथ मैं हूँ?' आपका अपने हाथ के साथ कौन सा संबंध (रिलेशन) महसूस होता है... क्या यह हाथ मैं हूँ? इसे गौर से देखें तो हाथ मेरा है मगर हाथ मैं नहीं, यह अनुभव आपको होगा। उसी तरह शरीर के हर अंग के साथ यह करके देखें (पाँव, घुटना इत्यादि) तो कैसी भावना (फीलिंग) आती है... 'यह तो मैं नहीं।'

अगला सवाल यह पूछें कि 'यदि इस हाथ को हमने काट दें तो मैं रहूँगा या नहीं?' 'नहीं, मैं तो फिर भी पूर्ण हूँ।' अंदर से जो एहसास है, जो अनुभव है, वह यही कहता है, 'मैं तो पूर्ण हूँ।'

दुर्घटना में किसी के हाथ, पाँव-कट जाते हैं मगर वह तो यही कहता है, 'मैं तो हूँ', वह यह कभी नहीं कहता कि 'मैं आधा हूँ... पहले पूरा था... अब आधा हूँ।'

क्योंकि शरीर कटने से आप नहीं कट रहे हैं। जब यह सत्य अनुभव करने लगेंगे तब मूल मान्यता कि 'मैं शरीर हूँ' टूटेगी।

जब चेतना सो जाती है तब मन मालिक बन बैठता है। मन नौकर कब बन जाता है? कब जब चेतना स्वध्यान की शक्ति से अपने मालिक होने की घोषणा करती है।

❏ ❏ ❏

यह पुस्तक पढ़ने के बाद आप अपना अभिप्राय (विचार सेवा) इस पते पर भेज सकते हैं ...
Tejgyan Global Foundation, Pimpri Colony Post office, P.O. Box 25, Pune - 411 017. Maharashtra (India).

सारणी	1		2		3		4		5		6		7	
संपूर्ण विकास के सूत्र	अपना इम्तहान	☑	डायरी लिखना	☑	अवसर पहचानें	☑	सुनहरा नियम	☑	निर्णय, शुभ विचार	☑	बुद्धिबल से विकास	☑	अनुशासन	☑
	शब्दों की शक्ति	☑	टीम वर्क-संघ	☑	आज, अभी करें	☑	प्रॅक्टिस करें	☑	समय व दूरदर्शिता	☑	मन एकाग्रित करें	☑	चरित्र निर्माण	☑
	पठन,मनन करें	☑	लक्ष्य-त्रिकोण	☑	नए प्रयोग करें	☑	तेज गुरू प्राप्ति	☑	कल्पना शक्ति	☑	पूर्णता करना सीखें	☑	साहस,अभय	☑
	'अगर' समाप्त करें	☑	धक्कों से सीखें	☑	व्यायाम,प्राणायाम	☑	मशीनियत तोड़ें	☑	आत्म सुझाव दें	☑	ईमानदारी, धीरज	☑	हमेशा जीतें	☑
आर्थिक सूत्र	बचत की आदत जरूरी	☑	पैसे को बहने दें	☑	सृजनात्मक विचार नकारात्मक सोच	☑	पैसे का आदर करें	☑	पैसे में रुकावट (ब्लॉक्स)	☒	मनी मंत्र इस्तेमाल करें	☑	पैसा वरदान बने	☑
	खरीददारी	☑	पैसे के मालिक बनें	☑		☒	लक्ष्मी से प्रार्थना	☒	पैसे वालों के प्रति ईर्ष्या	☒	सही दान करना सीखें	☑	मान्यताएं तोड़ें	☑
शारीरिक सूत्र	A (Air) हवा	☑	N (Nasta) भोजन	☑	S (Sunlight) सूर्य प्रकाश	☑	W (Water) पानी	☑	E (Exercise) व्यायाम	☑	R (Relaxation) विश्राम	☑	सत्वगुणी बनें धुँआ और धूल	☑ ☒
सामाजिक सूत्र	सुनहरा नियम	☑	गौर,ऑब्जर्वेशन	☑	सुसंवाददाता बनें	☑	आलोचना न करें	☑	प्रशंसा,मार्गदर्शन करें	☑	माफ करना सीखें	☑	हृदय से हँसें	☑
बुरी आदतें	बहस करना वादविवाद	☒	लापरवाही से काम करना	☒	आलोचना व व्यंग करना	☒	दूसरों पर इल्जाम लगाना	☒	काम न करने का बहाना ढूँढ़ना	☒	इंद्रिय सुख की लालसा में फँसना	☒	सदा T.V देखते रहना	☒
बाधाएं	सुस्ती, आलस	☒	अहंकार, भ्रम	☒	द्वेष,नफरत,ईर्ष्या	☒	लोभ व तुलना	☒	ग्लानि-अपराध बोध	☒	भय व चिंता	☒	क्रोध,व्यसन	☒
उन्नति	पैसा पाना	☒	कुर्सी पाना	☒	नाम पाना	☒	शोहरत पाना	☒	सिद्धि प्राप्त करना	☒	शुभ इच्छा (केंद्र)	☑	पात्रता	☑
आनंद	झूठा आनंद	☒	द्वितीय	☒	फॉर्मूला	☒	उत्तेजना	☒	सेवा आनंद	☑	ईश्वरीय आनंद	☑	महाआनंद	☑
सवाल	तोता रटंत	☒	टाईमपास	☒	टाईमखास	O.K.	जिज्ञासु	☑	खोजी के सवाल	☑	मेरा लक्ष्य क्या है	☑	मैं कौन हूँ	☑

आध्यात्मिक विकास – २०३

सरश्री अल्प परिचय

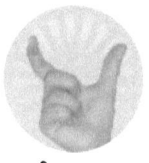

स्वीकार मुद्रा

सरश्री की आध्यात्मिक खोज का सफर उनके बचपन से प्रारंभ हो गया था। इस खोज के दौरान उन्होंने अनेक प्रकार की पुस्तकों का अध्ययन किया। अपने आध्यात्मिक अनुसंधान के दौरान उन्होंने लगभग सभी ध्यान पद्धतियों का भी अभ्यास किया। उनकी इसी खोज ने उन्हें कई वैचारिक और शैक्षणिक संस्थानों की ओर बढ़ाया। जीवन का रहस्य समझने के लिए उन्होंने **एक लंबी अवधि तक मनन करते हुए अपनी खोज जारी रखी, जिसके अंत में उन्हें आत्मबोध प्राप्त हुआ।** आत्मसाक्षात्कार के बाद उन्होंने जाना कि **अध्यात्म का हर मार्ग जिस कड़ी से जुड़ा है वह है- समझ (अंडरस्टैण्डिंग)।** उसके बाद उन्होंने अपने तत्कालीन अध्यापन कार्य को विराम लगाते हुए, लगभग दो दशकों से भी अधिक समय अपना समस्त जीवन मानवजाति के कल्याण और उसके आध्यात्मिक विकास हेतु अर्पण किया है।

सरश्री कहते हैं, 'सत्य के सभी मार्गों की शुरुआत अलग-अलग प्रकार से होती है लेकिन सभी के अंत में एक ही समझ प्राप्त होती है। **'समझ' ही सब कुछ है और यह 'समझ' अपने आपमें पूर्ण है।** आध्यात्मिक ज्ञान प्राप्ति के लिए इस 'समझ' का श्रवण ही पर्याप्त है।' इसी समझ को उजागर करने के लिए उन्होंने आज तक **तीन हज़ार से अधिक आध्यात्मिक विषयों पर प्रवचन दिए हैं,** जिनके द्वारा वे अध्यात्म की गहरी संकल्पनाएँ सीधे और व्यावहारिक रूप में समझाते हैं। समाज के हर स्तर का इंसान सरश्री द्वारा बताई जा रही समझ का लाभ ले सकता है।

यह समझ हरेक को अपने अनुभव से प्राप्त हो इसलिए सरश्री ने **'महाआसमानी परम ज्ञान शिविर'** और उसके लिए आवश्यक कार्यप्रणाली (सिस्टम) की रचना की है, **जिसका लाभ लाखों खोजी ले रहे हैं।** यह व्यवस्था आय.एस.ओ. (ISO 9001:2015) प्रमाणित है, जिसने अनेक लोगों को सत्य की राह पर चलने की प्रेरणा दी है। इसी समझ के प्रचार और प्रसार के लिए उन्होंने 'तेजज्ञान फाउण्डेशन' नामक आध्यात्मिक संस्था की नींव रखी है। इस संस्था का मुख्य उद्‌देश्य है- **'हॅपी थॉट्स द्वारा उच्चतम विकसित समाज का निर्माण'।**

विश्व का हर इंसान आज सरश्री के मार्गदर्शन का लाभ ले सकता है, जिसके लिए किसी भी धर्म, जाति, उपजाति, वर्ण, पंथ, रंग या लिंग का बंधन नहीं है। विश्व के हर कोने में बसे लोग आज तेजज्ञान की इस अनूठी ज्ञान प्रणाली (System for Wisdom) का लाभ ले रहे हैं। इस व्यवस्था के एक हिस्से के रूप में **लाखों लोग रोज़ सुबह और रात को ९ बजकर ९ मिनट पर विश्व शांति के लिए प्रार्थना करते हैं।**

सरश्री को **बेस्टसेलर पुस्तक 'विचार नियम' श्रृंखला के रचनाकार** के रूप में भी जाना जाता है, जिसकी **१ करोड़ से ज़्यादा प्रतियाँ केवल ५ सालों** में वितरित हो चुकी हैं। इसके अलावा उन्होंने विविध विषयों पर **१०० से अधिक पुस्तकों का लेखन** किया है, जिनमें से 'विचार नियम', 'स्वसंवाद का जादू', 'स्वयं का सामना', 'स्वीकार का जादू', 'निःशब्द संवाद का जादू', 'संपूर्ण ध्यान' आदि पुस्तकें बेस्टसेलर बन चुकी हैं। ये पुस्तकें दस से अधिक भाषाओं में अनुवादित की जा चुकी हैं और प्रमुख प्रकाशकों द्वारा प्रकाशित की गई हैं, जैसे पेंगुइन बुक्स, जैको बुक्स, मंजुल पब्लिशिंग हाऊस, प्रभात प्रकाशन, राजपाल ॲण्ड सन्स, पेंटागॉन प्रेस, सकाळ प्रकाशन इत्यादि।

तेजज्ञान फाउण्डेशन – परिचय

तेजज्ञान फाउण्डेशन आत्मविकास से आत्मसाक्षात्कार प्राप्त करने का एक रास्ता है। इसके लिए सरश्री द्वारा एक अनूठी बोध पद्धति (System for Wisdom) का सृजन हुआ है। इस पद्धति को अन्तर्राष्ट्रीय मानक ISO 9001:2015 के आवश्यकताओं एवं निर्देशों के अनुरूप ढालकर सरल, व्यावहारिक एवं प्रभावी बनाया गया है।

इस संस्था की बोध पद्धति के विभिन्न पहलुओं (शिक्षण, निरीक्षण व गुणवत्ता) को स्वतंत्र गुणवत्ता परीक्षकों (Quality Auditors) द्वारा क्रमबद्ध तरीके से जाँचा गया। जिसके बाद इन पहलुओं को ISO 9001:2015 के अनुरूप पाकर, इस बोध पद्धति को प्रमाणित किया गया है।

फाउण्डेशन का लक्ष्य आपको नकारात्मक विचार से सकारात्मक विचार की ओर बढ़ाना है। सकारात्मक विचार से शुभ विचार यानी हॅपी थॉट्स (विधायक आनंदपूर्ण विचार) और शुभ विचार से निर्विचार की ओर बढ़ा जा सकता है। निर्विचार से ही आत्मसाक्षात्कार संभव है। शुभ विचार (Happy Thoughts) यानी यह विचार कि 'मैं हर विचार से मुक्त हो जाऊँ।' शुभ इच्छा यानी यह इच्छा कि 'मैं हर इच्छा से मुक्त हो जाऊँ।'

ज्ञान का अर्थ है सामान्य ज्ञान लेकिन तेजज्ञान यानी वह ज्ञान जो ज्ञान व अज्ञान के परे है। कई लोग सामान्य ज्ञान की जानकारी को ही ज्ञान समझ लेते हैं लेकिन असली ज्ञान और जानकारी में बहुत अंतर है। आज लोग सामान्य ज्ञान के जवाबों को ज़्यादा महत्त्व देते हैं। उदाहरण के तौर पर कर्म और भाग्य, योग और प्राणायाम, स्वर्ग और नर्क इत्यादि। आज के युग में सामान्य ज्ञान प्रदान करनेवाले लोग और शिक्षक कई मिल जाएँगे मगर इस ज्ञान को पाकर जीवन में कोई बड़ा परिवर्तन नहीं होता। यह ज्ञान या तो केवल बुद्धि विलास है या फिर अध्यात्म के नाम पर बुद्धि का व्यायाम है।

सभी समस्याओं का समाधान है– तेजज्ञान। भय से मुक्ति, चिंतारहित व क्रोध से आज़ाद जीवन है– तेजज्ञान। शारीरिक, मानसिक, सामाजिक, आर्थिक और आध्यात्मिक उन्नति के लिए है– तेजज्ञान। तेजज्ञान आपके अंदर है, आएँ और इसे पाएँ।

यदि आप ऐसा ज्ञान चाहते हैं, जो सामान्य ज्ञान के परे हो, जो हर समस्या

का समाधान हो, जो सभी मान्यताओं से आपको मुक्त करे, जो आपको ईश्वर का साक्षात्कार कराए, जो आपको सत्य पर स्थापित करे तो समय आ गया है तेजज्ञान को जानने का। समय आ गया है शब्दोंवाले सामान्य ज्ञान से उठकर तेजज्ञान का अनुभव करने का।

अब तक अध्यात्म के अनेक मार्ग बताए गए हैं। जैसे जप, तप, मंत्र, तंत्र, कर्म, भाग्य, ध्यान, ज्ञान, योग और भक्ति आदि। इन मार्गों के अंत में जो समझ, जो बोध प्राप्त होता है, वह एक ही है। सत्य के हर खोजी को अंत में एक ही समझ मिलती है और इस समझ को सुनकर भी प्राप्त किया जा सकता है। उसी समझ को सुनना यानी तेजज्ञान प्राप्त करना है। तेजज्ञान के श्रवण से सत्य का साक्षात्कार होता है, ईश्वर का अनुभव होता है। यही तेजज्ञान सरश्री महाआसमानी परम ज्ञान शिविर में प्रदान करते हैं।

महाआसमानी परम ज्ञान शिविर परिचय और लाभ (निवासी)

क्या आपको उच्चतम आनंद पाने की इच्छा है? ऐसा आनंद, जो किसी कारण पर निर्भर नहीं है, जिसमें समय के साथ केवल बढ़ोतरी ही होती है। क्या आप इसी जीवन में प्रेम, विश्वास, शांति, समृद्धि और परमसंतुष्टि पाना चाहते हैं? क्या आप शारीरिक, मानसिक, सामाजिक, आर्थिक और आध्यात्मिक इन सभी स्तरों पर सफलता हासिल करना चाहते हैं? क्या आप 'मैं कौन हूँ' इस सवाल का जवाब अनुभव से जानना चाहते हैं।

यदि आपके अंदर इन सवालों के जवाब जानने की और 'अंतिम सत्य' प्राप्त करने की प्यास जगी है तो तेजज्ञान फाउण्डेशन द्वारा आयोजित 'महाआसमानी परम ज्ञान शिविर' में आपका स्वागत है। यह शिविर पूर्णतः सरश्री की शिक्षाओं पर आधारित है। सरश्री आज के युग के आध्यात्मिक गुरु और 'तेजज्ञान फाउण्डेशन' के संस्थापक हैं, जो अत्यंत सरलता से आज की लोकभाषा में आध्यात्मिक समझ प्रदान करते हैं।

महाआसमानी परम ज्ञान शिविर का उद्देश्य :

इस शिविर का उद्देश्य है, 'विश्व का हर इंसान 'मैं कौन हूँ' इस सवाल का जवाब जानकर सर्वोच्च आनंद में स्थापित हो जाए।' उसे ऐसा ज्ञान मिले, जिससे वह

हर पल वर्तमान में जीने की कला प्राप्त करे। भूतकाल का बोझ और भविष्य की चिंता इन दोनों से वह मुक्त हो जाए। हर इंसान के जीवन में स्थायी खुशी, सही समझ और समस्याओं को विलीन करने की कला आ जाए। मनुष्य जीवन का उद्देश्य पूर्ण हो।

'मैं कौन हूँ? मैं यहाँ क्यों हूँ? मोक्ष का अर्थ क्या है? क्या इसी जन्म में मोक्ष प्राप्ति संभव है?' यदि ये सवाल आपके अंदर हैं तो महाआसमानी परम ज्ञान शिविर इसका जवाब है।

महाआसमानी परम ज्ञान शिविर के मुख्य लाभ :

इस शिविर के लाभ तो अनगिनत हैं मगर कुछ मुख्य लाभ इस प्रकार हैं-

* जीवन में दमदार लक्ष्य प्राप्त होता है।
* 'मैं कौन हूँ' यह अनुभव से जानना (सेल्फ रियलाइजेशन) होता है।
* मन के सभी विकार विलीन होते हैं।
* भय, चिंता, क्रोध, बोरडम, मोह, तनाव जैसी कई नकारात्मक बातों से मुक्ति मिलती है।
* प्रेम, आनंद, मौन, समृद्धि, संतुष्टि, विश्वास जैसे कई दिव्य गुणों से युक्ति होती है।
* सीधा, सरल और शक्तिशाली जीवन प्राप्त होता है।
* हर समस्या का समाधान प्राप्त करने की कला मिलती है।
* 'हर पल वर्तमान में जीना' यह आपका स्वभाव बन जाता है।
* आपके अंदर छिपी सभी संभावनाएँ खुल जाती हैं।
* इसी जीवन में मोक्ष (मुक्ति) प्राप्त होता है।

महाआसमानी परम ज्ञान शिविर में भाग कैसे लें?

इस शिविर में भाग लेने के लिए आपको कुछ खास माँगें पूरी करनी होती हैं। जैसे-

१) आपकी उम्र कम से कम अठारह साल या उससे ऊपर होनी चाहिए।

२) आपको सत्य स्थापना शिविर (फाउण्डेशन ट्रुथ रिट्रीट) में भाग लेना होगा, जहाँ आप सीखेंगे- वर्तमान के हर पल को कैसे जीया जाए और निर्विचार दशा में कैसे प्रवेश पाएँ।

३) आपको कुछ प्राथमिक प्रवचनों में उपस्थित होना है, जहाँ आप बुनियादी समझ आत्मसात कर, महाआसमानी परम ज्ञान शिविर के लिए तैयार होते हैं।

यह शिविर एक या दो महीने के अंतराल में आयोजित किया जाता है, जिसका लाभ हज़ारों खोजी उठाते हैं। इस शिविर की तैयारी आप दो तरीके से कर सकते हैं। पहला तरीका- मनन आश्रम (पूना) में पाँच दिवसीय निवासी शिविर में भाग लेकर, दूसरा तरीका- तेजज्ञान फाउण्डेशन के नजदीकी सेंटर पर सत्य श्रवण द्वारा। जैसे- पुणे, मुंबई, दिल्ली, सांगली, सातारा, जलगाँव, अहमदाबाद, कोल्हापुर, नासिक, अहमदनगर, औरंगाबाद, सूरत, बरोडा, नागपुर, भोपाल, रायपुर, चेन्नई, वर्धा, अमरावती, चंद्रपुर, यवतमाल, रत्नागिरी, लातूर, बीड, नांदेड, परभणी, पनवेल, ठाणे, सोलापुर, पंढरपुर, अकोला, बुलढाणा, धुले, भुसावल, बैंगलोर, बेलगाम, धारवाड, भुवनेश्वर, कोलकत्ता, राँची, लखनऊ, कानपुर, चंदीगढ़, जयपुर, पणजी, म्हापसा, इंदौर, इटारसी, हरदा, विदिशा, बुरहानपुर।

इनके अतिरिक्त आप महाआसमानी की तैयारी फाउण्डेशन में उपलब्ध सरश्री द्वारा रचित पुस्तकें या यू ट्यूब के संदेश सुनकर भी कर सकते हैं। मगर याद रहे ये पुस्तकें, यू ट्यूब के प्रवचन शिविर का परिचय मात्र है, तेजज्ञान नहीं। आप महाआसमानी परम ज्ञान शिविर में भाग लेकर ही तेजज्ञान का आनंद ले सकते हैं। आगामी महाआसमानी परम ज्ञान शिविर में अपना स्थान आरक्षित करने के लिए संपर्क करें : 09921008060/75, 9011013208

महाआसमानी परम ज्ञान शिविर स्थान :

यह शिविर पुणे में स्थित मनन आश्रम पर आयोजित किया जाता है। इस शिविर के लिए भोजन और रहने की व्यवस्था की जाती है। यदि आपको कोई शारीरिक बीमारी है और आप नियमित रूप से दवाई ले रहे हैं तो कृपया अपनी दवाइयाँ साथ में लेकर आएँ। वातावरण अनुसार गरम कपड़े, स्वेटर, ब्लैंकेट आदि भी लाएँ।

'मनन आश्रम' पुणे शहर के बाहरी क्षेत्र में पहाड़ों और निसर्ग के असीम सौंदर्य के बीच बसा हुआ है। इस आश्रम में पुरुषों और महिलाओं के लिए अलग-अलग, कुल मिलाकर 700 से 800 लोगों के रहने की व्यवस्था है। यह आश्रम पुणे शहर से 17 किलो मीटर की दूरी पर है। हवाई अड्डा, हाइवे और रेल्वे से पुणे आसानी से आ-जा सकते हैं।

मनन आश्रम : मनन आश्रम, पुणे, सर्वे नं. ४३, सनस नगर, नांदोशी गाँव, किरकट वाडी फाटा, तहसील - हवेली, जिला : पुणे - ४११०२४. फोन : 09921008060

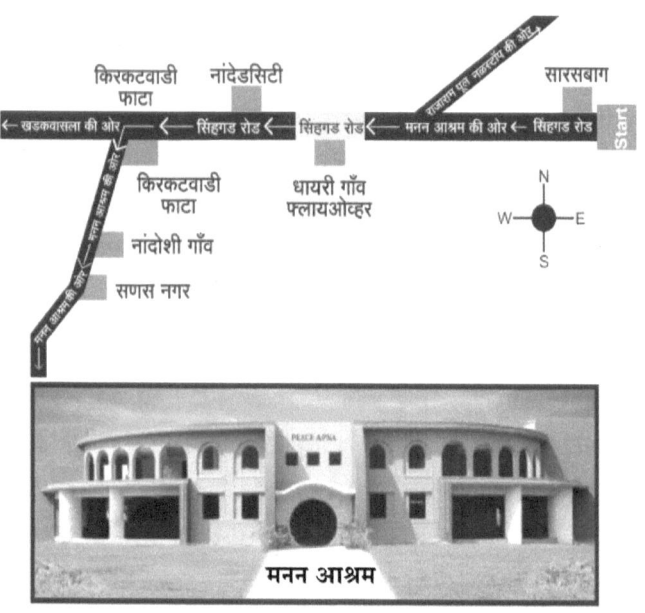

N
W
E
मनन आश्रम की ओर
मनन आश्रम की ओर

मनन आश्रम

अब एक क्लिक पर ही शिविर का रजिस्ट्रेशन !

तेजज्ञान फाउण्डेशन की इन शिविरों के लिए
अब आप ऑनलाईन रजिस्ट्रेशन भी कर सकते हैं-

* महाआसमानी परम ज्ञान शिविर परिचय और लाभ (पाँच दिवसीय निवासी शिविर)
* मैजिक ऑफ अवेकनिंग (केवल अंग्रेजी भाषा जाननेवालों के लिए तीन दिवसीय निवासी शिविर)
* मिनी महाआसमानी (निवासी) शिविर, युवाओं के लिए

रजिस्ट्रेशन के लिए आज ही लॉग इन करें

www.tejgyan.org

सरश्री द्वारा रचित अन्य श्रेष्ठ पुस्तकें

विचार नियम
आपकी कामयाबी का रहस्य

Pages - 200
Price - 175/-

क्या हम सभी आंतरिक शांति को तलाश रहे हैं?

क्या हम अपने जीवन में आंतरिक शांति और स्थायी पूर्णता की चाहत रखते हैं? साथ ही हमें बेशर्त प्रेम और आनंद की तलाश रहती है। परंतु यह संभव नहीं लगता क्योंकि रोज़मर्रा के जीवन में चुनौतियों में हम उलझकर रह जाते हैं।

क्या हम सभी सांसारिक सफलता पाने की चाहत रखते हैं?

हम सभी संपन्न जीवन का आनंद लेना चाहते हैं। एक ऐसा जीवन जहाँ रिश्तों में भरपूर ताल-मेल और अपनापन हो, आर्थिक स्वतंत्रता हो और उत्तम स्वास्थ्य हो। हम सभी अपने काम में रचनात्मक और उत्पादक बनकर सर्वोत्तम परिणाम हासिल करने की चाह रखते हैं। लेकिन ये सब हासिल करने की कीमत हमें अपनी आंतरिक शांति खोकर चुकानी पड़ती है...

खुशखबर यह है कि अब हमें दोनों प्राप्त हो सकते हैं!

'विचार नियम' पुस्तक के ज़रिए –

- अपने आंतरिक और बाहरी जीवन में ताल-मेल बिठाएँ।
- अपनी इच्छानुसार शांत और स्थिर महसूस करें।
- विचारों के पार जाकर अपने 'असली अस्तित्व' को पहचानें, जो आपकी मूल अवस्था है।
- विचार नियमों को अपने जीवन में उतारें ताकि आप अपनी उच्चतम संभावना की ओर सहजता से आगे बढ़ पाएँ।
- मौनायाम की अवस्था में रहकर प्रेम, आनंद, करुणा, भरपूरता व रचनात्मकता जैसे गुणों को अपने अंदर से प्रकट होने का मौका दें।

आइए, बीस लाख से भी अधिक पाठकों के समूह में शामिल हो जाएँ, जिन्होंने विचारों के ७ शक्तिशाली नियमों तथा मत्रों द्वारा आंतरिक शांति और सफलता हासिल की है।

विश्वास नियम
सर्वोच्च शक्ति के सात नियम

Pages - 168
Price - 150/-

आपका मोबाइल तो अप टू डेट है परंतु क्या आपका विश्वास अप टू डेट है? क्या आपका आज का विश्वास आपको अंतिम सफलता की राह पर बढ़ा रहा है? यदि उपरोक्त सवालों के जवाब 'नहीं' हैं तो आपको विश्वास नियम की आवश्यकता है। विश्वास नियम आपके विश्वास को बढ़ाकर उसे अप टू डेट करता है।

'विश्वास' ईश्वर द्वारा दी हुई वह देन है– जो हमारे स्वास्थ्य, रिश्ते, मनशांति, आर्थिक समृद्धि एवं आध्यात्मिक उन्नति में चार चाँद लगाता है। आइए, इस शक्ति का चमत्कार अपने जीवन ये देखें और 'सब संभव है' इस पंक्ति का प्रत्यक्ष अनुभव लें।

इस पुस्तक में दिए गए सात विश्वास नियम ऊर्जा का असीम भंडार हैं। ये आपके जीवन की नकारात्मकता हटाकर, आपको सकारात्मक ऊर्जा से लबालब भर देंगे। जीवन के हर स्तर पर आपकी मदद करेंगे। इसलिए यह पुस्तक इस विश्वास के साथ पढ़ें कि 'अब सब संभव है' और जानें...

* विश्वास की शक्ति से जो चाहें वह कैसे पाएँ
* विश्वास को वाणी में लाकर जीवन को कैसे बदलें
* विश्वासघात पर मात पाकर विश्व के लिए नया उदाहरण कैसे बनें
* अपने भीतर छिपे हर अविश्वास को विश्वास में रूपांतरित करके विकास की ओर कैसे बढ़ें
* हर समस्या का समाधान कैसे खोजें
* विश्वास द्वारा संपूर्ण सफलता कैसे पाएँ

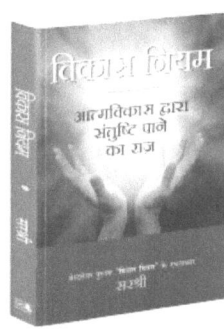

विकास नियम
आत्मविकास द्वारा संतुष्टि पाने का राज़

Pages - 176
Price - 100/-

विकास नियम हमारे चारों ओर काम कर रहा है। फिर चाहे वह शरीर का विकास हो, बुद्धि का विकास हो, शहर या देश का विकास हो। यह नियम तो एक बुनियादी नियम है; यह पूर्णता की चाहत है। आइए, इस पुस्तक द्वारा विकास नियम को अपना आदर्श बना दें और विकास की नई ऊँचाइयों को छू लें।

विकास नियम हर इंसान और वस्तु में छिपी संभावनाओं को प्रकट करने का नियम है। यह आपकी संपूर्ण संतुष्टि की चाहत को पूरा करता है। इस नियम के जरिए जान लें जो अब आपके सामने है।

❖ विकास नियम का महा मंत्र क्या है?
❖ विकास की शुरुआत कैसे और कहाँ से करें?
❖ विकास का विकल्प कैसे चुनें?
❖ विकास पर सदा अपनी नजर कैसे टिकाए रखें?
❖ आत्मविकास के स्वामी कैसे बनें?
❖ इंसान की अंतिम विकास अवस्था क्या है?
❖ स्वयं को और अपने मन की जमाई सोच को कैसे जानें?

विकास नियम के पन्नों में छिपे हैं, ऐसे कई सवालों के सरल जवाब, जिन्हें पढ़ना शुरू करें आज से, याद से...।

संपूर्ण प्रशिक्षण
सीखें महान महारत तकनीकें

Pages - 224

Price - 125/-

जीवन में बड़ा लक्ष्य प्राप्त करने के लिए हर इंसान को संपूर्ण प्रशिक्षण की आवश्यकता है। इस पुस्तक में हर उस प्रशिक्षण को संजोया गया है, जो आपके लिए मील का पत्थर साबित होगा। आइए, कुछ प्रशिक्षणों पर नज़र डालते हैं।

* आउट ऑफ बॉक्स सोचने का प्रशिक्षण
* नई चीज़ों को कम समय में सीखने का प्रशिक्षण
* टीम में आत्मविकास का प्रशिक्षण
* सोच-शक्ति को बढ़ाने का प्रशिक्षण
* जो मिला है, उसकी उचित देखभाल कर सकने का प्रशिक्षण
* कम शब्दों और समय में महत्वपूर्ण संदेश लोगों तक पहुँचाने का प्रशिक्षण
* लक्ष्य को हर समय याद रख पाने का प्रशिक्षण

कुछ किताबें ऐसी होती हैं, जो केवल सतही ज्ञान देती हैं, ऊपर-ऊपर से चीज़ों को प्रकाश में लाती हैं। कुछ किताबें आपको आपके अंदर के गुणों और अवगुणों की पहचान करवाती हैं। यह किताब आपको एक ऐसी योजना देती है, जो न केवल संपूर्ण प्रशिक्षण के नक्शे को प्रकाश में लाती है बल्कि नक्शे से आपकी पहचान भी करवाती है। इतना ही नहीं, आगे चलकर आपको उस नक्शे पर चलने के लिए प्रेरित भी करती है।

– तेजज्ञान इंटरनेट रेडियो –

२४ घंटे और ३६५ दिन सरश्री के प्रवचन और भजनों का लाभ लें, तेजज्ञान इंटरनेट रेडियो द्वारा।
देखें लिंक- http://www.tejgyan.org/internetradio.aspx

हर रविवार सुबह १०.०५ से १०.१५ रेडियो विविध भारती, एफ. एम. पुणे पर 'तेजविकास मंत्र'
नोट : उपरोक्त कार्यक्रमों के समय बदल सकते हैं इसलिए समय की पुष्टि करें।

www.youtube.com/tejgyan पर भी सरश्री के प्रवचनों का लाभ ले सकते हैं।
For online shoping visit us - www.tejgyan.org, www.gethappythoughts.org

e-books	-	• The Source • Celebrating Relationships • The Miracle Mind • Everything is a Game of Beliefs • Who am I now • Beyond Life • The Power of Present • Freedom from Fear Worry Anger • Light of grace • The Source of Health and many more.
		Also available in Hindi at www. gethappythoughts.org
e-mail	-	mail@tejgyan.com
website	-	www.tejgyan.org, www.gethappythoughts.org
Free apps	-	U R Meditation & Tejgyan Internet Radio on all platforms like Android, iPhone, iPad and Amazon
e-magazines	-	'Yogya Aarogya' & 'Drushtilakshya' emagazines available on www.magzter.com

पुस्तकें प्राप्त करने के लिए नीचे दिए गए पते पर मनीऑर्डर द्वारा पुस्तक का मूल्य भेज सकते हैं। पुस्तकें रजिस्टर्ड, कुरियर अथवा वी.पी.पी. द्वारा भेजी जाती हैं।
पुस्तकों के लिए नीचे दिए गए पते पर संपर्क करें।
* WOW Publishings Pvt. Ltd. रजिस्टर्ड ऑफिस-E-4, वैभव नगर, तपोवन मंदिर के नज़दीक, पिंपरी, पुणे- 411017
* पोस्ट बॉक्स नं. 36, पिंपरी कॉलोनी पोस्ट ऑफिस, पिंपरी, पुणे - 411017
फोन नं.: 09011013210 / 9146285129
आप ऑन-लाइन शॉपिंग द्वारा भी पुस्तकों का ऑर्डर दे सकते हैं।
लॉग इन करें - www.gethappythoughts.org
500 रुपयों से अधिक पुस्तकें मँगवाने पर 10% की छूट और फ्री शिपिंग।

संपूर्ण लक्ष्य – २१५

तेजज्ञान फाउण्डेशन – मुख्य शाखाएँ

पुणे (रजिस्टर्ड ऑफिस)
विक्रांत कॉम्प्लेक्स, तपोवन मंदिर के नज़दीक,
पिंपरी, पुणे-४११ ०१७. फोन : 020-27411240, 27412576

मनन आश्रम
सर्वे नं. ४३, सनस नगर, नांदोशी गाँव, किरकटवाडी फाटा,
तहसील– हवेली, जिला– पुणे – ४११ ०२४.
फोन : 09921008060

- विश्व शांति प्रार्थना -

'पृथ्वी पर सफेद रोशनी (दिव्य शक्ति) आ रही है।
पृथ्वी से सुनहरी रोशनी (चेतना) उभर रही है।
विश्व से सारी नकारात्मकता दूर हो रही है।
सभी प्रेम, आनंद और शांति के लिए
खुल रहे हैं, खिल रहे हैं।'

यह 'सामूहिक अव्यक्तिगत प्रार्थना' तेजज्ञान फाउण्डेशन के सदस्य पिछले कई सालों से निरंतरता से कर रहे हैं। खुश लोग यह प्रार्थना कर सकते हैं और बीमार, दुःखी लोग उस वक्त एक जगह बैठकर इस प्रार्थना को ग्रहण कर स्वास्थ्य लाभ पा सकते हैं।

यदि इस वक्त आप परेशान या बीमार हैं तो रोज़ सुबह या रात 9:09 को केवल ग्रहणशील होकर इस भाव से बैठें कि 'स्वास्थ्य और शांति की सफेद रोशनी जो इस वक्त प्रार्थना में बैठे कई लोगों द्वारा नीचे पृथ्वी पर उतर रही है, वह मुझमें भी अपना कार्य कर रही है। मैं स्वस्थ और शांत हो रहा हूँ।' कुछ देर इस भाव में रहकर आप सबको धन्यवाद देकर उठें।

www.ingramcontent.com/pod-product-compliance
Lightning Source LLC
LaVergne TN
LVHW041705070526
838199LV00045B/1209
* 9 7 8 8 1 8 4 1 5 3 3 2 3 *